AMOR EM ROMA

AMOR EM ROMA

SARAH ADAMS

Tradução de Luara França

Copyright © 2022 by Sarah Adams

Todos os direitos reservados, inclusive o direito de reprodução total ou parcial em qualquer meio. Esta edição foi publicada mediante acordo com Dell Books, um selo da Random House, divisão da Penguin Random House LLC.

TÍTULO ORIGINAL
When in Rome

COPIDESQUE
Stella Carneiro

REVISÃO
Thaís Carvas
Laiane Flores

DIAGRAMAÇÃO
Julio Moreira | Equatorium Design

DESIGN E ARTE DE CAPA
Sandra Chiu

CIP-BRASIL. CATALOGAÇÃO NA PUBLICAÇÃO
SINDICATO NACIONAL DOS EDITORES DE LIVROS, RJ

A14a

Adams, Sarah
    Amor em Roma / Sarah Adams ; tradução Luara França. - 1. ed. - Rio de Janeiro : Intrínseca, 2023.

    Tradução de: When in Rome
    ISBN 978-65-5560-627-0

    1. Romance americano. I. França, Luara. II. Título.

23-84320   CDD: 813
                                                              CDU: 82-31(73)

Gabriela Faray Ferreira Lopes - Bibliotecária - CRB-7/6643

[2023]
Todos os direitos desta edição reservados à
Editora Intrínseca Ltda.
Av. das Américas, 500, bloco 12, sala 303
22640-904 – Barra da Tijuca
Rio de Janeiro – RJ
Tel./Fax: (21) 3206-7400
www.intrinseca.com.br

Para minha avó Betty.
Gostaria que você tivesse lido este livro, porque sei que teria adorado a Mabel. Sinto saudade de você, do seu sorriso e do seu suéter de Papai Noel.

"Nasci com uma enorme necessidade de receber carinho e uma terrível necessidade de dar carinho."
AUDREY HEPBURN

1
Amelia

Está tudo certo, né? Eu estou bem? Respiro fundo e seguro o volante com um pouco mais de força. — Sim, Amelia, você está bem. Na verdade, você está ótima. Está igualzinha a Audrey Hepburn, tomando o controle da própria vida, eeeeeee... você está falando sozinha... então talvez não esteja cem por cento, levando em conta as circunstâncias, está quase ok — digo, semicerrando os olhos para me concentrar na estrada escura à minha frente. — É, acho que quase ok dá pro gasto.

Mas o problema é que está um breu, e meu carro está fazendo um barulho parecido com o de moedas soltas na máquina de lavar roupa. Não sou uma expert em carros, mas esse som não me parece um bom sinal. Meu Toyota Corolla perfeito, o carro que me acompanha desde que eu estava no ensino médio, o carro onde eu estava quando ouvi pela primeira vez minha música no rádio aos dezoito anos, o veículo que me levou até a Phantom Records para assinar meu contrato há dez anos, está chegando ao fim da vida. Ele não pode quebrar, seu banco ainda está impregnado com o cheiro das minhas joelheiras de vôlei.

Você vire esse carburador pra lá.

Esfrego o painel como se pudesse conjurar um gênio da lâmpada para me conceder três desejos. Em vez disso, me é concedida a perda de sinal de celular. A música que eu estava escutando para de tocar e meu Google Maps não mostra mais a setinha que me levaria para fora dessa estrada no meio do nada que mais parece um cenário de filme de *serial killer*.

Sério, isso está começando a parecer o início de um filme de terror. Acho que sou a personagem pra quem a galera do cinema grita "você é burra!", com pipoca caindo da boca e um sorriso malicioso. Ai, céus, isso foi um erro? Talvez eu tenha deixado minha sanidade em casa, em Nashville, junto do meu portão de ferro e meu sistema de segurança top de linha. E de Will, meu segurança maravilhoso que fica do lado de fora impedindo as pessoas de entrarem na propriedade.

Hoje mais cedo, minha agente, Susan, e a assistente dela, Claire, me passaram todas as informações sobre nossa agenda abarrotada das próximas três semanas, seguidas de mais nove meses de turnê mundial. O problema é que acabei de passar por três meses desgastantes de ensaio para os shows. Em quase todos os dias desses últimos meses me dediquei a aprender a coreografia, montar o cenário, escolher o repertório, fazer muitos exercícios, repassar as músicas... e tudo isso sorrindo, sem deixar transparecer que por dentro eu me sentia como uma refeição que alguém tinha esquecido fora da geladeira por tempo demais.

Fiquei sentada em silêncio enquanto Susan não parava de falar, os dedos longos, esguios e com unhas impecáveis rolando pela tela do iPad cheio de informações. Novidades que deveriam me deixar animada. Honrada! Mas, de alguma forma, no meio disso eu... desliguei. A voz dela se transformou na de um desenho animado, e tudo que consegui ouvir foram as batidas do meu coração. Alto e dolorido. Minha cabeça foi longe. E o que mais me assustou foi que Susan pareceu nem perceber.

Fico pensando que talvez eu seja boa demais em esconder as coisas. Meus dias são assim: dou um sorriso para uma pessoa e aceno. *Sim, obrigada.* Dou outro sorriso para aquela pessoa e aceno. *Sim, claro que posso fazer isso.* Susan me passa um cronograma todo organizadinho pelo time de RP e eu decoro tudo. *Minha cor favorita é azul, que nem o vestido Givenchy que vou usar no Grammy. E, sim, claro, devo muito do meu sucesso ao* amor e à dedicação da minha mãe. *Não tem um dia que não me sinta extremamente abençoada por ter essa carreira e tantos fãs maravilhosos.*

Educada, educada, educada.

Lágrimas caem na minha coxa, e percebo que estou chorando. Não acho que chorar deveria ser a minha reação quando penso nessas coisas. Já ganhei o Grammy duas vezes e assinei um contrato de noventa milhões de dólares com a maior gravadora do país, então eu não deveria estar chorando. Não mereço chorar. E eu definitivamente não deveria estar no meu carro velho no meio da noite dirigindo como uma doida fugindo de tudo. A lista de pessoas que vou decepcionar passa pela minha cabeça como um flash, e o sentimento de culpa é terrível. Eu *nunca* faltei uma entrevista. Odeio decepcionar as pessoas ou agir como se meu tempo fosse mais valioso do que o delas. No começo da minha carreira, jurei que jamais deixaria o sucesso subir à minha cabeça. Para mim, é importante tentar ser o mais flexível possível, ainda que isso me machuque.

Mas algo nas palavras de Susan hoje, quando nos despedimos, acabou comigo.

— Rae... — Ela prefere me chamar pelo meu nome artístico em vez de Amelia, o verdadeiro. — Você parece cansada. Vê se dorme um pouco mais esta noite, pra que amanhã não esteja inchada nas fotos de bastidores da entrevista da *Vogue*. Mas se bem que... a cara de exausta está em alta hoje em dia... — Ela encarou o teto, pensativa, e eu quase esperei que Deus em pessoa descesse para dar uma luz a ela em relação às minhas olheiras. — É, esquece o que eu disse! Vai gerar simpatia nos seus fãs e um pouco mais de burburinho.

Ela se virou e foi embora, e Claire, sua assistente, parou um segundo e me olhou com hesitação. Abriu a boca como se fosse dizer algo, e eu percebi o quanto gostaria que ela falasse algo. *Me veja, por favor.*

— Boa noite — disse ela, por fim, e se afastou.

Fiquei sentada em silêncio por um bom tempo, pensando em como tinha deixado a situação chegar àquele ponto. E como eu poderia sair desse casulo que acidentalmente tinha criado. Essa sensação de vazio havia começado fazia alguns anos, e eu torcia para que fosse por estar cansada do estilo de vida de Los Angeles, e achei que uma mudança viria a calhar. Assim, empacotei tudo e fui para Nashville, Tennessee, onde eu ainda estaria perto da indústria da música, mas não teria uma vida que chamasse tanta atenção. Só que não deu certo. A sensação de vazio permaneceu. Em situações como essa, algumas pessoas pedem conselhos à família e aos amigos, já outras se aconselham com bolas de cristal. Mas eu escolhi seguir os conselhos da única pessoa que nunca me decepciona: Audrey Hepburn. Hoje mais cedo, fechei os olhos, passei os dedos pela minha coleção de DVDs da Audrey (sim, eu ainda tenho um aparelho de DVD) e fiz uni-duni-tê até que parei em *A Princesa e o Plebeu*. Pareceu muito auspicioso. No filme, ela faz o papel da princesa Ann, que está se sentindo da mesma forma que eu (sozinha e sobrecarregada) e escapa uma noite para explorar Roma. (Bem, na verdade, ela vagueia pela noite, já que está meio grogue de remédio, mas a ideia é mais ou menos essa.)

E, de repente, lá estava a minha resposta. Precisava sair daquela casa, me afastar de Susan, das minhas responsabilidades, de absolutamente tudo, e fugir para Roma. O problema é que a Itália é um pouco longe, considerando que eu tenho uma turnê em três semanas, então acabei me contentando com a Roma mais próxima que o Google Maps tem para me oferecer. O lugar perfeito para se recuperar depois de uma crise.

Fui até minha garagem, passei direto pelos outros dois carros mais caros e peguei o velho e conhecido amigo que me acompanha há mais de dez anos. Dei partida e dirigi em busca de Roma.

Agora, estou numa estrada sinistra e começando a achar que um pouco do vazio emocional sumiu, porque estou me dando conta de que essa ideia foi ridícula. De algum lugar dos céus, Audrey, com sua auréola, está me observando e desaprovando meu comportamento.

Olho a tela do celular. Vejo o ícone de *sem sinal* e tenho certeza que ele até pisca pra mim, me provocando. *Você tomou uma péssima decisão. Agora vai virar tema de mais um documentário de* true crime.

Engulo em seco e falo para mim mesma que vai ficar tudo bem. Não tem nenhum problema. Está tudo sob controle.

— Engole o choro e deixa de ser reclamona, Amelia! — digo em voz alta para mim mesma, porque com quem mais uma garota fala quando está sozinha no carro no meio de uma crise?

Só preciso que meu Corolla continue funcionando por mais dez minutos até que eu saia dessa estradinha assustadora e chegue na próxima cidade. Depois, eu ficaria até honrada em prestar uma homenagem aos dez anos de serviço do carro e permitir que ele pare de funcionar, mas que isso aconteça onde tenha luz, e com sorte bem longe de onde um *serial killer* possa estar esperando para jogar meu corpo em uma vala qualquer.

Ah, não, mas quem diria! Meu carro começou a fazer mais um barulho e está sacudindo… literalmente *sacudindo*, como se estivéssemos no começo dos anos 2000 e eu tivesse dado uma turbinada nele e feito algumas customizações. Só preciso de umas luzes roxas na parte de baixo e estou pronta para viajar no tempo!

— Não, não, não! Não faça isso comigo agora! — imploro para o Corolla.

Mas ele faz.

Meu carro para no meio da estradinha, no breu, sem qualquer dignidade. Fico desesperada tentando dar partida de novo, mas ele não coopera, fazendo apenas alguns barulhos. Ainda estou segurando o volante com força, e encaro os arredores silenciosos enquanto a ficha cai. Tentei me lançar em *uma* única aventura sem recorrer a Susan e já fracassei logo na primeira noite, em duas horas. Se isso não é a coisa mais patética do mundo, não sei o que é. Tá, eu consigo cantar no palco por horas em frente a milhares de pessoas, mas não sou capaz de dirigir até outro estado sozinha.

Já que não há nada que eu possa fazer além de ficar no carro e esperar amanhecer para poder enxergar se tem alguém vindo com uma serra elétrica na minha direção, me recosto no banco e fecho os olhos. Deixo que a derrota tome conta de mim. Amanhã de manhã vou dar um jeito de ligar para Susan. Vou pedir que ela mande um carro e vou me forçar a sair dessa deprê.

Toc toc toc.

Dou um grito e pulo no banco, batendo a cabeça no teto do carro. Olho pela janela e, cacete, tem alguém parado do lado de fora! É isso. Este é o momento da minha morte, e depois que a história do meu assassinato passar em todos os programas de TV, tudo o que vão lembrar de mim vai ser essa fuga idiota no meio do nada.

— Está tudo bem? Você precisa de ajuda? — pergunta a pessoa do lado de fora do carro.

Ele foca a lanterna na minha direção, me cegando por alguns segundos. Levanto as mãos para tapar os olhos, e também para evitar que ele me reconheça.

— Não, obrigada. Estou bem! N-não preciso de ajuda! — grito pela janela fechada, o coração batendo forte.

Definitivamente não vou aceitar ajuda de um desconhecido no meio da noite.

— Tem certeza? — pergunta ele, enfim percebendo que estava me ofuscando com a lanterna e a colocando de lado.

A voz dele é agradável, preciso admitir. Rouca e suave ao mesmo tempo.

— Tenho! Está tudo sob controle! — respondo em um tom de voz animado, porque o mundo pode estar vindo abaixo, mas pelo menos eu sei ser simpática. Também faço um joinha para garantir.

— Parece que seu carro quebrou.

Não posso admitir uma coisa dessas! Eu estaria basicamente falando para ele que sou um alvo fácil. *Meu telefone também está sem sinal! Você gostaria que eu descesse do carro para poder me sequestrar, ou seria mais divertido para você se quebrasse a janela? Pode escolher!*

— Não, só... estou descansando um pouquinho. — Dou um sorriso tenso, ainda tentando esconder parte do meu rosto, torcendo para que ele não perceba que sou uma artista milionária dirigindo esse carro velho.

— Está saindo fumaça do motor. — Ele aponta a lanterna para a densa nuvem de fumaça que sobe do capô. Péssimo sinal.

— *Ah...* É. Isso acontece de vez em quando — digo com a maior naturalidade de que sou capaz.

— Seu carro solta fumaça de vez em quando?

— Aham.

— Não consigo escutar você.

— Aham — repito, mais alto e com mais confiança.

— Está bem. — O homem obviamente não está acreditando em mim. — Olha, acho que você precisa sair do carro. Não é seguro ficar dentro de um veículo soltando fumaça.

Ah, tá! Com certeza esse estranho ia adorar isso, né? Bem, não tem nenhuma chance de eu sair desse carro. Mesmo que a voz dele seja agradável.

— Não, obrigada.

— Não vou te matar, se é isso que você está pensando.

Levo um susto e olho para a silhueta no escuro antes de responder:

— Por que está falando isso? Agora que eu acho mesmo que você vai me matar.

— Sabia. Como eu posso provar que não vou te matar? — pergunta ele, parecendo irritado.

— Não tem nada que você possa fazer pra provar isso — respondo, a testa franzida.

Ele solta um grunhido e vai até a frente do carro, parando bem diante dos faróis. Finalmente consigo ver o rosto dele e, *gente*. Esse *serial killer* realmente parece um Ken lenhador. Ele está usando calça jeans e camiseta branca. O cabelo loiro é bem curto dos lados, mas um pouco mais longo em cima. Uma barba curta cobre seu rosto e, sério, combina muito com os ombros largos, o corpo esguio e os bíceps definidos que ficam evidentes quando ele bate no capô do carro. A cena toda é... rústica e charmosa de um jeito que me faz desejar que o ar-condicionado do carro estivesse funcionando.

— Você pode abrir o capô pra eu conferir se algo está pegando fogo?

Desculpa, mas de jeito nenhum. Sendo sexy ou não, zero chance de eu abrir o capô. E se ele... Bem, na verdade eu não sei nada sobre motores e não sei como aquele homem poderia piorar a situação, mas tenho certeza de que seria possível.

— Valeu, mas não preciso de ajuda! Vou esperar amanhecer e chamar o reboque — grito bem alto para que ele me escute.

O sujeito cruza os braços e responde:

— Como você vai chamar o reboque? Aqui não pega sinal de celular.

Bem, ele tem razão. Fiquei sem argumentos.

— Não se preocupe. Vou dar um jeito. Pode voltar para as suas coisas.

Provavelmente ele vai voltar é para algum cantinho de onde possa sair e me pegar assim que eu pisar fora do carro. E, sim, eu sei que estou sendo um pouco paranoica, mas quando você está acostumada com *stalkers* escalando os muros da sua casa, se fingindo de encanadores para enganar os seguranças e até mandando mechas do próprio cabelo, pedindo que você coloque embaixo do seu travesseiro antes de dormir, você acaba ficando meio paranoica com estranhos. E é exatamente por isso que eu NUNCA deveria ter saído sozinha. Preciso aceitar que não sou mais *eu*, simplesmente, e nunca serei.

O Ken lenhador não vai embora. Ele volta até a minha janela e, com um braço apoiado em cima do vidro, chega mais perto e diz:
— Essa fumaça não é um bom sinal. Você precisa sair do carro. Prometo que não vou te machucar, mas vai acabar se machucando se o carro pegar fogo. Juro que sou uma pessoa de confiança.
— Isso é exatamente o que um assassino diria... antes de matar alguém.
— Você conhece muitos assassinos?
Ken lenhador 1 x 0 Amelia.
Dou um sorriso e tento parecer o mais simpática possível quando digo:
— Desculpa, mas... você pode só ir embora? Sério, não quero ser grosseira, só que... você está me deixando um pouco nervosa.
— Se eu for embora, você vai sair do carro?
Solto uma risada surpresa e digo:
— Agora não mesmo! Aliás, de onde você surgiu?
Ele faz um movimento com a cabeça que indica o outro lado do meu carro, e não parece nada feliz quando diz:
— Você está na entrada da minha casa.
Ah.
Viro a cabeça e, realmente, estou parada na frente de uma casa. Da casa *dele*, pelo visto. Não consigo evitar sorrir ao ver a casa fofa. Pequena. Branca. Com cortinas. Duas lâmpadas na porta, um balanço na varanda. Bastante terreno em volta. Parece bem aconchegante, com cara de casa.
— Acho que já sei a resposta, mas... você quer entrar e ligar para alguém? Eu tenho telefone fixo — diz ele.
Dou uma risada tão alta que ele se assusta. Minha nossa, que grosseria da minha parte. Pigarreio e digo, solene:
— Desculpa. Não. Obrigada... Mas não.
— Tudo bem. Como quiser. Se precisar de alguma coisa e acabar decidindo que eu não sou um assassino, vou estar bem ali.

Ele faz um gesto na direção da propriedade e se endireita. Observo ele andar pelo gramado e desaparecer.

Depois que o homem fecha a porta, suspiro aliviada e me afundo no banco do meu Corolla, tentando não me estressar com a fumaça que está saindo do motor, ou com o calor do cacete aqui dentro, nem com o fato de que estou faminta, ou que preciso muito fazer xixi, ou que Susan vai ficar decepcionada de manhã quando perceber que eu não apareci nas entrevistas.

Eu não estou bem. *Definitivamente* não está tudo certo.

2
Noah

Ela ainda está lá. Já faz vinte minutos e ela não abriu nem uma frestinha da porta. E, sim, estou olhando da minha janela e agindo como o psicopata que ela acha que eu sou. E só para deixar claro: eu não sou um psicopata, mas não sei se minha opinião vale muito nessa questão. Para ser sincero, estou um pouco preocupado com a possibilidade dessa mulher morrer hoje. Está muito quente e ela não está deixando nenhum ar entrar no carro. Vai acabar cozinhando ali.

Que seja, não é problema meu.
Fecho as cortinas e saio de perto da janela.
E volto logo depois.
Droga, sai desse carro, garota.
Olho o relógio, 23h30. Peço aos céus que Mabel não fique muito brava comigo quando eu ligar para acordá-la. Depois que disco, espero o telefone chamar seis vezes antes que a voz de quarenta-anos-fumando-mas-agora-eu-parei atenda.

— Quem é?
— Mabel, é o Noah.

Ela resmunga um pouco e diz:

— O que você quer, filho? Eu já estava cochilando na cadeira, e você sabe que eu tenho insônia, então é bom que seja uma coisa importante.

Dou um sorriso.

— É, sim, Mabel, eu não atrapalharia seu sono de beleza se não fosse uma emergência.

Ela faz a linha durona, mas se derrete toda por mim. Mabel e minha avó eram melhores amigas, quase irmãs. E como foi minha vó quem criou minhas irmãs e eu, Mabel sempre nos tratou como família. E Deus sabe que agimos mesmo como se fôssemos parentes. Podemos não ter uma aparência física parecida — Mabel é negra e eu sou branco —, mas nós dois odiamos quando as pessoas se metem na nossa vida. (E, ainda assim, ela adora tentar se meter na minha.)

— Emergência? Noah, não me assusta. Sua casa está pegando fogo, filho?

Ela me chama de "filho" desde que eu era bebê, e continua a fazer isso até hoje, mesmo eu tendo trinta e dois anos. Mas não me importo. Isso me deixa feliz.

— Não, senhora. Preciso que você fale com uma mulher pra mim.

Ela solta um murmúrio surpreso.

— Uma mulher? Querido, fico feliz em saber que você está procurando alguém de novo, mas só porque você está solitário numa noite quente, não significa que eu tenha uma lista de mulheres para quem posso ligar para...

— Não — interrompo antes que ela arremate no que tenho certeza de que seria uma sequência de palavras que nunca quero ouvir da sua boca. — A mulher está aqui na frente da minha casa.

Escuto o barulho da cadeira e imagino Mabel elevando o encosto da poltrona e firmando o assento.

— Noah, fale a verdade, você está bêbado? Tudo bem se estiver, sabe que não vou te julgar. Fiz minhas melhores orações ao Senhor depois de uma noite com Jack Daniel's, mas preciso que você ligue pro James ou pra uma de suas irmãs quando estiver bêbado, não...

Ela não vai parar de falar se eu não fizer nada, então a interrompo de novo:

— Mabel, o carro de uma mulher quebrou aqui na frente de casa e o motor está soltando fumaça, mas ela está com medo de sair porque acha que eu posso machucá-la. Preciso que você diga que eu sou uma boa pessoa, para que ela saia do carro.

Eu poderia ligar para uma das minhas irmãs, mas elas com certeza diriam algo inapropriado sobre como faz tempo desde que eu passei a noite com alguém e depois perguntariam se a mulher está solteira. Definitivamente não vou ligar para elas. Definitivamente não dou a mínima se a mulher está solteira ou não.

— Ah, bem, querido, por que não disse logo? Vai lá pra fora e me deixe falar com a pobre garota!

Percebo um pouco de empolgação na voz de Mabel, algo que não curto nem um pouco e muito menos quero incentivar. Todo mundo nesta cidade tem estado no meu pé para que eu volte a ter encontros, mas não estou interessado nisso. Queria que me deixassem em paz para seguir com a minha vida, mas não é assim que as coisas funcionam por aqui. E agora que esse pensamento me ocorreu, não estou seguro de que Mabel não vai falar alguma coisa parecida com o que minhas irmãs falariam.

Espio de novo pela cortina e vejo que a mulher está se abanando freneticamente dentro do carro. Juro, se eu tiver que chamar a ambulância e passar a noite no hospital sem dormir porque essa desconhecida teve um troço na frente da minha casa, nunca mais vou abrir a porta. Se mais uma mulher destruir minha vida, vou fechar todas as minhas janelas e virar um ermitão que grita com as pessoas que passam na rua.

— Não inventa moda, Mabel. Isso não tem nada de romântico. Só não quero que ela morra de calor na frente da minha casa.

— Aham. Ela é bonita?

Fecho os olhos e pressiono o topo do nariz, tentando não ficar irritado.

— Está um breu lá fora, como é que eu vou saber?

— Ah, faça-me o favor. Eu fiz uma pergunta e espero que você responda.
Solto um resmungo e digo:
— É.
Muito bonita. Só consegui olhar de relance para ela quando liguei a lanterna, mas o que vi me fez querer olhar mais. Cabelo escuro preso em um coque alto, sorriso bonito, cílios fartos e olhos azuis penetrantes. O estranho é que senti como se já a conhecesse, mas nunca vi esse carro pela cidade. Deve ter sido um daqueles casos aleatórios de déjà-vu.
— Bem, então me leve até sua bela princesa — diz Mabel, parecendo animada.
— Mabel...
Tento parecer incisivo enquanto falo com ela e abro a porta. O calor do verão imediatamente parece que vai me sufocar, e me pergunto como aquela mulher está sobrevivendo em um carro sem ar-condicionado e com as janelas fechadas.
— Ah, para com isso! Não é todo dia que uma mulher cai no seu colo desse jeito, então fica quietinho e leva o telefone até ela.
Isso é o que eu mereço por morar quase a vida inteira em Roma, Kentucky. Meus vizinhos ainda me tratam como o moleque que corria pela cidade com a cueca do Super-Homem.
Deixo a porta um pouquinho aberta para que o fio do telefone possa passar, e ando pelo gramado em direção ao carro branco. Está escuro demais para que eu possa identificar a expressão do rosto da mulher no veículo sem usar a lanterna, mas vejo que ela se vira na minha direção. E então imediatamente coloca o banco todo para trás. Ela está tentando me enganar fingindo que não está mais dentro do carro. Me recuso a sorrir com o ridículo da situação.
Quando bato na janela, ela guincha. *Assustada, hein?*
— Oi... — *Você? Garota? Moça que está no meu gramado?*
— Hum... Aqui. Uma amiga minha está no telefone. Ela vai dizer

que sou uma boa pessoa, assim você vai se sentir mais segura para sair do carro.

Ela puxa a alavanca do banco e volta à posição inicial. Solta um gritinho, e tenho que morder o interior da boca para não sorrir. Os grandes olhos dela me encaram de dentro do carro. Infelizmente, não tem luz o suficiente para saber de onde a conheço, mas agora tenho certeza de que a conheço de algum lugar.

— Como é que o seu celular está com sinal agora? — pergunta, a testa franzida.

— Não está. — Levanto o aparelho fixo para que ela veja.

— O que é isso? — diz ela, rindo.

Pelo jeito que faz a pergunta, parece que estou segurando uma espécie rara de animal silvestre.

— Normalmente as pessoas chamam isso de telefone fixo.

— Eu sei, mas... — Ela faz uma pausa e solta mais uma gostosa gargalhada, e o som me envolve como uma brisa suave. — Você roubou isso de um museu dos anos 1950? Agora a manequim com vestido azul rodado e tiara combinando não vai receber a ligação do marido avisando que ele vai se atrasar para o jantar! Meu Deus, o fio desse telefone deve ser enorme!

Semicerro os olhos.

— Você vai abrir a janela ou não, espertinha?

Ela levanta as sobrancelhas.

— Você me chamou de... *espertinha*?

— Chamei.

E é isso aí. Não estou querendo fazer amizade nem instaurar um clima de boas-vindas. Além disso, ela falou mal do meu telefone. Eu amo meu telefone. É um ótimo telefone.

Por mais estranho que pareça, ela abre um sorriso enorme e lindo, e ri. O som faz meu estômago dar cambalhotas, e meu coração dispara. Mando os dois se comportarem. Não vou me abalar com mais uma mulher de passagem pela minha cidade. Vou ajudá-la hoje porque (1) é a coisa certa a se fazer, (2) assim ela não vai morrer na frente da minha casa e (3) ela poderá ir embora logo.

— Tá bom, então.

Ela abre uma frestinha da janela, e consigo passar o telefone. Nossos dedos se tocam e meu corpo todo reage, porque aparentemente ele não estava prestando atenção naquele meu discurso anterior para mim mesmo. Ela pega o telefone e fecha a janela de novo antes que eu tenha a chance de enfiar uma lança por ali para empalá-la.

Ela observa o aparelho com cautela antes de levá-lo ao ouvido.

— Alô?

Percebo que Mabel tomou logo a dianteira, porque a mulher arregala os olhos e escuta com atenção. Cinco minutos depois, apoiado no capô do carro de braços cruzados, sinto as gotas de suor caindo pelas minhas costas enquanto aguardo a espertinha parar de rir do que Mabel está falando.

— Não acredito que ele fez isso! — diz ela, quase urrando, e agora sei que é hora de pegar o telefone de volta.

Vou até a porta e bato no vidro.

— Acabou o tempo. Vai sair ou não?

Ela levanta um dedo para que eu espere e fala para Mabel:

— Aham... aham... ok. É, foi ótimo falar com você também!

Preciso dar alguns passos para trás quando a mulher, olha só que surpresa, abre a porta do carro, sai e me entrega o telefone. De pé, ela bate na altura do meu queixo, mas o coque bagunçado a deixa mais alta. Não quero admitir, mas ela é bonita, elegante. A camiseta listrada de branco e azul-marinho está por dentro de um short branco curtinho que parece velho e marca bem a cintura esguia dela. Essa mulher deveria estar em um barco tirando fotos em preto e branco, e não aqui comigo. Ela vai desaparecer em um instante, então não vale a pena ficar admirando.

Ela me encara, mas seu olhar fica indo e voltando até a minha casa.

— Sua amiga, a sra. Mabel, falou maravilhas a seu respeito, *Noah Walker*.

Ela fala com uma entonação ácida, aproveitando o fato de saber o meu nome e eu não saber o dela.

— Que bom, fico feliz. — Minha voz é seca como o deserto. Cruzo os braços. — E você é...?

Qualquer que fosse a sensação boa que ela estava começando a sentir desaparece, e a desconhecida dá um passo para trás, ansiosa para voltar à máquina mortal que se tornou o seu carro.

— Por que você quer saber meu nome?

— Para poder cobrar você pelos danos ao gramado.

Minha intenção não foi fazer com que isso parecesse uma piada amigável, mas é assim que ela interpreta.

Ela sorri e relaxa novamente. Não tenho certeza se quero que essa mulher se sinta à vontade. Na verdade, meu instinto diz que é bom que não fique nem um pouco à vontade.

— Vamos combinar o seguinte — diz ela, com um sorriso simpático que eu não retribuo. — Vou deixar um envelope com o dinheiro para você amanhã de manhã. — Um silêncio devastador se segue ao comentário e ela finalmente entende o que acabou de dizer. — Meu Deus! *Não*. Eu não quis dizer... Não acho que você é... um garoto de programa. — Ela estremece. — Não que você não pudesse ser garoto de programa...

Levanto a mão.

— Melhor você parar por aí.

— Concordo — arremata ela baixinho, olhando para o chão enquanto passa os dedos pelas têmporas.

Quem é essa mulher? Por que ela está dirigindo pela minha cidadezinha no meio da noite? Ela é toda assustada. Fala sem parar e parece estar fugindo de alguma coisa.

— Você pode ficar no quarto de hóspedes hoje, se quiser. A porta tem tranca, então você vai se sentir segura enquanto dorme...

A não ser que tenha alguém para quem possa ligar para te buscar ainda hoje.

— Não — responde ela, rápido.

Não consigo entender bem a expressão dela. É uma expressão defensiva, mas também desafiadora, e, droga, queria que não estivesse tão escuro aqui. Meu cérebro está tentando reconhecer alguma coisa nesse rosto, mas não sei exatamente o quê.

— Eu... — Ela hesita, como se estivesse procurando as palavras certas. — Eu estava indo para uma pousada nas redondezas para dar um tempo do trabalho. Então... por mais estranho que pareça, acho que vou aceitar sua oferta do quarto de hóspedes e amanhã ligo para que busquem e consertem meu carro...?

Por que aquela entonação, como se estivesse fazendo uma pergunta? Como se esperasse o meu ok de que é uma boa ideia.

— Claro — respondo com um dar de ombros que demonstra que não me importo com os planos dela, desde que não exijam que eu faça mais nada.

Ela concorda com a cabeça.

— Então tudo bem. É... vamos lá... conhecer a sua casa, Noah Walker.

Passados alguns minutos, depois de ajudá-la a pegar a mala no carro e levar até a entrada, seguro a porta. Quando a mulher passa por mim, fico inebriado com seu cheiro suave e doce. É tão diferente do *meu* cheiro que está pela casa toda, que minha cabeça fica confusa por alguns instantes. É como se uma borracha gigante esfregasse meus pensamentos de *Estou feliz sozinho* e colocasse coraçõezinhos no lugar.

A mulher desconhecida para de costas para mim, observando a sala. Não é grande coisa, mas pelo menos sei que não é horrível. Minhas irmãs me ajudaram a mobiliar a casa depois da reforma, dizendo que eu precisava de uma decoração de fazenda, seja lá o que isso signifique. Só sei que tenho vários móveis de madeira rústica bastante caros e um sofá branco que quase nunca uso porque prefiro a poltrona de couro do meu quarto. Mas é bem aconchegante. Estou feliz que elas tenham me convencido a fazer isso e não deixaram que eu mantivesse os móveis deprimentes de solteirão. Meus olhos passam do sofá para os finos cabelos pretos no pescoço dela, suados. E como se conseguisse sentir o meu olhar, ela se vira por completo. Crava os olhos nos meus, e meu estômago se agita. Agora faz sentido ela não ter me dito o próprio nome. E também ter relutado para sair do carro. E entendo por que parece estar alerta o tempo todo. Sei exatamente quem a espertinha é, e nenhuma oração que Mabel esteja fazendo vai funcionar, porque não existe *nenhuma* chance de eu me deixar envolver com essa mulher.

— Você é Rae Rose.

3
Amelia

— Não sou, não! — respondo depressa, em pânico, com os olhos arregalados que me fazem parecer um esquilo tentando proteger uma noz escondida. Quero enfiar aquele segredo nas bochechas e sair correndo. Mas ele não se abala.

— É, sim — diz.

— Não. — Balanço a cabeça com veemência. — Eu nem... quem é essa cantora mesmo? — Não faço contato visual com ele. Não é que eu seja covarde, só não sou a pessoa mais corajosa do mundo.

— Eu não disse que ela era cantora.

Faço uma careta. Parece que o Ken lenhador me pegou.

— Tá, você tem razão. Sou eu — digo, fazendo um gesto de impotência.

Me seguro para não soltar um *E agora, o que você quer?* nervoso e malcriado. Não posso fazer isso porque Rae Rose nunca é grossa com fãs.

Fiquei feliz quando ele não me reconheceu lá fora. Foi uma sorte que fez com que eu pensasse que talvez toda essa aventura não tenha sido uma péssima ideia. Agora estou sendo condenada novamente ao horror lúgubre. Não me entenda mal, eu amo meus fãs e adoro conhecê-los. Só prefiro que nossas interações aconteçam quando tenho um time de seguranças comigo, e não quando estou sozinha no meio da noite com um homem de quase 1,90 metro.

Agora é a hora em que os fãs fingem que sabem muito pouco sobre mim, mas sempre os pego me encarando, ou eles surtam e começam a chorar e pedir que eu autografe coisas aleatórias. Às vezes pedem que eu ligue para a mãe ou para a melhor amiga deles. Tire uma foto. Alguma coisa que prove para os amigos que eles realmente me encontraram. Quem sabe eu consigo me adiantar e já oferecer um bom acordo: um ingresso VIP em troca de não ser assassinada hoje? Parece um bom negócio.

Volto para meu papel de Rae Rose. É uma personagem mais gentil, fofa... mais elegante que eu. Rae Rose é a melhor amiga de todo mundo. Ela é complacente e fácil de amar.

— Bem, já que você descobriu quem eu sou, posso te oferecer um ingresso VIP para a minha próxima turnê em troca de você me deixar ficar aqui, além de compensação financeira, claro.

Observo os olhos de Noah. São de um verde profundo. Penetrantes, focados e quase chocantes, tamanha a intensidade. São quase da mesma cor de balas de menta. Pega isso e junta com a barba por fazer e as sobrancelhas arqueadas e é... bem desconcertante. Mas não de um jeito ameaçador.

Com os braços cruzados, ele dá de ombros de leve e diz:

— Por que eu ia querer ingresso VIP?

Não era a pergunta que eu estava esperando, com certeza. Me atrapalho para responder, e, quando consigo, não é a melhor das respostas:

— Hum... porque... você é meu fã?

— Eu também não disse que era seu fã.

Bem. *Uau.* Beleza.

O silêncio deixa o ambiente pesado. Noah não se sente na obrigação de dizer mais nada, e eu não sei bem o que devo falar, então ficamos apenas olhando um para o outro. Sinto que deveria estar irritada, até mesmo ofendida. Mas, por mais curioso que seja, não estou. Na verdade, uma espécie de empolgação vai se formando. Fico com vontade de rir.

A gente se encara por um bom tempo, respirando no mesmo ritmo. Eu sei por que estou sendo cautelosa com ele, mas não consigo entender o motivo de ele parecer tão preocupado. Como se eu fosse roubar o travesseiro e a luminária dele e sair correndo no meio da noite. Uma ladra de travesseiros à solta.

Ok, ele não quer ir ao meu show, mas no mínimo deve saber que posso comprar meus próprios travesseiros, né?

Quanto mais encaro sua mandíbula tensionada, mais tenho a sensação de que Noah não apenas não é meu fã como é o oposto. Em vez da adoração radiante que normalmente identifico no rosto das pessoas, o que vejo é irritação. É só olhar o vinco entre as sobrancelhas dele. O sujeito está mal-humorado, irritadiço, rabugento.

Não acredito que ele vá me machucar, mas acho que já tem uma opinião formada sobre mim. Talvez seja porque parei o carro no gramado dele. Talvez seja outra coisa. De todo modo, essa é uma situação absoluta e maravilhosamente nova para mim, e, como já é tarde e eu estou um pouco descompensada, decido provocá-lo.

Imito a pose dele e digo:

— Ah, estou entendendo. Um ingresso não é o suficiente? — Abro um sorriso cúmplice. — Quer que eu te dê um pôster autografado também, né?

Mexo as sobrancelhas, sabendo muito bem que ele não quer pôster nenhum.

Ele parece aturdido.

— *Dois* ingressos *e* um pôster autografado? Uau. Você é mesmo jogo duro, mas vou ceder, já que você é meu maior fã.

A expressão dele não se altera, mas algo parece surgir nos seus olhos intensos. Acho que Noah quer sorrir, mas está se segurando. Algumas pessoas decidem que não gostam de mim pelos motivos mais aleatórios possíveis. Às vezes é só porque sou famosa, e pessoas bem-sucedidas as deixam desconfortáveis. Às vezes é porque escolhi um candidato diferente do delas na eleição. E às vezes é porque fiz uma careta quando estava do lado de fora da sorveteria

favorita deles e agora eles querem me cancelar para toda a eternidade porque acham que eu sou contra sorvete. Fico pensando se aquele homem bem na minha frente é uma dessas pessoas. Em geral, meu time de seguranças está perto para me proteger, mas agora não há ninguém entre mim e Noah, e não posso dizer que estou odiando a situação. Sinto a adrenalina nas veias.
Noah balança a cabeça de leve e olha para a minha mala. Fim de papo.
— Vem comigo — diz ele.
Duas palavras. Uma ordem. Ninguém mais me dá ordens. Ah, claro, eles ainda me dizem o que devo fazer, mas falam como se a ideia fosse minha. *Rae, você deve estar exausta. O quarto de hóspedes é naquele corredor, talvez seja bom ir para a cama agora e dar uma descansada, né?*
Mas Noah Walker é confiante demais para esse tipo de manipulação. *Vem comigo.*
Ele pega minha mala, segue o corredor e desaparece em um quarto. Eu queria bisbilhotar mais um pouco por aí, mas quase todos os cômodos da casa estão com as luzes apagadas, e acho que invadir a residência de alguém, acender as luzes, abrir os armários e sair fuçando pode ser algo meio estranho. Então me resigno e sigo Noah, como ele mandou. *Vem comigo.*
Paro quando vejo dois cômodos, um de frente para o outro. Uma porta está fechada, a outra, aberta. No quarto que consigo enxergar, vejo minha mala no chão, e Noah estendendo um lençol branco limpo na cama tamanho queen.
Olho para ele por um tempo e sinto como se estivesse em um sonho. Fugi da minha vida de famosa hoje, e agora estou na casa de um estranho observando enquanto ele faz a cama para mim, mesmo não gostando de quem eu sou. As atitudes de Noah são como o lençol macio e sua barba áspera: têm energias bem opostas. Susan com certeza me falaria para sair imediatamente dessa casa e procurar um lugar mais seguro.

— Noah, como você se sente em relação a sorvete? — pergunto, encostada no batente da porta.

Ele para e me encara, olhando para trás.

— Sorvete?

— Aham. Você gosta?

Ele volta a prestar atenção no lençol e diz:

— Por quê? Se eu disser que sim, você vai me oferecer uma piscina de sorvete junto com os ingressos, o pôster e o dinheiro? *Ahá!* Existe senso de humor por baixo daquela irritação. Sabia!

— Talvez. — Dou um sorriso, mesmo que ele não esteja olhando para mim.

— Bom, eu não gosto. Não quero sorvete nem as outras coisas.

Pego uma caneta imaginária e risco *Com raiva por conta da foto na sorveteria*.

Noah estende uma colcha de retalhos antiga na cama. Parece uma coisa de família passada de geração em geração. Sinto um aperto no coração, junto de uma vontade de fugir do sentimento que a visão daquela colcha traz. Me pergunto se minha mãe sequer viu minha mensagem mais cedo.

— Posso ajudar com alguma coisa? — tento, dando um audacioso passo para dentro da caverna do urso.

Ele me olha mais uma vez, ainda de costas, e quando nossos olhares se cruzam, ele franze a testa. Noah se volta para a cama e prende as pontas do lençol de cobrir embaixo do colchão. Não digo para ele que vou tirar aquilo dali assim que me deitar.

— Não — responde.

Eu estava indo em direção à colcha, mas aquela resposta monossilábica me pega de surpresa, então levanto as mãos e volto alguns passos.

— Ok — digo.

Noah encara minhas mãos levantadas e, por um momento, vejo que baixa um pouco a guarda quando diz:

— Obrigado, mas não precisa.
E então voltamos ao silêncio.
Nos últimos dez anos, dei centenas de entrevistas coletivas e interagi com milhares de fãs. Participei ao vivo do programa do Jimmy Fallon mês passado e cantei uma música inteira de improviso em frente à plateia sem nenhuma hesitação. E mesmo com tudo isso, aqui, diante de Noah Walker, não sei o que dizer. Mas não me sinto na obrigação de ser educada. Ou charmosa. E isso faz com que minha empolgação cresça ainda mais.
Fico pairando entre a porta e a cama, para não atrapalhar Noah, observando ele pegar o travesseiro e colocar a fronha. Tudo é tão normal, tão doméstico, e parece estranho dividir esses momentos com alguém que não gosta de mim.
Olho para o quarto e depois para trás, para a porta fechada do outro lado do corredor. De repente, algo me ocorre. Será que Noah é casado? Talvez por isso ele esteja tão irritadiço e preocupado. Ele não quer que eu interprete mal a situação. Deve ter visto algo em um filme, ou alguma revista de fofoca, e presumiu que todos os famosos são destruidores de lares.
Pigarreio, tentando achar o tom certo para comunicar que não vou me jogar em cima dele esta noite.
— Então, hã... Noah. Você tem... alguém especial na sua vida?
Seus olhos disparam na minha direção, e agora ele parece *consideravelmente* agitado.
— Esse é o seu jeito de me chamar pra sair?
Faço um gesto como se ele estivesse falando besteira.
— O quê? Não! Eu só...
Não tenho mais nenhum pingo de normalidade em mim hoje. Estava tentando deixá-lo mais confortável, mas de alguma forma piorei a situação e agora ainda por cima não sei o que fazer com as mãos. Fico balançando de um lado para o outro, como um tiranossauro rex tentando aterrissar um avião.

— *Não*. Eu só queria ter certeza, antes de passar a noite aqui, que não estou... incomodando ninguém. Quer dizer, sei que não vou passar a noite *com você*. Sei que vou dormir aqui sozinha.
— Faço uma careta. A situação só piora. — Argh! Eu nem gosto de transar com desconhecidos, esse tipo de pegação é sempre tão estranho e...
Ah, nãooooo. Estou falando demais. Entrei oficialmente no assunto sexo pela segunda vez na noite com uma pessoa que não gosta de mim. Estou toda atrapalhada, e eu *nunca* me atrapalho.

Noah coloca o travesseiro recém-arrumado na cama e finalmente olha para mim. Ele se aproxima sem dizer nada. Tenho que levantar bastante o queixo para encará-lo. Não está sorrindo, mas também não está de cara feia. Ele é o próprio Homem Misterioso.

— Eu estou solteiro, mas não estou procurando alguém.

Ele continua ali parado enquanto meu rosto fica quente como lava e derrete direto das minhas bochechas. Esse foi o fora mais educado e gentil que já recebi em toda a minha vida, e eu nem estava dando em cima dele.

Ainda bem que nada disso importa. De manhã já estarei longe, vou encontrar a pousada e o Ken lenhador nunca mais vai precisar se preocupar comigo.

Mas então por que ele está parado na minha frente desse jeito? Por que sinto que temos uma conexão? Alguma coisa dentro de mim me puxa para perto dele, implora para que eu passe a mão no peito desse homem e sinta o algodão macio da sua camiseta. Ele não está se mexendo. Eu não estou me mexendo.

De repente, Noah fica com uma expressão constrangida e gesticula para a porta. Eu nem havia percebido que tinha voltado para o batente.

— Não consigo passar com você no caminho — diz ele.

Ah.

AH!

Educada, educada, educada.

— Claro! Mil desculpas! Eu vou... só vou sair de uma vez do caminho.

A expressão solene dele não muda quando vou para o lado e faço um gesto dramático indicando a passagem.

— Os copos ficam no armário do lado da pia da cozinha, caso você queira beber água. O banheiro é no fim do corredor. Estou indo pra cama. Pode trancar a porta se quiser, vou fazer a mesma coisa.

— Boa ideia. Melhor não dar chance pra ladra de travesseiros — respondo, e sinto novamente aquela empolgação por ter dito exatamente o que eu queria, sem filtros.

Talvez... talvez essa aventura não tenha sido um erro afinal de contas.

4
Noah

Coloco os óculos escuros e o boné e seguro meu café como se fosse um escudo. Vou precisar dessa proteção durante minha caminhada do estacionamento até a loja. São só cinco minutos andando pela rua principal, mas é tempo suficiente para encontrar a cidade inteira. Não importa que Rae Rose esteja na minha casa há apenas nove horas. Já são oito horas além do necessário para que Mabel tenha ligado para todas as pessoas que conhece e começado o maior burburinho da história. Pelo menos isso significa que o movimento vai ser bom hoje. Todo mundo vai querer uma torta junto com a fofoca.

Esse é o problema de continuar morando na mesma cidade em que se cresce. As pessoas se lembram da musiquinha que você cantou no coral da igreja quando tinha sete anos e usava um suéter de lã horrível, e que o xerife encontrou você e sua namorada do colégio à beira do lago com o vidro da sua caminhonete todo embaçado. E elas com certeza não se esquecem que a sua noiva partiu seu coração. Então, quando a fofoca de que uma mulher passou a noite na sua casa (ainda mais uma mulher bonita) se espalha, não existe nenhuma chance de deixarem barato. Essas pessoas não se esquecem de nada, e acompanham a minha vida como se fosse uma novela.

Se hoje não fosse dia de entrega, provavelmente eu teria fechado a loja e ido pescar, em vez de me jogar aos leões (também conhecidos como meus vizinhos). Mas James, um amigo que tem uma fazenda aqui por perto e me fornece todos os ingredientes frescos, vai trazer várias caixas de legumes, ovos e leite, então preciso estar lá para receber.

Se alguém me falasse que eu estaria morando nessa cidade aos trinta e dois anos e seria dono de uma loja de tortas (com o criativo nome de Loja das Tortas) que minha avó deixou para mim, eu diria que a pessoa tinha perdido o juízo. Ainda mais depois de me mudar de mala e cuia para Nova York com Merritt, de termos planejado uma vida juntos e de eu ter tentado criar laços em uma cidade que só fez com que eu me sentisse à deriva durante um ano. Mas aqui estou eu, em casa novamente, vivendo uma vida que nunca imaginei, e feliz demais com isso.

Bem, quase sempre. Dava para ficar sem a parte das pessoas se intrometendo na minha vida o tempo todo.

E aqui vamos nós. Primeiro obstáculo: Ferragens do Phil. À medida que me aproximo, vejo que Phil e o sócio dele, Todd, estão do lado de fora, fingindo que varrem a calçada e limpam a vitrine mesmo que o neto de Phil faça isso todo dia depois da aula.

Eles param quando me aproximo, murmurando freneticamente algo que não consigo ouvir, e depois fingem surpresa quando me veem passar pelo mesmo caminho que faço todos os dias.

— Opa! Hoje está quente, não é, Noah?

— Mesma coisa de ontem, Phil — respondo depois de beber um gole de café.

Não paro de andar.

Phil pisca umas cem vezes e olha para os lados, esperando que a inspiração surja do nada e ele consiga pensar em um tópico de conversa que ajude a chamar minha atenção. Ele não consegue pensar em nada, então é a vez de Todd tentar:

— Talvez o calor ajude a trazer alguns clientes novos pra você, né? Quem sabe alguém de fora da cidade?

— Você fica com vontade de comer torta no calor, Todd? Melhor falar isso para um médico. Parece uma coisa meio estranha.

Continuo andando e levanto a mão quando passo por eles, em sinal de despedida. Sorte desses dois que não resolvi mostrar o dedo do meio.

Agora, segundo obstáculo: Mercado da Harriet. Afundo um pouco mais o boné na cabeça, porque se tem uma pessoa que não quero ver hoje, é Harriet. A mulher é implacável. Passo pelo toldo listrado azul e branco e acho que me safei até escutar o sino da porta. Estremeço e penso em sair correndo, mas é tarde demais. Fui pego.

Ela vai direto ao assunto:

— Noah Walker, nem pense que não fiquei sabendo que uma mulher dormiu na sua casa.

Não tenho escolha além de respirar fundo e me virar para encará-la. As mãos dela estão paradas na cintura, e uma expressão severa estampa o seu rosto, somando linhas de expressão às já existentes. O vestido de verão amarelo que está usando não combina com sua personalidade. Harriet mantém o cabelo grisalho preso em um coque apertado, e não é que seja rabugenta porque não gosta das pessoas: é que ela tem 100% de certeza que é melhor do que a maioria dos seres humanos. Vai saber, talvez seja.

— No meu tempo, os jovens não tinham essas intimidades antes do casamento. Deixavam algum mistério no ar. Alguma coisa a se desejar. — Ela abaixa um pouco a cabeça, franzindo os lábios e levantando as sobrancelhas. — Agora, quem é essa mulher que passou a noite na sua casa? E você está pensando em casar com ela?

Nossa, isso foi rápido.

— Hã... não é isso, minha senhora. Nós não passamos a noite *juntos*. O carro dela quebrou na frente da minha casa, então ofereci que ela dormisse no quarto de hóspedes.

Não que isso seja da sua conta, é o que eu gostaria de falar se não morresse de medo dessa mulher. Gosto de debater com Mabel, mas me escondo de Harriet.

— Então nada de gracinhas com ela — diz a senhora, com o dedo em riste. — Se você não vai se casar, não deve comer a fruta.

Faço uma careta. Não sei se isso era para ser um eufemismo, mas, de qualquer forma, preferia não ter escutado.

— Não se preocupe. Não estou interessado na... fruta dela.

É. Isso foi tão nojento de falar quanto eu havia imaginado. Ótimo. Agora preciso achar um jeito de desinfetar meu cérebro. É por isso que tenho que sair da cidade se quiser ficar com qualquer mulher. E, sinceramente, não faço isso já há muito tempo. Não sou do tipo que faz sexo com gente que acabei de conhecer, porque, como disse Rae Rose ontem, essas coisas são sempre estranhas. Pra mim, a situação toda é desconfortável. Gosto de ter alguma conexão emocional antes de dormir com alguém, e isso não facilita em nada as coisas.

Tudo isso para dizer que não levei nenhuma mulher para a minha casa porque sempre tem alguém da cidade com binóculos por aí, bisbilhotando a vida dos outros pelo bem da fofoca. Harriet descobriria e mandaria o pastor nazareno bater na minha porta para me lembrar que luxúria é um dos sete pecados capitais. Só que o pastor Barton adora torta e come pelo menos três pedaços durante um sermão, então a conversa levaria a tarde toda.

Harriet concorda com a cabeça, o vinco entre as sobrancelhas ainda fundo.

— Que bom. Continue assim.

Ufa. Acabou.

— Vou deixar a torta de pêssego pronta para você na hora de fechar.

É quarta-feira, então sei que ela vai passar na loja para comprar a torta e levar para o clube de tricô. Levanto meu café em um aceno silencioso e continuo meu caminho.

Vou andando mais depressa e, por um milagre, não encontro ninguém ao passar pela lanchonete e pela floricultura (que é da minha irmã mais nova, que tenho certeza que estaria saindo da loja como um foguete exigindo explicações se não estivesse fora da cidade com minhas outras duas irmãs). Por fim, chego na frente da Loja das Tortas e destranco a porta. Ainda tranco toda noite, mesmo que na verdade pudesse deixar tudo aberto e ninguém fosse pensar em roubar ou vandalizar algo — no máximo, seria capaz de Phil chegar lá, consertar o banquinho bambo e fechar tudo para mim.

Entrar na loja é como receber um abraço. Pode não parecer muita coisa para as pessoas, mas, para mim, é a minha casa. Essa loja está na família há décadas. Não teve grandes mudanças em todos esses anos, e fico feliz por isso. As cortinas são do mesmo xadrez azul e branco. O balcão de madeira surrada segue presente ao lado da vitrine. Tive que trocar a mesa comprida que fica perto da entrada porque estava detonada demais, mas encontrei uma que era quase uma réplica perfeita.

Dou dez passos dentro da loja, levanto o tampo, atravesso e abaixo depois. Esse tampo com dobradiças e a vitrine para as tortas separam a parte da frente da loja da de trás. E lá atrás fica a pequena cozinha onde minha mãe, minha avó, minha bisavó e minha tataravó faziam as receitas secretas das tortas da família Walker. Mas é isso. É uma loja pequena, ou charmosinha, ou o que quer que você queira chamar, mas é tudo de que preciso.

Passo os próximos minutos me aprontando para começar o dia de trabalho: ligo o forno enorme, passo um café fresco para os fregueses, tiro o pó. Estou tirando uma forma de tortinhas do freezer para colocar no forno quando James entra pela porta dos fundos com uma caixa cheia de maçãs. Assim como eu, ele cresceu aqui na cidade e assumiu a fazenda da família. Estudamos juntos da pré-escola até a faculdade, e nós dois cursamos Administração.

— Tudo bem, Noah?
— Tudo certo. E voc...
— Então, quem é ela? — pergunta James, deixando a caixa no chão e cruzando os braços.

Me sirvo de uma xícara de café, pois sinto que hoje vai ser um dia daqueles.

— Caramba. Como *você* ficou sabendo disso? São só oito da manhã.

Ele dá de ombros.

— Mabel me ligou pra perguntar se eu conseguia ver alguma coisa da minha varanda. Tecnicamente, James é meu vizinho. Mas nossas casas estão separadas por centenas de metros.

Tomo um gole de café.

— E você conseguiu?

— Nada... Longe demais.

— Você não achou seus binóculos?

— Acho que emprestei pra alguém.

James serve uma xícara de café para si antes de se apoiar no balcão como se não tivesse mais nada para fazer. Ele cruza os pés.

— Está confortável? Posso pegar mais alguma coisa pra você? Uma revista? Uma coberta? Uma cadeira? — pergunto um pouco irritado.

— Estou bem, obrigado. — Ele sorri, achando graça. As mulheres costumam achar James charmoso. Eu acho ele um pé no saco. — Então... qual é o nome dela?

Na verdade, não sei exatamente como lidar com a situação. Você conta para as pessoas quando tem alguém famoso ficando na sua casa?

— Rae — respondo com um leve pigarrear.

— Sobrenome?

Ele assopra o café e me olha de canto de olho.

Olho para cima, como se estivesse procurando a resposta nas nuvens. Como se não fosse algo em que estou pensando desde que acordei. Que está na ponta da minha língua. Com que eu sonhei na noite passada.

— Hum... Acho que o sobrenome é Cuide da Sua Vida. Você não tem outras entregas para fazer? Sei que pedi mais do que isso. Pego as maçãs, levo para a despensa e as coloco nas cestas onde devem ficar. Minha sombra irritante vem atrás.

— Por que você está cheio de segredo?

— Não estou. Só estou cansado de falar com você.

— Hum... Você está mais irritado do que o normal hoje. Essa mulher realmente te pegou de jeito. Quanto tempo ela vai ficar?

Viro o corpo e esbarro no ombro dele ao sair da despensa.

— *Você* está me irritando.

Se ele não vai pegar as outras caixas, eu mesmo pego. O povo dessa cidade está fazendo tempestade em copo d'água. E daí que tem uma mulher na minha casa? Grande coisa. Ela não vai ficar. Na verdade, espero até que ela já tenha ido embora quando eu voltar. A última coisa de que eu preciso é de uma estrela do pop mimadinha gastando a minha luz.

Vou até o beco e pego uma caixa de ovos da caminhonete de James. Penso por um instante em pegar um ou dois e jogar no vidro. Quando me viro de volta para a loja, ele está bloqueando a entrada com uma expressão maliciosa no rosto, que nem quando éramos crianças e ele me convencia a sair de fininho no meio da noite para ir nadar com as Fremont. Admito que foram noites divertidas.

— Só me conta e eu vou embora.

Solto um suspiro que parece mais um grunhido.

— Ok. O nome dela é Rae Rose e o carro dela quebrou na frente da minha casa. Deixei ela dormir no quarto de hóspedes. Só isso.

Ele franze as sobrancelhas, e sei que está tentando se lembrar de onde conhece o nome. Ele já ouviu (assim como todo mundo), então é apenas uma questão de tempo até entender quem está na minha casa.

E... pronto. Ele arregala os olhos e abre a boca.

— Você não está falando que a...

Confirmo com a cabeça e termino a frase por ele:

— A princesa do pop está agora na minha casa usando o meu ar-condicionado.

— Tá de sacanagem! — Uma expressão diferente surge no rosto dele, e não sei se gosto disso. É como se ele estivesse imaginando o rosto dela. Como se estivesse calculando as próprias chances. E então ele olha para mim, e seu rosto muda. — Ahhhh, agora estou entendendo toda a rabugice.

— Eu sempre sou rabugento.

Ele dá um sorrisinho como se soubesse tudo sobre mim. Provavelmente é verdade. E eu odeio isso.

— Ela é linda e talentosa e você gosta dela. Mas ela é de fora da cidade, então você está se recusando a sequer falar com a mulher.

— Eu falei com ela, tá? Agora sai da frente — digo enquanto passo por ele e coloco os ovos no chão.

Mexo em algumas panelas, fazendo muito barulho só porque posso. Não gosto que ele tenha me lido com tanta facilidade.

Infelizmente, James não se assusta com meu mau humor como o restante da cidade.

— Cara, para de babaquice. Rae Rose é... — Ele se perde em pensamentos com uma expressão que me dá vontade de socar alguma coisa. Ou a cara dele. — Enfim, a chance de que ela pare na frente da sua casa deve ser de uma em um milhão. Pra onde ela estava indo?

Queria que ela tivesse parado na frente da casa dele. Ele está nitidamente gostando mais dessa situação do que eu.

— Por que eu deveria me importar com isso? — pergunto.

— Porque... não sei. Talvez você tenha uma chance com ela.

— Não quero uma chance com ela.

James bufa e revira os olhos.

— Cara, sério. Você nunca mais vai sair com ninguém? Merritt estragou sua cabeça nesse nível?

— Não fala o nome dela.

Tensiono o maxilar, mas ele ignora e continua:

— Em algum momento, você vai ter que tentar de novo. Por que não com uma celebridade linda? O que o leva a pensar que eu teria uma chance com uma mulher como aquela? Esta cidade é doida. Rae Rose é muita areia para o meu caminhãozinho e jamais me daria uma chance.

Fica óbvio que James não vai deixar a ideia de lado enquanto não conseguir o que quer. Então respiro o mais fundo que posso e tento ignorar o desconforto que surge quando divido qualquer coisa ligada às minhas emoções.

— Vou sair com outras pessoas de novo quando estiver pronto. Mas com certeza não vai ser com uma mulher que tem uma vida fora dessa cidade... porque você sabe que eu não posso acompanhá-la. E vamos supor que o mundo tenha virado de cabeça para baixo e ela se interesse pelo dono de uma loja de tortas do Kentucky... Não quero namorar com uma celebridade e descobrir por um tabloide que ela me traiu.

James me olha com pena.

— Só porque...

— Não, já deu. O assunto acabou. — Abro a porta dos fundos em um sinal não muito sutil para James ir embora. Ele não se mexe. Vou alugar uma empilhadeira e empurrar ele para fora daqui. — Você pode parar de tentar transformar isso em uma coisa que não é? Ela vai embora assim que o Tommy rebocar o carro dela e trocar o óleo.

Com sorte, nem vou precisar vê-la de novo. É o que eu deveria ter feito quando Merritt passou pela cidade anos atrás: ignorar. Deixei um bilhete para Rae na cozinha com o número da Oficina do Tommy, na esperança de que ela resolvesse tudo antes que eu estivesse de volta.

— O que ela está fazendo agora? — pergunta ele

Eu suspiro, fechando a porta com força e indo colocar os ovos na geladeira.

— Sei lá, James. Passando por todos os canais locais na TV? Como eu disse, não me importo.

Ele vai para o meu lado e me encara.

— Você é um babaca, sabia?

— Sempre desconfiei disso.

James vira a cabeça e esfrega o pescoço.

— Sua avó ia ficar envergonhada dos seus modos.

Ok, isso foi golpe baixo e ele sabe. Minha avó ainda é minha pessoa favorita no mundo. A mera ideia de deixá-la minimamente chateada é terrível.

Semicerro os olhos e pergunto:

— Por que você acha isso? Ontem à noite, providenciei um lugar seguro pra mulher dormir, e hoje deixei o telefone do mecânico pra ela. O que tem de vergonhoso nisso?

— Você deixou a garota sozinha numa cidade estranha para se virar com pessoas que ela não conhece.

— Mas ela nem *me* conhece! — respondo ao me virar para ele.

James faz um gesto como se meu argumento fosse besteira.

— Você sabe que deveria ter sido mais simpático — replica.

— Consegue imaginar como ela está se sentindo agora? Aquela mulher é absurdamente famosa. Tenho certeza de que ela está apavorada de ter que ir pra qualquer lugar sem um guarda-costas.

Parece o tipo de coisa em que ela deveria ter pensado antes de sair de casa sem seguranças. Ela não é problema meu. Não é. Não poderia ser menos problema meu, na verdade.

O rosto de James assume uma expressão de absoluta soberba. Isso significa que o que ele vai falar agora será o golpe final.

— Como sua avó teria tratado a Rae se ela estivesse aqui?

É um merdinha. Claro que minha avó teria dito que eu precisava fazer tudo que fosse possível pela Rae. Provavelmente ela também daria um tapinha na minha cabeça por não ter preparado o café da manhã, nem dado uma carona até a oficina para que a mulher não precisasse andar na caminhonete imunda do Tommy.

E, meu Deus... as histórias de guerra. Ele com certeza vai contar todos os detalhes tenebrosos.

Solto um grunhido e pego minhas chaves.

— Tire as tortas do forno quando o timer apitar e desligue tudo. Tranque a porta quando sair.

— Hã... Eu tenho um emprego, sabia? — diz ele enquanto me afasto.

— É mesmo? Não parecia até cinco minutos atrás, quando você estava aqui tomando café e jogando conversa fora.

Escuto uma risadinha e por fim:

— Tudo bem. Mas vou levar uma torta comigo quando for embora!

5
Amelia

No fim das contas, decisões impulsivas realmente parecem outra coisa no dia seguinte. Ou melhor: não outra coisa, parecem piores. Elas parecem *bem* piores.

Estou na casa de um estranho, no meio do nada, com o carro quebrado, sem sinal de celular, e a única pessoa com quem eu tenho um pingo de familiaridade saiu e deixou um bilhete dizendo como consigo arrumar o carro, e nada mais. Imagino que isso seja melhor do que nada. É uma situação totalmente nova para mim. Em geral, estranhos escalam os muros da minha casa para ficar mais perto, e não saem correndo antes que eu acorde para não terem que me ver.

— Ok, Amelia, você consegue — digo em voz alta, porque aparentemente falar sozinha é um novo traço da minha personalidade.

É muito ridículo ficar nervosa antes de ligar para um mecânico, mas já tem um tempo desde que eu... bem, desde que eu fiz qualquer coisa sozinha. Normalmente deixo isso para Susan ou Claire. Tem dez anos que eu não marco meus próprios compromissos, e, como se isso não fosse ruim o suficiente, eu nem mesmo *vou* sozinha a eles.

A fama chegou cedo. Um dia eu era uma garota normal do ensino médio que postava vídeos no YouTube cantando minhas músicas e tocando piano. No dia seguinte, eu era uma sensação da internet. Postava vídeos diários com canções originais, mas também com *covers* de outras famosas, e as pessoas piravam.

Na época, quando a expressão "viralizar" ainda era nova, eu me sentia uma anomalia. Mesmo antes que eu lançasse um álbum gravado profissionalmente, as pessoas me conheciam do canal no YouTube. Me elogiavam pelo meu timbre maduro: uma voz carregada de emoção que parecia pertencer a uma mulher de trinta anos, mesmo que eu tivesse apenas dezesseis.

Lembro de ser contratada para casamentos e outros eventos por duzentos dólares, e eu me sentia muito rica. Mas não me importava com dinheiro. Valia a pena só para tocar minhas músicas na frente das pessoas. E então, quando fiz dezessete anos, uma agente (Susan) entrou em contato comigo dizendo que achava que eu tinha algo de especial e que queria ajudar minha carreira a decolar. E ela estava certa. Tudo aconteceu muito rápido depois disso. Susan me ajudou a conseguir um contrato com uma gravadora que me lançou numa carreira internacional, e nada poderia ter me preparado para todas as mudanças que isso acarretou na minha vida. Como, por exemplo, destruir meu relacionamento com a minha mãe.

Aqueles primeiros anos foram bem empolgantes, e eu e minha mãe ainda éramos próximas. A fama era incrível, até que... deixou de ser. Fiz amizade com várias celebridades, mas logo descobri que era tudo superficial. Sabe, aquele tipo de gente que pergunta *como estão as coisas?* e você responde *ótimas!*, mesmo que sua vida esteja ruindo. Definitivamente não é o tipo de amizade para quem você pode mandar uma mensagem pedindo socorro do banheiro da festa, dizendo que você acidentalmente entupiu a privada e precisa de uma rota de fuga.

Vendo de fora, as pessoas pensariam que eu tenho tudo e mais um pouco. Rae Rose é forte, talentosa, equilibrada e muito bem-sucedida. Ela domina todos os lugares onde pisa, e a confiança que tem com um microfone na mão é chocante. O problema é que eu não sou Rae Rose. Não sou responsável pelas minhas redes sociais, não escolho minhas roupas para eventos e entrevistas e quero mais do que tudo ligar para a minha mãe, mas nosso relacionamento é tão ruim que não faço isso, e a maioria das histórias que conto nos programas de TV foram cuidadosamente moldadas pelos meus assessores. Rae é uma personagem, e eu me escondo atrás dela porque aprendi desde cedo que fingir confiança é a única forma de sobreviver nesse ramo.

Mas quanto mais eu preciso usar esse disfarce todos os dias, mais sinto que estou me perdendo. Tenho saudade da Amelia. Sinto falta da época em que tudo que importava era tocar e cantar. Hoje em dia, eu não passo de um cartão de crédito estourado que todo mundo continua usando.

Neste exato momento, trocaria minha confiança de celebridade por habilidades sociais básicas num piscar de olhos. Porque preciso fazer uma simples ligação e minhas mãos estão tremendo. O que eu vou dizer? Pego o aparelho de telefone jurássico, tão pesado que vou contar isso como meu exercício de membros superiores de hoje. Na outra mão, seguro o bilhete de Noah como se fosse um colete salva-vidas. A caligrafia dele é bonita. Passo o dedo pelas curvas de cada letra, pensando como é raro ver alguém escrevendo à mão hoje em dia. De alguma forma, essa caligrafia combina bem com aquele homem. É intrigante. Imponente. Precisa. E ainda assim... existe uma gentileza nela.

Quando consigo parar de ficar mexendo no bilhete de Noah, endireito a postura e disco o número. E, nossa, é a coisa mais satisfatória que já fiz. As pessoas sabem que esses telefones antigos são iguais àqueles brinquedos para ansiedade? Usar meu smartphone vai ser uma decepção depois disso. Por um tempo, a tranquilidade dos botões me acalma, mas quando começo a ouvir o som da chamada, minha ansiedade volta novamente.

A mão de Noah por acaso teria caído se ele tivesse me dado mais informações? Esse bilhete (por mais que seja lindo e mereça uma moldura) é muito direto: *Ligar para o Tommy. Ele vai rebocar seu carro e cobrar barato.* Bem, sem querer parecer esnobe, mas não estou preocupada com o preço. Na verdade, por mim se-

ria ótimo pagar milhões de dólares para esse Tommy se ele me garantisse que nem ele nem ninguém da loja vão me sequestrar.
O telefone toca mais uma vez antes de um homem atender.

— Lô? Mecaniphinlhos.

Hã? Não entendi nada que esse cara disse. Ele falou a minha língua? Só pareceu um monte de letras regurgitadas por uma máquina. E é por *isso* que eu não telefono para ninguém. Nunca se sabe o que vamos escutar do outro lado, e quase nunca é uma boa experiência.

— Hum... oi... o... Tommy está? — pergunto, olhando o bilhete para ter certeza de que falei o nome certo, mesmo que já tenha lido tudo pelo menos umas vinte vezes e possa até ter engravidado de filhos-bilhete de tanto que estou alisando o papel.

Pisco algumas vezes quando barulhos repentinos do outro lado da linha fazem com que seja ainda mais difícil entender o que o sujeito está dizendo, e, sinceramente, tudo que consigo discernir é "aham, você pode buzina na mesa".

Não faz sentido.

Começo a suar frio, e estou a dois segundos de me debulhar em lágrimas. Me sinto como uma criança perdida num parque de diversões. Não consigo encontrar o lugar para onde devo ir e nada parece familiar. Eu *odeio* estar me arrependendo de ter saído de Nashville. *Odeio* não conseguir fazer nada sozinha. E realmente *odeio* sentir que não pertenço a lugar nenhum.

E agora estou tremendo. Talvez eu não sirva para isso. Talvez seja hora de desligar o telefone e ligar para Susan. Vou implorar para que ela mande um carro, ou um jatinho, ou até um monociclo, que seja. Posso estar em casa para o jantar, como se nada tivesse acontecido. Mas quando penso na minha vida lá, sinto um peso no peito, que me aperta fundo. Ainda não posso voltar. Ainda não posso abrir mão do que quer que eu esteja procurando nessa cidade.

— Lô? — diz o homem novamente, parecendo mais impaciente do que antes.

— Oi, estou aqui. Hum... não sei se entendi o que você disse, mas...

Levo um susto quando alguém pega o telefone. Me viro rápido e me deparo com o peito de Noah. Não ouvi quando ele entrou na casa, e agora meu coração não está só disparado: está gritando e chacoalhando minhas costelas para ter certeza de que estou prestando atenção. Ou talvez ele esteja tentando fugir para um lugar mais seguro.

Meus olhos sobem para o pescoço dele, para o maxilar, vacilam ao passar pela boca carnuda, e então encontram a segurança dos seus olhos verdes. Ele me olha enquanto leva o telefone ao ouvido.

— Tommy? Aham, é o Noah. Tem uma mulher aqui que precisa que você venha rebocar o carro dela até a oficina.

Ele pausa e escuta, sem tirar os olhos de mim. A intensidade daquele olhar me deixa nervosa. Ele seria um ótimo guarda para o palácio de Buckingham.

Noah assente, concordando com algo que Tommy disse.

— Aham. Ótimo assim. Obrigado, Tommy.

Ele se inclina para perto e seu peito toca de leve o meu ombro. O barulho do telefone sendo colocado no gancho me dá um susto. A forma como reajo ao Noah é inédita para mim.

— Obrigada — digo, me esforçando para tentar dispersar a atração repentina que surgiu no ar. — Chocada que você conseguiu entender o que ele estava falando.

O canto da boca dele se repuxa, como se ele quisesse sorrir, mas se recusasse.

— Tommy fala arrastado. E ele ainda tem um sotaque bem forte, então fica difícil de entender.

— Mas você conseguiu entender tudo.

— É porque eu cresci aqui. Eu falo "arrastês". É um idioma único.

— Bilíngue — comento com uma risadinha enquanto meus olhos percorrem o mesmo caminho de antes.

Nariz, boca, barba, pescoço. Quando o pomo de adão dele se move, percebo que estou encarando. Babando. Não era minha intenção, mas alguma coisa nesse homem me puxa feito um ímã. É mais do que o fato de ele ser ridiculamente atraente (e, olha, ele é!). Tem essa determinação gentil, esse paradoxo delicioso de masculinidade rústica misturada a uma normalidade confortável que me faz ter vontade de me enrolar na camiseta cinza que ele está usando e morar lá para sempre. Eu nem conheço o sujeito, mas ele faz com que eu me sinta protegida. Noah é como aquelas cabaninhas de lençol que as crianças fazem: quentinho e seguro.

Acho que é porque ele é muito diferente dos homens que encontro no meu dia a dia. Os tipos artísticos que vivem preocupados em mexer no cabelo — ou como meu último namorado, que só prestava atenção em mim quando estávamos em público e todo mundo estava olhando.

O relacionamento não era exatamente de fachada, mas foi sugerido pelos nossos agentes como algo "bom para os dois". Eu esperava que pudesse se transformar em uma coisa ótima, mas, assim como os diversos casinhos que tive, perdeu o gás. Que nem uma garrafa de refrigerante de dois litros que ficou aberta por uma semana.

Ele queria namorar Rae Rose em público, ir para festas o tempo todo, gastar muito dinheiro em restaurantes e tirar o máximo proveito dessa exposição, sempre se certificando de que a imprensa estava por perto para capturar nossos "momentos de carinho completamente sinceros". (E que fique registrado que ele beijava muito mal. Nota dois, não recomendo.)

Eu poderia ter curtido o tipo de vida que ele levava se eu tivesse vinte e um anos e ainda não estivesse de saco cheio dos holofotes, mas agora eu só quero alguém que jogue jogos de tabuleiro comigo e fique debaixo das cobertas abraçadinho. Nunca consegui que ele fizesse isso, então não durou muito, assim como todos os outros que eram bem menos famosos que ele. (Mas pelo menos beijavam melhor.)

Nenhum desses homens parecia genuíno. Ao contrário do que está na minha frente neste momento.

Noah pigarreia e dá um passo para trás.

— Tommy vai passar aqui às nove para pegar o carro. Ele vai levar pra oficina e fazer um orçamento.

Engulo em seco e concordo, contente pelo ar fresco que substitui o calor irradiando do corpo de Noah.

— Ótimo — respondo, lembrando que tenho modos. — Muito obrigada de novo. Desculpa colocar você nessa situação. Ficaria feliz em retribuir.

Educada. Educada. Educada. Não importa quanto custe, sempre sou educada.

— Não se preocupe com isso — diz ele.

O silêncio preenche a sala mais uma vez, e sinto inveja da capacidade que Noah tem de simplesmente *dizer as coisas*. Ele diz o que quer, e pronto.

Está tudo tão quieto que consigo ouvir minha respiração. Meus pensamentos ficam a mil, como uma mosca presa num pote. Não consigo deixar de me perguntar onde ele esteve hoje de manhã e por que voltou. O bilhete deu a impressão de que ele não estaria por aqui durante o dia. Mas aqui está, bem na minha frente.

Me esforçando para ser o mais discreta possível, dou uma boa olhada nele para tentar imaginar com o que trabalha. Noah está usando um boné e uma camiseta folgada, mas não larga a ponto de ficar caindo dos ombros. A calça jeans é simples, mas estilosa. Algumas partes estão desbotadas, o que me leva a pensar que é o par preferido dele. Está usando botas marrons, mas com um detalhe: não são botas de fazenda. São o tipo de botas que um cara bem-vestido usa para ir a cafés em cidades grandes. *Interessante.*

— Você está me encarando — diz ele, interrompendo meu momento Sherlock Holmes.

Me sinto impelida a um raro momento de honestidade:

— Estou tentando descobrir com o que um homem como você trabalha.

Ele levanta as sobrancelhas e cruza os braços. É uma pose carrancuda.

— Um homem como eu?

— É, você sabe... — digo, me atrevendo a soltar um sorrisinho malicioso. — Com esses músculos, a aparência descontraída e a atitude dominadora.

— E? — questiona ele, direto.

Noah não me considera charmosa. Sou a pessoa menos charmosa do mundo pra ele, e acho que adoro isso.

— E o quê?

Ele descruza os braços (adeus, pose carrancuda) e se vira para ir até o armário e pegar uma tigela, me deixando prostrada ao lado do telefone, porque não sei bem onde devo ficar nesta casa.

— Qual é o seu palpite? — pergunta ele, delicadamente.

Fico surpresa por um segundo, porque não pensei que ele ia entrar na brincadeira. Noah não parece o tipo de pessoa que faz isso. Mas ok. Vamos lá.

— Hum...

Dou mais uma olhada nele, dessa vez sem tentar disfarçar. *Nossa*. Ele tem um corpaço. *Que corpo*, de verdade. Ele deve ter mais de 1,80 metro (eu diria que quase 1,90 metro), com veias proeminentes que descem da manga da camiseta e passam pelos bíceps definidos e antebraços fortes. Levando em conta os braços musculosos, deve fazer algum tipo de trabalho manual. E como está de boné, talvez precise ficar muito no sol? O cabelo dourado que aparece por baixo do boné reforça minha hipótese.

— Fazendeiro? — pergunto, saindo de perto do meu amigo telefone e indo me sentar em um dos bancos de frente para Noah na ilha da cozinha. Ele começou a pegar ingredientes para fazer alguma coisa.

— Não. — Ele pega um pote de creme de leite e alguns ovos da geladeira.
— Agricultor?
— Não — responde, depois de pegar a manteiga.
— Okaaaaaay. Então você tem uma empresa que cuida de gramados?
Potes de farinha, açúcar, bicarbonato e fermento são os últimos itens no balcão. Noah me olha de relance e diz:
— Devo me sentir ofendido por você ainda não ter sugerido médico ou advogado?
O tom dele é seco, mas, de alguma forma, ainda tem um toque de humor. Esse breve indício de provocação na sua voz é o suficiente para que eu tente fazer com que ele goste de mim. Noah pode até ser um pouco mal-humorado, e algo nele realmente diz *cuidado, eu posso morder*, só que, ao mesmo tempo, seus olhos completam com um *mas vai ser de levinho*. Ele é um grande mistério. Mas, bom, tudo tem sido um mistério para mim ultimamente. Sinto que acordei de um período em uma câmara de criogenia, e de repente estou tendo que voltar a aprender a viver neste mundo.
— Não conheço muitos advogados que vão trabalhar de jeans — comento, e apoio o cotovelo no balcão da ilha, colocando a mão embaixo do queixo.
— Isso porque você ainda não conheceu o Larry.
Ainda. Por que essa palavra faz meu coração disparar?
— Vamos! Me conta! Fiquei sem palpites.
Ele dá de ombros, e, depois de colocar vários ingredientes na tigela sem usar qualquer medidor, começa a misturar. Os músculos dos braços se flexionam, atraindo meu olhar para a penugem dourada que os cobre.
— Então acho que você jamais saberá.
Noah se vira, liga o fogão e derrete um pouco de manteiga em uma frigideira. Sem querer cair em estereótipos, mas ele tem mais

familiaridade com a cozinha do que eu esperaria de... bem... de alguém... de um homem como ele. Fico em silêncio, aproveitando esse enigma masculino mais do que eu deveria. Ele pega um pouco da mistura e joga na panela, e agora percebo que está fazendo panquecas. Do zero, sem receita.
Finalmente entendi.
Aponto para ele, chocada.
— Cozinheiro! Você é cozinheiro, né? — digo.
Ele conquistou esses braços deliciosos batendo massa!
Só consigo ver uma parte do rosto de Noah quando ele vira a cabeça, mas é o suficiente para que eu saiba que ele está sorrindo. Sinto aquele sorriso no meu rosto. Na ponta dos meus dedos. Na minha barriga.
— Acertou, Sherlock Holmes. Eu tenho uma loja de tortas.
Fico boquiaberta.
— Mentira.
— Verdade. Algum problema?
Esse aí curte ficar na defensiva.
Balançando a cabeça, desço do banco para ir até o balcão ao lado do forno. Noah não olha para mim, mas encara o ponto onde estou com a mão encostada. Achando que posso estar atrapalhando, cruzo os braços.
— Problema nenhum. Só não estava esperando. Não com toda a sua... bem... você sabe. — Faço um gesto o indicando como um todo, já que estou oficialmente mergulhada até o pescoço nesse mar de constrangimento e não tem mais volta. — Mas então, qual é sua torta preferida?
— Não gosto de torta — responde ele.
Isso me pega de surpresa.
— Mas você é dono de uma loja de tortas.
— Provavelmente é por isso que não gosto de torta.
Balanço a cabeça, sem entender nada. Mais um paradoxo. Como ele se sentiria se eu dissesse a ele que não gosto de cantar? Mas

eu amo cantar, então é irrelevante. Ou... pelo menos eu amava cantar, e espero um dia conseguir recuperar isso.

— Mas se você não come, como sabe se é boa?

— Eu herdei a loja da minha avó. É um negócio de família há gerações. Uso a mesma receita infalível que elas usavam. — Ele olha para mim e parece curioso. — Você nunca amou uma coisa só pelo que ela significava pra você?

Antes de tudo, fico perplexa, porque Noah não me parece fazer o tipo sentimental. Mas ele cuida da loja que era da avó dele, então obviamente estou errada. Depois, sim, lógico que já amei uma coisa assim. E o nome dela é Audrey Hepburn. No mesmo instante, me vejo de volta àquela noite em que tinha treze anos e não conseguia dormir. Tive um pesadelo e acordei suando frio, então fui para a sala tentar achar minha mãe. Ela sempre foi uma corujinha (provavelmente porque era mãe solo, e aquelas poucas horas depois que eu dormia eram os únicos momentos que tinha para si mesma), e a encontrei aconchegada no sofá assistindo a um filme.

— Oi, meu docinho, não consegue dormir? — perguntou ela, levantando o cobertor para que eu pudesse entrar ali e ficarmos juntinhas.

— Tive um pesadelo — respondi.

Ela me abraçou apertado e nós duas começamos a prestar atenção no filme em preto e branco que estava passando na TV.

— Bem, eu conheço o remédio perfeito para pesadelos. *Bonequinha de Luxo*. Audrey Hepburn sempre me deixa feliz quando estou pra baixo.

Ficamos acordadas até tarde assistindo àquele clássico, e minha mãe estava certa. Durante aqueles muitos minutos, não me senti assustada ou triste. Aquilo virou uma tradição nossa, e sempre que uma de nós tinha um dia difícil, víamos um filme da Audrey Hepburn. Só que agora eu assisto aos filmes sozinha, porque nosso relacionamento foi por água abaixo há muito tempo e não sei se um dia vai se recuperar.

Mas não posso contar nada disso para Noah porque é pessoal demais. Então copio a sua atitude e apenas respondo:

— É, já, sim.

Ele aceita minha resposta direta e vira a panqueca. Tenho um milhão de perguntas a fazer, mas, assim como na noite passada, ficar tão próxima dele me deixa sem conseguir pensar no que dizer. Ele está com cheiro de roupa limpa, sabonete e panquecas doces e amanteigadas. É o cheiro perfeito.

O silêncio se prolonga, e não sinto vontade de quebrá-lo. Em vez disso, assisto enquanto a massa aumenta na panela, me perguntando quando foi a última vez que alguém se sentiu confortável o suficiente perto de mim para apenas ficar em silêncio. Já tem anos.

— Você não gosta de panqueca? — pergunta Noah, me arrancando dos meus pensamentos. — Está fazendo careta pra frigideira — comenta em seguida, percebendo que fiquei curiosa.

Não tenho a menor vontade de dizer a ele que o motivo da minha careta era por causa da minha mãe, então mudo de assunto.

— Ah... não. É só que eu não posso comer.

— Glúten?

— Carboidrato. Tenho que seguir uma dieta bem rigorosa. Ainda mais antes de entrar em turnê. Minha agente vai me matar se eu aparecer com qualquer centímetro a mais na cintura.

Preciso fazer várias trocas de roupa, e pode ter certeza de que Susan vai me avisar caso pareça que estou com um quilo a mais em qualquer uma delas. Ou vai falar direto com a pessoa que faz a minha comida e ordenar uma mudança nem tão sutil no menu para porções menores e nada saborosas.

— Tudo bem. Ovos? — sugere ele enquanto pega a panqueca mais fofinha e perfeitamente torrada que já vi e coloca em um prato. Ele põe mais massa na frigideira e escuto o barulho.

— Você não vai tentar me convencer a comer a panqueca? — pergunto, encarando-o.

Agora é a vez dele de me olhar, intrigado.

— Não. Deveria?
— Eu estava quase torcendo por isso. Porque assim eu poderia falar pra minha agente que seria grosseiro da minha parte rejeitar uma oferta tão simpática, e ela perceberia que eu não tive escolha a não ser comer a panqueca, caso contrário você poderia falar mal de mim pra imprensa.

Ele levanta uma sobrancelha e vira a panqueca.

— Você precisa da aprovação da sua agente pra comer? — Percebo o desafio na voz dele.

Só que, mais do que isso, percebo também a simplicidade da pergunta e como seria fácil responder *Não, hahaha, lógico que não. Isso seria ridículo!*. Mas, meu Deus, eu preciso, sim. Começo a pensar na quantidade de vezes que Susan se intrometeu nos meus pensamentos desde ontem e me questiono se ela é parte do problema que estou enfrentando, qualquer que seja ele. Será que eu deixei todas as decisões sobre a minha vida nas mãos dela?

Meus olhos seguem a espátula enquanto Noah levanta a panqueca e a posiciona na bela pilha no prato. Parece uma obra de arte. Essa panqueca deveria ter uma rede social dedicada apenas a adorá-la de todos os ângulos possíveis.

— Então... Ovos mexidos? — pergunta Noah.

Não respondo, e ele finalmente me encara. Quando nossos olhos se encontram, sinto a mesma empolgação da noite passada. É um misto de medo e alegria. Esperança e pavor. Tudo que sei é que isso me dá o empurrão final que preciso para confiar em mim mesma.

— Não. Hoje vou comer panqueca.

6
Noah

— Como? — pergunto para Tommy pelo telefone, na esperança de não ter ouvido direito.

— Só vai ficar pronto daqui a pelo menos duas semanas — diz ele, com sua costumeira dicção confusa. Mas, dessa vez, tenho a desconfortável certeza de que ouvi certo. Ele acabou de pegar o carro e já está estragando meu dia?

Olho para Rae, que já está repetindo as panquecas, comendo como se não visse comida há dias. Hoje ela está usando uma blusinha cinza por dentro de uma calça jeans skinny azul-escura que termina no tornozelo. A blusinha é... justa. Feita de um material macio e elástico que começa logo abaixo do pescoço e vai abraçando e lambendo o peito e o abdômen, revelando o corpo esguio de um *mulherão*. As mangas cobrem os braços longos e param logo depois da dobra do cotovelo. A única coisa moderna na aparência dela é o cabelo castanho, quase preto se não fossem pelas mechas mais claras que aparecem com o sol. Ele ainda está preso em um coque despojado, e ela está com um dos pés (com as unhas pintadas de vermelho) apoiado na cadeira da frente.

Rae está com a cara enfiada na pilha de panquecas, colocando mais uma garfada na boca. Ela tem cílios espessos, e gosto do delineado dos seus olhos (um termo de maquiagem que aprendi com as minhas irmãs). É uma linha preta certinha pintada na base dos belos cílios, com uma ponta fina que passa um pouco do contorno dos olhos, e isso faz com que ela pareça ter saído direto de um filme em preto e branco. Ela está... maravilhosa.

Faço uma careta.

— Assim não vai dar, Tommy. Vamos precisar do carro pronto antes disso. Minha amiga precisa voltar pra vida dela.

Quando digo as palavras *minha amiga*, Rae me encara com seus olhos azuis, tão repletos de gratidão conforme ela engole um pedaço enorme de panqueca que preciso desviar o foco. Não deveria ter dito amiga. Não era a minha intenção. Só não quero dizer o nome dela e anunciar para a cidade inteira que estou abrigando uma estrela pop. Porque, pode acreditar, eu não quero ser amigo nem nada mais de Rae. Só quero ter certeza de que essa mulher vai seguir o caminho dela o mais rápido possível e sair da minha vida, para que as coisas voltem ao normal.

— Isso não é decisão sua, Noah. A mangueira do radiador está em falta e só consegui uma entrega pra daqui a duas semanas. Eu te aviso quando chegar.

E então ele desliga e dá um fim às minhas esperanças.

Duas semanas. Com certeza ela não vai ficar na cidade por duas semanas, né? Lógico que não. Quem eu estou querendo enganar? *Você já lidou com uma mulher assim antes, lembra, Noah?* Merritt também era uma garota da cidade e mal podia esperar para se mandar daqui depois de ter resolvido tudo o que precisava. Tenho certeza de que Rae Rose está contando os segundos para voltar para a vida chique dela. Não preciso me preocupar.

— Está tudo bem? — pergunta ela, e escuto o barulho dos talheres no prato.

— Hum... está. — Me viro na sua direção e esfrego a nuca. — Bem, não. Depende do ponto de vista. Parece que seu carro só vai ficar pronto daqui a duas semanas, até eles conseguirem a peça que precisam. Mas a boa notícia é que você pode ligar pra pessoa que normalmente dirige pra você e pedir pra te levarem pra... onde quer que seja que você estivesse indo. Era pra praia?

— O quê? Não — responde ela, surpresa.

— Pras montanhas? — pergunto, me sentando de frente para ela na ilha da cozinha.

Não gosto do efeito difuso da luz ao redor de Rae, pois faz parecer que ela está brilhando. Preciso fechar as cortinas.

Ela balança a cabeça, visivelmente angustiada.

— Não, quer dizer, não posso ligar pra ninguém me buscar. — Ok, agora estou preocupado. Ela se meteu em alguma encrenca? Estou dando abrigo para uma estrela pop fugitiva? — Não quero parecer dramática, mas estou só... me escondendo por um tempo.

— Se escondendo?

— Isso. Não estou fugindo da justiça nem de um ex-namorado maluco nem nada, se é o que está pensando — explica ela, coçando a lateral do pescoço, e baixa o olhar para o prato.

— Eu estava pensando exatamente essas duas coisas.

Ela dá um sorriso melancólico, ainda olhando para o prato.

— De repente minha vida ficou complicada demais...

Levanto depressa, a cadeira rangendo. Parece uma medida um pouco dramática, mas não tenho tempo para ficar aqui ouvindo como a vida de uma estrela pop é difícil. Ela não pode comer carboidratos? Nossa, que pena. Ela escolheu essa vida, e minha cota de simpatia está esgotada. Por um instante, quase cheguei a me importar com ela, me perguntando por que esses olhos enormes parecem tão sofridos e tristes. Mas não posso fazer isso com Rae Rose. Ela pode ir chorar pro fã-clube dela. Já tenho pessoas demais com as quais me preocupar.

— Preciso ir trabalhar. Já estou atrasado. Mas vou te levar pra cidade para que você possa reservar um quarto na pousada da Mabel, porque você não pode ficar aqui.

Isso foi direto demais até para mim. Mas não consegui evitar. Algo nela me dá a sensação de que estou com uma ferida aberta e lutando pra que nada encoste ali.

— Ah. — Ela pisca várias vezes e se levanta. Seus movimentos são tão graciosos que a cadeira nem faz barulho. — Claro.

Com certeza. Desculpa, não quis dar a impressão de que ficaria aqui. Nem passou pela minha cabeça. — Ela pega o prato e vai apressada até a pia, as bochechas coradas. — Deixa eu só colocar isso na máquina de lavar louça e aí pego as minhas coisas.

Ela esfrega com vontade a calda que ficou no prato, fazendo com que eu me sinta o babaca que James me acusou de ser. Ótimo. Por favor, alguém me explique o motivo de eu estar me sentindo culpado sendo que foi ela quem atrapalhou minha vida?

Vejo o quadril dela se movimentar por conta da força que está fazendo para tirar a calda seca do prato com uma gotinha de detergente. Seus ombros estão encolhidos, e tenho quase certeza de que, se olhasse nos olhos dela, veria as lágrimas se acumulando. Já disse que tenho três irmãs? É, conheço muito bem essa tática de ficar limpando as coisas quando se está tentando evitar o choro.

Exceto que, claro, Rae não está muito familiarizada com o mundo da limpeza.

Eu me seguro para não falar nada quando dou dois passos na direção dela, pego o prato e uso a escova de cerdas verdes que guardo embaixo da pia para limpar a calda com facilidade. Consigo sentir que ela está me encarando, mas me recuso a retribuir o olhar. Não porque não confio em mim mesmo para encará-la tão de perto (aprendi minha lição hoje cedo com a cena do telefone), mas porque não quero que ela se sinta à vontade perto de mim e pense que somos mesmo amigos. Estou impondo limites.

— Obrigada — diz ela, baixinho. — E... a propósito... meu nome é... — Uma pausa. — Amelia. Amelia Rose. — Ela começa a se afastar. — Rae é só um nome artístico.

Depois que ela sai da cozinha, fico parado, em choque, o nome dela pairando em minha cabeça. *Amelia*. Droga, preferia não saber disso.

Quanto antes eu conseguir tirar Amelia Rose da minha casa, melhor.

7
Amelia

— Estamos lotados.

Fico triste quando vejo Noah travar o maxilar. Ele se apoia no balcão da recepção da pousada, os ombros largos se aproximando da senhorinha simpática que acabou com as esperanças dele. Sinto pena por Mabel precisar enfrentar o olhar de Noah de cima a baixo. Ou melhor, de baixo para cima, já que é preciso levantar o queixo para encará-lo. Ela parece ter cerca de setenta anos, é negra, tem o cabelo bastante cacheado e grisalho, bem curto, e está usando um batom malva. Passa uma aura de vovozinha que faz com que você tenha vontade de ser abraçado por ela. Ver esses dois se encarando é como assistir a um *live action* do lobo mau com a avó da Chapeuzinho Vermelho.

— Isso é impossível, Mabel. Quase ninguém vem pra essa cidade.

Os olhos sábios de Mabel se voltam para mim e depois para Noah. O repentino brilho travesso que enxergo ali me diz que entendi tudo errado. É ela que está no comando aqui, não Noah.

— Bom, não é bem verdade, não é mesmo? Se fosse, eu estaria falida. E estou nadando em dinheiro.

Noah respira fundo. Esse cara quer me ver fora da casa dele mais do que tudo na vida. Consigo sentir a irritação irradiando do seu corpo como se fosse fumaça.

— Posso ver o livro de reservas?

Imediatamente, Mabel fecha o livro que estava aberto à sua frente, franzindo a testa de maneira ameaçadora para Noah.

— Não, não pode. E não tente vir pra cima de mim desse jeito, não. Lembre-se que eu troquei suas fraldas.

Ela levanta o dedo na cara dele, mas Noah não parece se sentir nada repreendido. Na verdade, eu diria que ele parece *cansado*.

— Dona Mabel — diz Noah, dessa vez com calma e gentileza. Sua voz assumiu um tom doce, convincente. — Ela não tem onde ficar. Tenho certeza de que você consegue arrumar um quarto pra essa moça na sua pousada.

Mabel semicerra os olhos.

— Parece que você está tentando plagiar uma história da Bíblia. — E então ela sorri. — Além disso, Noah, acho que ela tem, sim, lugar para ficar. Seu quarto de hóspedes está livre, leve e solto, se bem me lembro.

O jeito com que Noah olha para Mabel faz com que eu sinta vontade de procurar o buraco mais próximo para me esconder. O que essa mulher tem na cabeça? Obviamente está mentindo e fazendo algum joguinho para que eu continue na casa dele. E obviamente Noah não me quer por lá. Não consigo decidir se ele gosta muito de ter o próprio espaço ou se apenas não gosta de mim. Acho que é uma boa mistura das duas coisas, na verdade.

Eu poderia resolver esse problema facilmente se ligasse para Susan e pedisse para ela mandar um carro vir me buscar. Em duas horas e meia, estaria de boas sentada no banco de trás de uma SUV blindada e com insulfilm, e essa cidade não passaria de uma lembrança. Mas não quero fazer isso. Quanto mais tempo fico aqui, mais sinto que estou voltando à vida. Parece importante estar aqui, e não ligo se isso parece estranho.

Ando até o balcão, pensando que, talvez, se eu falar alguma coisa, possa convencê-la.

— Oi, Dona Mabel, eu sou...

— Rae Rose, sim, querida, eu sei. Eu tenho aparelho de rádio e de TV. Amei sua apresentação no *Good Morning America* no mês passado.

— Ah. — Solto uma risadinha. Não era a resposta que eu estava esperando, já que ela mal havia olhado para mim. — Bem, obrigada. — *Educada, educada, educada.* — Eu ficaria imensamente grata se você conseguisse me arrumar um quarto. Posso pagar o triplo do valor que costuma cobrar.

Ela sorri de maneira gentil e coloca a mão na minha. Olho para baixo, um pouco chocada. Ninguém toca em mim. Bem, isso não é completamente verdade. Se eu estiver no meio de uma multidão de fãs, todo mundo me aperta, puxa e alisa... mas estranhos nunca tocam na minha mão com a gentileza de uma avó. O gesto é tão carinhoso que sinto como se meu coração tivesse sido embalado em plástico bolha. Mais uma vez, sinto falta da minha mãe.

— Não preciso do seu dinheiro. Sou podre de rica. Meu amado marido, que descanse em paz, tinha um seguro de vida *fantástico*. Você vai ficar na casa do Noah, e não quero ouvir nem mais um pio sobre isso.

Ela se vira para encará-lo e levanta as sobrancelhas como se o estivesse desafiando a rebater. Algo parecido com um grunhido sai da garganta dele, e Noah revira os olhos antes de sair batendo os pés. *Tá bom, então.* Olho para Mabel e dou um sorriso sem jeito. Ela pisca e sussurra:

— Aguenta firme, meu bem.

Recebo mais um aperto de mão afetuoso antes que ela me solte e faça um gesto para que eu saia da pousada.

Lá fora, vejo Noah indo apressado em direção à sua caminhonete laranja surrada, parecendo sério e irritado como um touro. Eu deveria estar com medo de me aproximar dele, mas agora sinto que o entendo o suficiente para saber que ele só ladra e não morde. *Aguenta firme, meu bem.* Para ser sincera, me sinto estranhamente segura quando estou com ele. Pelo menos, mais segura do que se estivesse andando sozinha por aí.

Ele entra na caminhonete velha e bate a porta. Ando devagarinho até o lado do carona e dou uma espiada pela janela. Noah está segurando o volante e olhando para a frente, se recusando a me encarar. Mas então, contrariando o seu exterior mal-humorado e hostil, ele destranca a porta para que eu possa entrar. A caminhonete tem o cheiro dele, além de um pouco do aroma doce de panquecas. Passo os dedos pelo couro suave do banco enquanto crio coragem para falar alguma coisa.

— Oi. Como está seu dia? — arrisco, em um tom de desculpas.

A boca dele se contrai, e ele me encara com a expressão vítrea.

— Estou sendo um babaca e sei disso.

— Bem, dizem que o primeiro passo é admitir.

As palavras fazem um sorriso genuíno surgir em seu rosto, que vai dos lábios até as ruguinhas ao redor dos olhos. Nossa, que efeito tem esse sorriso. E entendo por que ele não faz isso sempre: deixa as pessoas desorientadas. Quero apertar aquelas bochechas bem nas covinhas, e mal consigo me segurar. Nunca me senti tão leve assim com alguém antes. Ele olha para mim sem nenhum indício de adoração, e eu quase me sinto normal. Se não tomar cuidado, posso acabar me viciando nisso.

— Por que você não gosta de mim? — pergunto, não por estar ofendida, apenas genuinamente curiosa.

Os olhos de Noah se voltam para o volante. De início, acho que ele não vai me responder. O silêncio se demora antes que ele fale.

— Não é você.

Ele olha para mim, e fico submersa em uma densa floresta verde. Espero um pouco para que ele se explique, mas começo a perceber que essa não é a sua especialidade. Resolvo facilitar o lado dele.

— Olha, sei que você não queria nada disso. Você não pediu para que uma celebridade pop mimada entrasse na sua vida e roubasse seu quarto de hóspedes. Então... — Não quero falar isso, mas preciso. É a coisa certa a se fazer. — É só falar que eu ligo pra minha agente e peço que ela mande alguém me buscar. Depois do almoço já estarei longe daqui — digo, tentando não parecer tão decepcionada quando ofereço essa alternativa tão terrível.

— Mas você não quer fazer isso?

Escolho minhas palavras com cuidado.

— Eu... estava querendo passar um tempo longe — respondo. Tento não dar muitas explicações, pois ainda lembro bem da reação dele mais cedo, quando comecei a falar da minha vida.

Noah mantém o olhar no meu rosto. Está tentando me entender, procurando alguma coisa e encontrando uma resposta. Ele suspira e olha pela janela. Alguns momentos se passam, até que enfim ele solta o ar.

— Ok — diz. — Vamos lá, você pode ficar na minha casa esse final de semana. Mas precisa encontrar outro lugar pra ficar na segunda de manhã.

— Sério? — confirmo, como se tivesse três anos e alguém me oferecesse um bolo antes do jantar. Nunca tinha me sentido tão desesperada por uma coisa. Tão feliz com uma perspectiva. Pigarreio e continuo: — Quer dizer... tem certeza?

Ele tenta não sorrir.

— Tenho. Só... não posso ser seu guia turístico enquanto estiver aqui. Eu trabalho em tempo integral, então você vai ter que se virar sozinha. Entendeu?

— Entendido — respondo, assentindo com firmeza. — Você nem vai perceber que eu estou aqui. Sério, vou fazer o maior silêncio, que nem um gato.

Ele dá partida na caminhonete e engata a marcha à ré, murmurando enquanto tira o carro da vaga:

— Duvido muito.

8
Amelia

Está na hora de fazer aquilo que eu tanto estava evitando, algo tão divertido quanto arrancar meus próprios olhos. Encaro meu telefone e encontro o contato de Susan. Não recebi nenhuma mensagem ou ligação dela porque ainda estou sem sinal (as vantagens de uma cidade pequena), mas, ainda que eu queira desaparecer mais do que tudo, sei que não posso ser irresponsável. Agora, estou oficialmente dez minutos atrasada para minha entrevista com a *Vogue* e tenho certeza de que Susan está criando um buraco no chão de tanto andar para lá e para cá e quase ligando para a SWAT.

Não era a minha intenção ficar tanto tempo sem falar com ela, mas acabei me distraindo com panquecas e essa ida à cidade, e, pela primeira vez, esqueci de Susan e das minhas responsabilidades. Mas agora chegou a hora, e minha mão está tremendo.

Saio do quarto onde Noah me deixou ficar pelos próximos quatro dias e vou para a sala. Ele disse que ia trabalhar, mas não saiu desde que chegamos em casa. Em vez disso, olhou as horas, suspirou como se tivesse acabado de tomar uma decisão e foi fazer algumas tarefas pela casa. Colocou umas roupas na máquina de lavar. Ligou a lava-louça. Ficou entrando e saindo do quarto dele, abrindo a porta apenas o suficiente para poder passar. Minha curiosidade atingiu proporções épicas. O que diabos ele tem dentro daquele quarto que não quer que eu veja?

Minha imaginação vai longe. É um antro de fantasias sexuais. Ou está lotado de coisas de *Star Trek*, que nem um templo. Ah não, talvez ele seja viciado em colecionar bichinhos de pelúcia.

As opções são assustadoras e infinitas, e eu nunca vou saber o que está do outro lado daquela porta (o que provavelmente é uma coisa boa) porque segunda-feira vou achar outro lugar para ficar. Talvez até lá Mabel fique com dó de mim e mude de ideia.

Noah endireita um pouco as costas quando me escuta me aproximar, mas não se vira de imediato. Ele espera um pouco, limpando o balcão da cozinha, e por fim aqueles ombros largos se voltam para a minha direção.

— Oláááá — digo, sorridente.

— Oi — responde ele, seco.

Seu olhar é de preocupação, como se ele estivesse esperando que eu fizesse algo horrível a qualquer momento.

— Olha, não vou roubar seus travesseiros, tá?

Ele franze a testa e balança a cabeça.

— Não achei mesmo que fosse.

Dou uma bufadinha e reviro os olhos.

— Bem, você está andando por aí como se fosse um homem das cavernas guardando suas pedras mais preciosas.

Vou batendo o pé, imitando como imagino que seria um homem das cavernas bravo e possessivo. Não é o auge do meu charme.

Noah levanta as sobrancelhas. Braços cruzados. Pose carrancuda.

— Esse sou eu, por acaso?

— Obviamente.

— Hum. — Uma pausa. — Preciso melhorar minha postura.

Sinto um sorriso querendo surgir no meu rosto.

— Isso foi... uma piada, Noah Walker?

— Não.

Ele está negando, mas a palavra me perpassa como se ele estivesse sussurrando *sim* na minha nuca. Um homem confuso, muito confuso. A temperatura do meu corpo também está confusa agora que começamos a nos encarar, e sinto que as nossas roupas correm o risco de entrar em combustão espontânea. Parece ridículo, mas é a primeira vez que uso uma técnica que aprendi no jardim de infância: *Inspira pelo nariz, solta pela boca.*

— Você precisa de alguma coisa? — pergunta Noah.

Seu olhar não tem mais os indícios de desejo por mim que vi antes. Qualquer indicativo de que ele me acha bonita sumiu, e começo a questionar se não foi tudo fruto da minha imaginação.

— Ah... é. Você tem wi-fi? — pergunto, erguendo meu celular.

— Não.

Com os braços cruzados, ele se encosta no balcão e cruza as pernas, uma bota sobre a outra. Essa pose é uma outra versão da já conhecida pose carrancuda (esperando chegar a patente dela) e é tão incrivelmente masculina que os pelos do meu braço se arrepiam. *Inspira pelo nariz, solta pela boca.*

— Você não... você não tem internet?

Ele não deve ter entendido a minha pergunta.

Seu cabelo loiro balança quando ele faz que não com a cabeça.

— Não, sem internet.

Noah parece um cofrinho cheio de dinheiro. As palavras são como moedas, e preciso virá-lo de cabeça para baixo, sacudindo bastante, para conseguir alguma coisa. Quase começo a suspeitar de que ele fala pouco só para me irritar. Para me deixar nervosa. E por que estou caindo como um patinho?

Tenho duas respostas possíveis. A primeira é o meu disco arranhado de sempre: *educada, educada, educada.* A segunda, e a que acho que vou seguir agora, é um instinto novo de desejo primitivo que diz: *jogue com ele, jogue, jogue.*

— E você ainda se pergunta por que eu te comparei a um homem das cavernas.

Mas não, ele não é um homem das cavernas, ele é... clássico. Como a caminhonete dele. Como o telefone fixo. Como sua caligrafia. Como a camisa xadrez com as mangas enroladas que evidenciam os braços fortes.

— Essa é sua ideia de silenciosa que nem um gato? — Ele mantém a cara amarrada, mesmo que eu consiga sentir que está se divertindo com a situação.

— Essa é a maior frase que você já disse?

Noah levanta uma sobrancelha. Ponto para mim.

— Ela ocupa meu quarto de hóspedes. Come a minha comida. Me chama de homem das cavernas. E ainda insulta a minha inteligência — diz, balançando a cabeça como se fingisse me repreender.

— E ainda vou perguntar se posso pegar uns pijamas emprestados.

Queria conseguir treinar minha expressão para ser tão carrancuda e estoica como a dele. Fazer piadas com tanta acidez que derreteria uma cadeira, mas não consigo. Sou uma fofura, sempre sorrindo.

— Por que você quer uma roupa de dormir minha?

Uau, falando "roupa de dormir", todo sério... Pensar na roupa de dormir como "pijama" deve ser infantil demais para ele. Essa pequena diferença nos define muito bem.

Dou um sorrisinho.

— Porque imagino que você não quer que eu saia andando pelada por aí? — Jogue, jogue, jogue. Vejo que a ponta da orelha dele está ficando vermelha, então dou uma maneirada. — Esqueci de trazer roupas de ficar em casa.

Ele engole em seco, dá uma (muito breve) olhada no meu corpo e assente.

— Já volto.

Noah foge para o quarto como se a ladra de travesseiros estivesse correndo atrás dele, e aproveito o momento de privacidade para ligar para Susan. Olho o número nos contatos do celular e disco no fixo. Está chamando.

— Susan Malley — responde uma voz decidida.

— Susan! Oi, sou eu...

— Rae! Graças a DEUS!

Afasto um pouco o telefone do ouvido para minha audição não sofrer nenhum dano permanente. Por um instante, o alívio dela me enche de uma sensação boa, como uma luz quentinha. Ela percebeu que eu sumi e ficou preocupada comigo! Por um breve momento, parece que estou conversando com a antiga Susan, que veio falar comigo no início da minha carreira. Mas quando ela continua, a luz se apaga.

— Onde você está? É muito escroto da sua parte estar atrasada assim. E onde enfiou seu celular? Liguei pra você a manhã inteira! Espero que esteja vomitando horrores e por isso não possa estar aqui.

Ela não está preocupada comigo. Está preocupada com a ideia de Rae Rose perder uma entrevista.

— Não estou doente. Eu só... fiquei sem sinal.

Susan ri, mas é óbvio que não está achando a menor graça nisso.

— Do que você está falando? O sinal é ótimo na sua casa. Você precisa que eu peça um celular novo? Vou comprar um agora mesmo, porque esse tipo de coisa não pode acontecer...

— Susan — interrompo. — Eu não estou em casa.

Uma pausa.

— Táááá — diz ela, bem devagar, finalmente entendendo que estou diferente. — Onde você está?

— Estou...

Pressiono os lábios e olho por cima do ombro, para o corredor que leva ao quarto de Noah. Será que devo contar a Susan onde estou? Devo confiar que ela não vá aparecer aqui batendo na porta imediatamente com uma equipe de seguranças? Pela primeira vez, consigo sentir o gosto da liberdade e estou morrendo de medo de perder isso.

— Estou tirando umas férias antes da turnê.

— Você está... tirando... *umas férias*. — Ela fala pausadamente, como uma mãe dando a chance para a filha mudar de ideia sobre o que disse.

Fecho os olhos e reúno a coragem.

— Isso.

Ela solta uma risada assustadora.

— Você está de sacanagem comigo? — questiona.

— Não. Não estou. Estou tirando férias para cuidar de mim, porque... — A pergunta que Noah me fez hoje mais cedo ecoa na minha cabeça. *Você precisa da aprovação da sua agente pra comer?* De repente, não sinto vontade de explicar nada. Tenho vontade de ser um cofrinho de moedas. — Porque eu preciso.

Susan não está nem um pouco satisfeita. O silêncio é tão tenso que sinto que vou fraquejar. Se ela insistir, não sei se vou conseguir me manter firme.

— Você tem compromissos. Muitos compromissos, Rae. O que você quer que eu faça? Ligue e cancele tudo? É a divulgação da sua turnê! Tudo isso é pra te ajudar a conquistar os *seus* sonhos, e as pessoas separaram o tempo precioso delas pra você.

Aff, odeio a pessoa que ela está me fazendo parecer. Agora estou me sentindo uma garota mimada que precisa aprender uma lição. Como se eu só pensasse em mim mesma. Mas também estou começando a achar que, se isso fosse verdade, eu não estaria me sentindo entorpecida, como se não passasse de um lixão. E a verdade é que eu nunca reclamo. Nunca faltei a entrevistas e sempre tento ser grata pelo tempo das pessoas. Essa é a primeira vez que faltei a um compromisso. Mereço algum crédito, né?

Noah aparece no corredor e, quando me vê falando ao telefone, dá meia-volta, vai para a sala e se joga no sofá, quase como um garoto, algo que eu não esperava. É irritante que ele fique ali, ouvindo tudo mesmo fingindo que não.

Me viro de costas para Noah e começo a enrolar o fio do telefone no dedo.

— Desculpa, Susan. Estou muito cansada e preciso de espaço para respirar e voltar a ser eu mesma.

No começo da carreira, eu e Susan éramos próximas e conversávamos sobre tudo. Lembro que, logo que comecei a fazer sucesso, ela me levou junto com a minha mãe a várias rádios. Susan reservou ótimos hotéis para a gente, e depois de cada entrevista íamos aos melhores pontos turísticos e saímos para jantar. Era divertido. Ou apenas pedíamos serviço de quarto e assistíamos a algum filme enroladas em nossos roupões chiques de hotel, rindo como amigas. Foi incrível: minha mãe e eu ainda éramos próximas e minha agente era minha amiga. A vida ainda era pura empolgação e novidade, e a fama ainda não tinha acabado comigo.

Durante esses dias e noites, conversávamos muito sobre meus sonhos e o que eu queria conquistar na carreira. Susan era atenciosa, séria. Paciente e compreensiva. Não consigo dizer ao certo quando ela parou de ser essas coisas, mas agora fica óbvio que já faz muito tempo que a Susan que eu conhecia não existe mais.

Sinto falta dela, e também sinto falta da garota com um brilho nos olhos que achava que sem tocar e cantar o mundo não fazia sentido. Ela acordava cedo porque uma letra de música não saía da sua cabeça e *precisava* escrever. A garota que sentia dor nas costas e nos dedos no final do dia, porque tinha ficado perdida em pensamentos ao piano.

Mas não tenho certeza se Susan percebeu que essa garota não existe mais.

— Todo mundo está cansado, Rae, mas você não vê a gente desistindo de tudo e desperdiçando o tempo das pessoas, como você fez hoje. Agora é sério. Vou te dar o final de semana, mas depois você tem que voltar. E também preciso saber onde está, pra mandar o Will ficar com você.

Will, meu guarda-costas. Ele fica na minha cola o tempo todo. E normalmente eu fico contente em saber que ele está por perto, mas quando penso em Mabel e no toque leve de sua mão de hoje de manhã, sinto que Will não será necessário aqui.

Percebo que me virei novamente para encarar Noah quando ele olha para trás e nossos olhares se cruzam.

— Não preciso do Will agora. Estou segura e ninguém aqui me reconheceu.

— Não. Isso é inaceitável. Já estou com a caneta na mão, pode me falar o endereço. Além disso, você vai precisar fazer algumas entrevistas por telefone enquanto estiver aí. É importante que a gente não perca esse período de divulgação antes da turnê. Você vai ter tempo de descansar no ônibus, entre os shows.

Minha nossa, Susan sempre foi assim? Um trator? Parece que ela passou por cima de mim e me deixou esmagada no chão.

Noah se levanta e vem até mim. Em vez de fazer a mesma coisa que fez de manhã, ele para a alguns passos. Sinto um frio na barriga e tenho certeza de que se ele soubesse me obrigaria a tomar água fervendo ou alguma coisa do tipo para voltar à temperatura normal. Quando ele me olha, lembro que preciso estar ali, lembro que aquela sensação de estar voltando à vida é essencial e que Audrey Hepburn nunca está errada. Preciso me entregar a isso, seja lá o que isso for, e Susan vai ter que lidar com a ideia de que não estou disponível o tempo todo.

— Na verdade, Susan, vou ligar para você no domingo à noite e dizer onde o carro deve me buscar na segunda de manhã. Vou ficar fora de contato até lá.

— Não, Rae, es...

Desligo o telefone.

Encaro o aparelho, meus olhos arregalados. Eu realmente acabei de fazer isso? Me sinto livre, poderosa e INCRÍVEL... até que o telefone toca. Levo um susto com o barulho e olho desesperada para Noah. Nem sei por que estou olhando para ele. Não é como se ele pudesse fazer alguma coi...

Assim como aconteceu hoje de manhã, Noah está atrás de mim. Seu braço passa pelo meu ombro e ele puxa o fio do telefone, que cai inerte no chão. O toque para, e minha única reação é encará-lo.

Ele não está sorrindo, mas também não está franzindo a testa.

— Homens das cavernas não precisam de telefone mesmo — diz.

Ele coloca um pijama nas minhas mãos. Quando o abro, vejo que é um conjunto de camisa e calça. De flanela, azul-escuro com listras brancas. Por que não estou surpresa? É exatamente o tipo de pijama que Gregory Peck usaria em *A Princesa e o Plebeu*. Sofisticado, *classudo*. O único tipo de pijama que Noah poderia ter.

Ele percebe que estou sorrindo e entende o motivo na mesma hora.

— Eu tenho irmãs — admite, e é absolutamente maravilhoso perceber que ele está envergonhado. — Elas compraram isso de presente de Natal, porque dizem que eu sou um velhinho.

— Cuidado, você falou muitas palavras. Vou começar a achar que gosta de conversar comigo.

Dou um breve sorriso e levo o tecido ao rosto, passando de leve na bochecha, contente com o toque suave. É uma coisa estranha para se fazer, então não sei por que me sinto confortável em fazer isso na frente dele.

Noah me observa por um momento e depois olha para trás, tentando evitar que eu veja que está sorrindo. Mas eu vejo.

— Vou encontrar uma pessoa para almoçar antes de voltar para a loja.

Ah. É por isso que ele ficou aqui enrolando em vez de voltar logo para o trabalho? Ele tem um encontro? Ele disse que estava solteiro, mas acho que isso não significa que não esteja saindo com alguém. E POR QUE isso me deixa irritada?

Noah pega as chaves no balcão.

— Então... tem comida na geladeira, se você ficar com fome. E agora você sabe como chegar na cidade. Tem uma bicicleta lá nos fundos, se precisar de alguma coisa. Ligue pros bombeiros se acontecer algum incêndio.

— Inspira pelo nariz e solta pela boca — digo, sorrindo. Ele assente algumas vezes.
— É. Bom. Vejo você mais tarde.
— Acho que sim.

9
Noah

Olhares suspeitos me seguem em todos os lugares. Como gremlins irritantes que não me deixam em paz.

Amelia está na minha casa há quase três dias, mas, além de Mabel, ninguém conseguiu confirmar a existência dela, já que a mulher não arredou o pé de lá e eu mantive minha política de *sem comentários*. Não tenho ideia do que ela tem feito lá nos últimos dois dias porque tenho evitado Amelia do mesmo jeito que evito Harriet no... bem, em todos os lugares. Mas é nítido que os boatos sobre ela (ou Rae, que é como a conhecem) estão crescendo, já que minha loja teve mais visitas nesses dias do que no último mês inteiro.

Ninguém por aqui costuma escutar músicas da moda, já que preferem um som com uma pegada country e letras sobre um cara e seu amado cachorro dirigindo por uma longa estrada empoeirada. Então ninguém está subindo pelas paredes para vê-la ou algo assim. Eles só se importam com a fofoca. Querem parar na mesinha de café da igreja e sussurrar detalhes da vida de uma pop star, como se estivessem distribuindo esmola para os pobres.

Além do mais, todos se lembram do que aconteceu com Merritt, e querem lugares na primeira fila para a possível sequência da minha desastrosa vida amorosa. Mas tenho novidades para eles: vão se decepcionar, porque não vou chegar nem perto de Amelia.

É só por isso que estão rondando por aqui. Todo mundo já sabe quais tortas eu faço. Cada um tem uma torta favorita, e eu sei todas de cabeça até bêbado. Ainda assim, as pessoas ficam enrolando aqui, encarando as tortas como se fossem uma iguaria.

— E essa torta de mirtilo tem recheio de quê?
— Mirtilo — respondo, cruzando os braços.
— É, isso eu sei, mas não tem mais nada? — pergunta Gemma, dona da loja de tecidos em frente à minha.
— Não, são os mesmos ingredientes dos últimos cinquenta anos.

A própria Gemma deve ter mais ou menos cinquenta anos, e também é aqui da cidade, então conhece essa torta melhor do que ninguém.

Ela faz uma careta, franzindo o nariz: uma admissão de que suas técnicas de espionagem chegaram a um beco sem saída. Olho para Gemma sem sorrir, querendo que ela apenas escolha logo a droga da torta e vá embora.

Phil e Todd estão sentados na mesinha alta, ainda com o café que pediram há uma hora e comendo garfadas ridículas de pequenas. Já vi hamsters darem mordidas maiores. Graças a Deus já posso fechar em meia hora e... espera, não posso ir para casa. *Ela vai estar lá.* Qual desculpa posso dar agora? Como vou conseguir evitar Amelia pelas não sei quantas horas que faltam até eu ir dormir? Tenho ido para a casa do James todo dia depois do trabalho e só vou embora bem tarde, para não precisar conviver com ela. Mas James me disse (de uma forma nada educada) que preciso parar de ser covarde e que a casa dele hoje estava proibida.

Estou me martirizando por ter concordado em deixá-la ficar durante o fim de semana. Devia tê-la mandado embora. Não é como se ela não tivesse casa nem dinheiro. E quando eu parar e me perguntar o porquê de ter deixado Amelia ficar, sei que não vou gostar da resposta. Porque tenho certeza de que vai ter alguma relação com o fato de eu ter ficado um tempo a mais no banheiro olhando o hidratante que ela usa, que nem um psicopata. Disse para mim mesmo que eu não podia mexer naquilo. Só NÃO MEXA. Mas o pote estava lá, do lado da escova de cabelo e da bolsa de maquiagem, e era tentador demais para não abrir a tampa e cheirar, como a pessoa patética que eu sou. Pior ainda, fiquei desapontado quando percebi (já que fiquei perto dela algumas vezes) que o cheiro não estava certo. Fica diferente na pele dela. Mais forte, leve e quente.

Estou irritado.

Estou nervoso.

Estou frustrado.

E me agarro a essas emoções, porque são elas que evitam que eu cometa o erro de me acostumar com uma mulher bonita e talentosa que tem uma personalidade cativante e mora bem, *bem* longe de Roma, Kentucky.

Gemma sai da loja com a torta de maçã, baunilha e Bourbon (a mesma que ela sempre compra, lógico), e quase todo mundo vai embora, a não ser Phil e Todd. Estou limpando o balcão quando vejo uma mulher de bicicleta aparecer na frente da vitrine...

Não pode ser. O que ela está fazendo aqui? E por que está usando o meu boné?

Aquela ladrazinha.

O sino da porta avisa quando Amelia entra, com raios de sol ao seu redor como se fosse um anjo enviado à Terra para provar a existência dos céus. Queria poder dizer que meus olhos não percorrerem suas longas pernas bronzeadas e definidas no short branco (o mesmo que ela usava na noite em que nos conhecemos), mas seria mentira. O cabelo longo e castanho está preso em uma trança de lado, chegando até a barriga. No final da trança, um laço azul-marinho combina com a blusa de listras azuis que ela está vestindo. Nos pés, tênis brancos, mas sei que por baixo daquilo estão as unhas pintadas de vermelho. Nem preciso dizer que esse estilo clássico e sofisticado dela é o completo oposto do meu boné velho de beisebol do Atlanta Braves. Ela acha que isso vai ajudá-la a esconder o rosto? Amelia chama tanta atenção quanto um lindo e radiante peixe fora d'água.

Ela abaixa um pouco a cabeça ao se aproximar do balcão, hesitante.

— Sei que prometi não incomodar você, mas sua geladeira está meio vazia, então pensei em vir até a cidade comprar algumas coisas para fazer o jantar hoje. Para agradecer pela estadia e tudo o mais. Mas aí eu vi o nome da loja e lembrei que você disse que tinha uma loja de tortas, e *meudeusvocêestábravo*. — Ela nota a minha cara emburrada e começa a andar para trás. — Eu vou embora. Desculpa. Foi uma péssima ideia e...

Ela para de falar e se vira, indo para a porta, a trança balançando nas costas como se pedisse que ela andasse mais rápido.

Phil e Todd baixam a cabeça ao mesmo tempo, sussurrando e me olhando com cara de decepção. Assim como James, eles acham que não estou tratando Amelia bem o suficiente. Essa cidade é educada demais para o meu gosto, e queria eu não ter sido criado para ser assim. Eu gostaria de poder afastar Amelia de uma vez, como estou tentando há dias, sem ir imediatamente correndo atrás dela, que nem agora.

— Amel... Rae. — Seus ombros ficam tensos quando digo seu nome, e ela para, se virando devagar para me encarar. Indico a vitrine de tortas com a cabeça. — Dá uma olhada.

Se eu deixar que ela veja tudo logo, talvez ela tenha sua cota de "vida normal" e vá embora mais cedo. Porque tenho certeza de que é isso que Amelia quer. A estrela rica e famosa está tirando férias dos palcos e experimentando nossa vidinha pacata, depois disso vai ter algumas boas histórias sobre os caipiras para contar aos amigos. Esta cidade é só uma parada curta na trajetória dela. Pode acreditar.

Não sei se ela está sorrindo ou fazendo careta quando olha cada cantinho da loja, porque vou para a cozinha e começo a limpar as coisas. Quando escuto a porta da frente fazer barulho, dou um suspiro alto de alívio, sabendo que isso significa que ela foi embora.

— Não devia ter deixado ela ficar — murmuro enquanto esfrego uma tigela na pia. — Não vale a pena. — Esfrega, esfrega, esfrega. — Idiota.

— Você fala mais com a louça do que com as pessoas.

Dou um pulo quando escuto a voz de Amelia atrás de mim. O susto foi tão grande que acabei jogando uma bolha de espuma bem nos meus olhos.

— Merda. Droga!

Agora meus olhos estão ardendo como se alguém tivesse jogado spray de pimenta neles. Estou tentando usar o ombro para limpá-los, mas não está dando certo, e minhas mãos também estão cheias de sabão.

— Desculpa! Deixa que eu ajudo.

Amelia pega meu ombro e me vira de frente para ela, e, mesmo com os olhos ardendo e queimando, consigo ver que ela pega um pano molhado. Se ela acha que eu vou deixar que cuide de mim, não perde por esperar. Não quero que se aproxime.

— Eu estou bem.

Passo o braço pelos olhos, mas isso só piora a situação. Lágrimas involuntárias começam a cair. Não estou chorando! Quero deixar registrado que meus olhos estão fazendo isso por vontade própria!

Enfio minhas mãos cheias de sabão embaixo da torneira e esfrego freneticamente para que fiquem limpas e eu possa tirar essa chuva ácida dos olhos. Amelia tenta novamente me puxar pelo ombro, mas eu não deixo.

— Ah, pelo amor de Deus — diz ela, como se já morasse nesta cidade há mais de dois dias.

Ela se enfia por baixo do meu braço e se coloca entre mim e a pia. Minhas mãos ao lado de seu torso, nossos peitos se tocando. Fico sem reação ao sentir a onda quente de eletricidade que me percorre. Faz muito tempo que não tenho uma mulher em meus braços, e é só por esse motivo que meu corpo está reagindo dessa forma tão intensa.

— Só me deixa tirar o grosso do sabão e depois você pode continuar me ignorando — diz ela, ficando na ponta dos pés.

Amelia coloca o pano nos meus olhos e limpa o sabão. Eu me sinto melhor. Ou talvez eu não esteja mais sentindo dor porque meu cérebro está ocupado pensando em todos os lugares em que nossos corpos estão se tocando. Demoro cerca de dois segundos para perceber que os olhos dela têm pintinhas verdes. Que quando o hidratante de baunilha dela se mistura com a pele, fica com cheiro de açúcar mascavo. A parte de cima do nariz dela tem uma porção de sardas, mas quase não dá para perceber. Tirando o delineado que cobre a raiz dos cílios e se estende um pouquinho para fora, acho que ela não usa maquiagem. Se eu tivesse que adivinhar, diria que esses lábios cor de framboesa são naturais.

Engulo em seco quando Amelia abaixa a mão e meus olhos não estão mais queimando. Ela não se move. Eu não me movo. Há um tipo de atração magnética entre nós, e descobrir isso não me deixa nada feliz. Mais do que tudo: adoraria sentir alguma repulsão por essa mulher, mas não sinto. E definitivamente não odeio ficar encarando esses lábios cheios, me perguntando se eles são tão doces quanto aparentam.

Eu deveria dar um passo para trás. Abaixar os braços. Respirar fundo e me acalmar. Mas é impossível: meus pés não se movem e meus olhos não conseguem parar de olhar aquela boca.

E então, não sei quem se mexe primeiro, mas nossos lábios se tocam. Minhas mãos vão para a nuca dela, e Amelia abraça minha cintura, aproximando nossos corpos. *Curvas macias. Cheiro quente. Mãos ávidas.* A boca deliciosa de Amelia faz com que a minha linha de raciocínio desapareça, restando apenas o desejo. Dou um passo para a frente, fazendo com que ela fique encostada na pia. Devíamos parar por aqui. Isso vai contra tudo o que falei. Mas ela dá um gemido encorajador que desperta uma ânsia em mim que não consigo controlar.

Quando beijo alguém, normalmente sou lento, como se tivéssemos todo o tempo do mundo. Uma sensualidade gentil que vai crescendo e que é boa de aproveitar. Mas Amelia mexe com alguma coisa em mim. *Impaciente. Ganancioso.* A língua dela passeia pela minha, e é tão doce que sinto como se estivesse sendo queimado vivo.

Deixo minhas mãos escorregarem até a sua cintura e aperto os dedos em seu quadril. Estou a ponto de sentá-la no balcão quando escuto o sino da porta da loja. O som nos traz de volta à realidade, e recobro a capacidade de pensar direito.

Abaixo minhas mãos e vou para beeeem longe, sentindo que o que quer que isso tenha sido foi um erro. Amelia vai para o mais longe possível no balcão. Não estamos nos encarando mais, e o clima é constrangedor.

— Amelia, desculpa. Isso...

— Não era pra ter acontecido — diz ela, terminando minha frase. — Eu sei. E me desculpa também. Vamos seguir em frente e não falar mais sobre o assunto.

Somos impedidos de continuar falando sobre isso (o que provavelmente é a melhor opção) quando uma voz familiar me chama da porta.

— Noah?

Ah, não. Agora não. Achei que elas só voltariam amanhã!

— Ele deve estar lá atrás.

— Provavelmente se escondendo.

Olho para Amelia e faço uma careta.

— Já peço desculpas por antecedência — digo.

Amelia só tem um segundo para parecer confusa antes que minhas três irmãs mais novas irrompam pela porta da cozinha, olhos frenéticos e na caça.

— Aí está você! — exclama Emily, a mais velha, que poderia muito bem ser descrita como uma garrafinha de pimenta. — Você tem muita coisa para explicar! — Ela acabou de fazer vinte e nove anos e tem os mesmos olhos verdes da minha mãe. Iguais aos meus.

Depois vem Madison, a segunda mais nova, que empurra a porta e olha por cima dos ombros de Emily.

— Acabamos de chegar e tivemos que ouvir da Harriet que você deixou uma mulher desconhecida dormir na sua casa ontem à noite! — Madison é a que mais se parece com meu pai. Tem olhos e cabelo escuros. Finge ser tão assertiva e inabalável quanto Emily, mas não me deixo enganar: ela é puro sentimento.

Então chega Annabell (conhecida como Annie), a caçula da família, de vinte e seis. Fofa, quietinha, gentil, e também a única com o cabelo naturalmente loiro, quase branco. Costumávamos brincar que ela era filha do carteiro, já que nem meu pai nem minha mãe eram loiros. Até mesmo Emily e eu temos o cabelo um pouco mais escuro do que o loiro mesmo.

— Mas daí a Mabel contou pra Gemma, que contou pro Phil, que contou pra gente, que não é uma mulher qualquer, é a Rae Rose! A *própria*!

Madison se aproxima e cutuca meu peito.

— O que você estava pensando pra não ter contado pra gente? Você não ama mais as suas irmãs?

Dou um leve sorriso.

— Como foi a exibição de flores? — pergunto.

— Não mude de assunto! Vai, Noah, diz logo que odeia a gente! — exclama Emily.

Annie coloca as mãos na cintura.

— É o único motivo que conseguimos pensar para você não ter ligado imediatamente pra gente e dito que uma estrela pop está dormindo na sua casa. — Annie faz uma pausa e sua expressão fica um pouco envergonhada. — A exibição foi ótima, obrigada por perguntar.

Realmente, uma bomba de energia. Essas garotas falam tão rápido que só quem está muito acostumado consegue acompanhar. E eu sou uma dessas pessoas.

Pigarreio e olho delas para a pobre mulher no fundo da cozinha, olhos arregalados, parecendo um coelho que caiu em uma armadilha. Na verdade, isso é bom. Talvez assuste Amelia e a faça sair da cidade. Devia ter chamado minhas irmãs antes.

As três seguem meu olhar até se depararem com Amelia.

— Senhoritas, essa é Rae Rose. — *Amelia*, corrijo na minha mente. — Infelizmente, o carro dela quebrou na frente da minha casa há algumas noites e ela está presa na cidade até Tommy conseguir consertar... ou...

Deixo o *ou* no ar. *Ou até que ela se canse de nós e chame alguém para buscá-la. Ou até a minha energia caótica a espantar. Ou até que eu acorde desse sonho/pesadelo.*

Minhas irmãs ficam boquiabertas, e chega a ser cômico. Provavelmente é a primeira vez na vida que elas estão sem palavras.

Amelia sorri, e não consigo deixar de notar como é um sorriso diferente dos que dirige a mim. Com alguma coisa que só consigo descrever como charme, Amelia levanta a mão e acena para elas, simpática.

— Oi. Prazer em conhecê-las.

Depois de dois segundos de completo silêncio, o choque das minhas irmãs passa e elas desatam a falar. É uma confusão de sotaques sulistas bombardeando Amelia com milhões de perguntas. Felizmente para ela, só existem três pessoas nesta cidade que são realmente fãs de Rae Rose. Infelizmente, todas se encontram na cozinha com ela neste momento.

A conversa segue mais ou menos assim, mas tudo ao mesmo tempo:

EMILY: Você está presa na casa do Noah? Você sabia que ele não tem nem wi-fi?

MADISON: Noah é chato demais. Venha ficar com a gente hoje à noite!

ANNIE: Vamos pro Hank, quer ir?

EMILY: Hank é o bar da cidade e vamos lá todas as sextas.

MADISON: A gente pode te buscar!

ANNIE: Pode ficar tranquila que não vamos deixar ninguém incomodar você.

EMILY: Você vai amar! Prometo.

Realmente espero que Amelia dê um passa-fora nelas e saia correndo. Não tem nenhuma chance de ela ter entendido o que minhas irmãs falaram uma por cima da outra. Mas é claro que estou errado de novo, porque Amelia parece ser a única pessoa do mundo que consegue falar a língua das mulheres da família Walker quando estão animadas.

Ela abre um sorriso enorme, e, sendo sincero, nunca vi ninguém parecer mais feliz. *Ou mais bonita*, passa pela minha cabeça, porque eu sou um idiota.

— Hum... Hank... Eu adoraria ir com vocês. Se... — Os olhos dela se movem em minha direção e o sorriso diminui um pouco.

— Se estiver tudo bem pelo Noah.

Nem consigo responder antes de Emily se intrometer.

— Por que raios você precisa da permissão dele? Pelo que eu sei, ele não é dono da cidade. Bem, ele é dono *desta* loja, mas não é dono do bar do Hank. Você vai vir com a gente, então?

Como essa mulher entrou tão rápido na minha vida? Um tornado demoraria mais a passar por esta cidade. E provavelmente causaria menos estrago do que Amelia.

10
Amelia

Deveria ser estranho ficar na casa de Noah. Mas por que não é? Eu não me senti tão confortável assim nem em quartos luxuosos de hotel, com um frigobar lotado com as minhas comidinhas favoritas e um segurança na porta. Alguma coisa naquela casa é aconchegante. Dou uma olhada no quarto onde estou acomodada e percebo que é porque cada coisa aqui parece ter um propósito (uma história) ou trazer um sentimento. Enquanto ele tem uma colcha de retalhos provavelmente feita pela avó ou por uma tia, eu tenho um edredom caro, escolhido pela minha designer de interiores. E é *disso* que sinto falta na minha casa em Nashville. Ela é cheia de coisas, mas não de memórias.

Quando isso aconteceu? Às vezes, sinto como se, no dia que aceitei o título de Rae Rose, uma borracha gigante tivesse surgido atrás de mim e apagado meu passado. Meu coração aperta quando penso nas noites tranquilas que eu passava com a minha mãe, nós duas na mesa da cozinha pintando as unhas ou comendo pipoca. Não cheguei a conhecer meu pai, porque quando souberam da gravidez, no último ano da faculdade, ele não quis formar uma família. Deixou bem claro que minha mãe estaria sozinha caso quisesse levar a gestação adiante. Minha mãe diz que sempre gostou da ideia de ser mãe jovem, começar uma família cedo, e não achava que seríamos menos família sem um pai, então não foi uma decisão difícil.

E ela estava certa: nunca senti falta de nada na nossa casa. Quer dizer, as coisas não eram fáceis, e, como mãe solo, ela precisava trabalhar bastante, mas éramos felizes. Uma vez por ano, fazíamos uma viagem de carro épica até a praia e alugávamos um quarto num hotel barato, com areia no carpete, já que era o melhor que podíamos pagar. E essas são minhas memórias mais felizes. Minha mãe era toda a família de que eu precisava. Minha *melhor* amiga. E aí meu primeiro single alcançou o topo das paradas e tudo mudou. Quando as coisas começaram a dar certo e o dinheiro começou a entrar, aos poucos fomos nos distanciando. Subimos num caminhão de mudança, saímos do Arizona e fomos para uma casa enorme em Los Angeles assim que pudemos. Logo de cara o lugar parecia cavernoso. Os móveis novos ainda não tinham o formato do nosso corpo e eu não conseguia me sentir confortável em lugar nenhum. Minha mãe amava, claro, e vê-la feliz me fez feliz. Ela sempre foi a alma de qualquer festa, então não teve a menor dificuldade em fazer amizade nos círculos de celebridades a que fui apresentada. No início, continuamos próximas, mas depois de alguns anos ela não estava mais tão presente. Faltava a jantares que combinávamos, dizendo que devia ter se esquecido completamente e que não se lembrava nem de ter combinado nada comigo, e isso depois de me deixar uma hora esperando e de eu ter ligado várias vezes. Mas eu sabia que tínhamos marcado, porque eu pedia para Susan confirmar, e Susan é a pessoa mais certinha que conheço.

Muitas situações como essa foram acontecendo, sem contar a insistência pesada para que Susan transferisse mais dinheiro para ela. Minha mãe sempre tentava fazer isso pelas minhas costas, mas Susan me contava, e eu acabava concordando com tudo que ela queria; meu único desejo era que ela ainda me quisesse também, e não apenas meu dinheiro.

A gota d'água foi o aniversário de quarenta e cinco anos dela. Planejei uma viagem surpresa para nós duas. Durante semanas. Susan me ajudou a reservar o avião e uma *villa* em Cabo por cinco dias. Mas quando Susan mandou o carro buscá-la para nos encontrarmos no aeroporto, minha mãe disse que não podia ir. Já tinha feito planos com as amigas e não queria cancelar.

E foi nesse dia que parei de tentar manter um relacionamento com ela.

Apesar de sentir como se ela estivesse me usando, continuo sustentando minha mãe, já que é a única conexão que ainda temos. E, no fim das contas, é muito difícil falar não para sua mãe quando ela continua pedindo mais. Ou talvez eu seja viciada na onda de valorização que sinto quando ela finalmente precisa de mim. Hoje em dia, nosso contato é quase todo por meio de Susan, e isso tem me ajudado a manter distância, mas de vez em quando ainda recebo algumas mensagens dela pedindo algo. Machuca, e normalmente tento mandar respostas bem curtas.

De qualquer forma, gosto que a casa de Noah seja pequena. A decoração é mais para minimalista, mas dá pra ver que é realmente a casa de alguém e que ele não é maníaco por organização. Tirando minha ida à Loja das Tortas, não saí da casa nos últimos dias, então já conheço bem o lugar. Sinto que entendo Noah um pouco mais por conta dos seus objetos. Há um buquê simples, porém maravilhoso, num vaso de vidro branco na mesa do café. Nunca conheci um homem que tivesse flores em casa, e acho significativo. O enxaguante bucal que ele usa é verde, da mesma tonalidade de seus olhos. Fica no armário do banheiro, do lado da escova de dentes (não elétrica) e da pasta de dentes (branca). Ainda não dei uma espiada no quarto dele porque ele deixa a porta fechada, como se tivesse medo de que eu fosse entrar correndo feito um filhote de cachorro que não sabe onde fazer xixi e escolhe fazer em cima da cama.

Amo isso.

Amo que ele não esticou um tapete vermelho pela casa para me receber. Ele não tentou me entreter nenhuma vez desde que cheguei. Na verdade, manteve distância a maior parte do tempo. Acho que é por conta do incidente do beijo (aff, aquele beijo incrível!) de hoje, mas não me importo, porque ele me deixa viver como se eu fosse normal. Não consigo explicar como isso é maravilhoso. Até o jeito como as irmãs dele me trataram foi diferente do público em geral. Sim, elas foram intensas, mas de um jeito bom. E eu soube de cara que podia confiar nelas, porque me convidaram para sair em vez de pedir alguma coisa. Não queriam uma selfie. Não queriam autógrafo. Só queriam que eu saísse com elas porque acharam que seria divertido. E depois de três dias hibernando dentro desta casa e com a cabeça a mil, pensando no que vou fazer da minha vida, *diversão* parece uma ótima pedida.

Falando em ótima pedida, o beijo de Noah invade meus pensamentos de vinte em vinte segundos. Como o beijo de um quase estranho pode ter me deixado tão fissurada? Mas vou ignorar esse pensamento, porque isso não pode acontecer de novo de jeito nenhum.

Mas agora a questão é: o que vestir para ir no bar do Hank? Ou era Honk? Tonk? Acho que era Hank.

— Noah! — grito pela porta do quarto. — O que eu visto para ir ao bar do Honk?

Falo o nome errado de propósito, porque irritar Noah se tornou um dos meus passatempos preferidos. Transformei isso em um jogo. Quanto tempo vou demorar para fazer esse dono rabugento da loja de tortas perder a cabeça? Eu devia registrar isso de alguma forma. Baixar um aplicativo cheio de recursos para manter um histórico das diferentes expressões faciais dele.

Sei que ele está em casa porque ouvi quando entrou no banheiro e ligou o chuveiro depois de chegar do trabalho. Ele ficou lá por uns vinte minutos. Vinte tortuosos minutos durante os quais fiquei andando de um lado para outro no quarto, como um tigre enjaulado, tentando não pensar em como deve ser aquele homem pelado. Minha nossa. Sei que essa seria uma visão daquelas. Uma visão que eu *nunca* vou ter porque esse não é o objetivo dessa viagem.

E, sinceramente, é muito problemático que eu fique imaginando esse tipo de coisa. *Estou com vergonha de você, deusa interior. Controle-se.*

Escuto um grunhido vindo de algum lugar fora do quarto.

— Hank. É o bar do Hank. Já que você vai, pelo menos aprende o nome.

— Ok, bem, então qual roupa eu uso para ir no bar do Hank?

— Qualquer porcaria que você quiser.

Não sei como é possível, mas Noah ficou ainda mais mal-humorado desde hoje mais cedo (provavelmente por conta do incidente que não devemos mencionar). E estava com as sobrancelhas franzidas todas as vezes que olhou para mim depois do fiasco das bolhas de sabão. Eu sei, a gente invadiu o espaço pessoal um do outro e ele está chateado com isso. Não vai acontecer de novo.

Mas a questão é: eu namorei três caras depois de adulta — um ator, um modelo e um cantor (meu último namorado). Todos eram homens que as revistas consideram lindíssimos, eleitos os mais sexys e mais bem-sucedidos do mundo. Ainda assim, nunca senti uma atração tão forte quanto a que estou sentindo por Noah Walker.

Mas não posso deixar que isso continue. Vou embora na segunda-feira, e, da vez que tentei, Susan me proibiu de namorar um cara normal. Ela disse que nossos mundos eram diferentes demais. Infelizmente, também estou proibida de comer cupcakes, de fazer qualquer atividade que traga felicidade ou de piscar sem a autorização de Susan.

Argh. Pensar na minha vida me deixa triste. Acho que é hora de praticar meu esporte preferido: irritar o Noah.

— Então vou com um vestido de noite! Tenho um coberto de paetês, com uma fenda na coxa... quer dizer, eu já fui com ele na festa de aniversário do Harry Styles, mas tenho certeza de que ninguém aqui vai se incomodar se eu usar o mesmo vestido duas vezes. Além disso, o Harry adorou, então...

Mordo meu lábio inferior e espero.

E, como se fosse mágica, eu o escuto vir com passos pesados até a porta do meu quarto.

— Não usa isso. Você vai ficar ridícula toda arrumada — diz ele. Ninguém pode dizer que esse homem não é sincero. Ele não ameniza nada. *Ele é ótimo.*

P.S.: Eu nem trouxe vestido de noite porque não sou idiota, apesar do que Noah parece pensar de mim.

— Só... vai de calça jeans e camiseta — continua, parecendo estar em uma sessão de tortura por ter que ser meu consultor de moda.

Ou talvez seja só por estar falando comigo? Não sei. Mas, *meu Deus do céu*, estou adorando não ser obrigada a agir como se vivesse saltitando num campo florido o tempo todo. Ele acha que está me afastando com essa grosseria. Mal sabe ele que estou adorando o mau humor.

Abro a porta, mostrando a roupa que já tinha escolhido: jeans e camiseta e um sorrisinho de *olha só*.

— Tipo isso?

Ele me olha de cima a baixo, bufa e vai em direção ao próprio quarto. Abre só uma frestinha e quase se arrasta para dentro.

— Cuidado! — grito na frente da porta dele. — Você quase deixou espaço pra eu passar rapidinho por debaixo do seu pé!

Ele grunhe e eu sorrio. Amelia 2 x 0 Dono rabugento da loja de tortas.

11
Amelia

As irmãs de Noah são diferentes de qualquer pessoa que já conheci. Elas estacionaram na entrada da casa dele e buzinaram para que eu saísse. Literalmente. Buzinaram. Quando saí, elas assobiaram e gritaram:

— Uau, a princesa do pop está indo no bar do Hank! Pode ir lá atrás com a Annie.

E por "lá atrás" elas queriam dizer a caçamba da caminhonete. Se a Susan me visse agora, chacoalhando nessa estrada escura numa caçamba sem cinto de segurança, parecendo uma pipoca na panela, ia ter um treco. Cair durinha. Vai ser uma noite e tanto, já consigo sentir. No fundo do meu ser. O meu ser sacudido e chacoalhante.

Infelizmente, esse balanço todo está me dando um pouco de dor de cabeça. Pode não ser nada, mas pode ser o começo de uma daquelas enxaquecas que comecei a ter com mais frequência. Os médicos dizem que são por conta do estresse, e que eu deveria descansar mais. Mas não tenho tempo de descansar, e é por isso que carrego na bolsa um remédio superforte receitado por um deles, e é exatamente o que estou procurando agora.

Quando acho o potinho laranja, abro a tampa discretamente e pego um comprimido, engolindo com a minha saliva mesmo, para que Annie não veja. Não sei por que me sinto desconfortável com isso. É só uma dose forte de ibuprofeno, mas as pessoas pensam outras coisas quando veem celebridades tomando comprimidos, e não quero começar a contar todo o meu histórico médico para elas.

Jogo o pote dentro da bolsa de novo assim que nos aproximamos do bar. Madison coloca a cabeça para fora da janela do passageiro e grita:

— Cuidado, galera, hora da festa para as professoras!

— Vocês são professoras? — pergunto para Annie, me segurando no canto da caçamba quando Emily faz a curva para dentro do estacionamento muito rápido.

Annie dá risada.

— Elas são, mas estão de férias. Eu tenho uma floricultura, que fica ao lado da loja do Noah.

Floricultura. De repente, o buquê na mesa de Noah faz mais sentido.

— Então você deve ser a responsável pelas flores na casa dele — comento.

Annie ri de novo e balança a cabeça.

— Mais ou menos. Noah vai na loja quase todo dia comprar um buquê quando está indo pra casa. Acho que no fundo ele tem medo de eu falir caso ele não compre.

Na-na-ni-na-não. Não faça isso, coração. Sei que você está querendo pular, mas não vou permitir. E daí? Ele é só um bom irmão.

Grande. Coisa.

Emily e Madison descem da caminhonete e abrem a caçamba para sairmos. Quando olho para o bar, meu estômago para na boca. É um bar minúsculo, basicamente no meio do nada, com um estacionamento gigante quase lotado. Uma placa neon confirma que estamos mesmo no *Bar do Hank*, e estou vendo tantas caminhonetes que o estacionamento parece um jogo de Tetris. Aqueles que chegaram aqui antes dos demais não vão conseguir tirar o carro tão cedo. Pelas janelas, vejo que o bar não é muito iluminado, mas vislumbro tantas pessoas lá dentro que tenho certeza que ultrapassaram a lotação.

— Tudo certo? — pergunta Annie, parando ao meu lado e notando que estou nervosa.

Engulo em seco e gesticulo sem muita animação para o bar.

— Parece... cheio.

Emily chega do meu lado.

— Claro que tá! — diz. — Todo mundo... e eu tô falando de todo mundo mesmo... vem pra cá sexta à noite. É a única maneira pra fazer na cidade e ninguém quer ficar de fora.

Ah, que ótimo. Um bando de gente enfiada no mesmo lugar e eu sem nenhuma proteção. Quais as chances de alguém ali ser obcecado por música pop? De repente, queria que Noah estivesse aqui, o que por si só já é um pensamento ridículo. Nos conhecemos há apenas poucos dias, mas, de alguma forma, ele faz com que eu me sinta segura.

— Não tem uma... uma entrada dos fundos por onde podemos passar? E vocês têm um boné na caminhonete? Não pensei que estaria tão cheio ou eu teria...

Madison começa a me empurrar para a frente. Meu corpo está sendo levado até a porta, e me sinto um gato chegando perto da água. Ela ri.

— Essa cidade é inofensiva. Pode confiar. A gente vai cuidar de você. E a Emily é quem manda nessa bagunça, então todo mundo vai fazer o que ela quiser.

Hum... Então por que sinto como se estivesse sendo levada para um sacrifício?

Annie abre a porta para nós e me oferece um sorriso encorajador quando começo a ouvir música country. O lugar é barulhento e está cheio. Aterrorizante e emocionante.

— Deixa a Emily ir na frente.

Fico para trás, como ela disse, e faço alguns exercícios de respiração que uso antes de entrar no palco, para ajudar com o nervosismo. Não chego nem à segunda repetição antes de Madison pegar minha mão e me puxar para dentro junto com ela.

Juro que os trinta segundos seguintes acontecem exatamente assim:

Atravessamos a porta.

Todas as cabeças se viram em nossa direção. O grupo de pessoas dançando enfileiradas no meio do salão para. A música para. Tudo fica em silêncio e dá para escutar o barulho da porta se fechando atrás de nós.

E todo mundo está me encarando.

Bem, pelo visto, as pessoas aqui acompanham o mundo da música pop. Ou pelo menos o mundo das celebridades. Porque com certeza estão me olhando como se eu fosse uma. O cheiro forte de cerveja e suor, misturado com a forma como meu coração está acelerado, me deixa com vontade de vomitar. Isso foi uma péssima ideia. Sair de Nashville foi uma péssima ideia. O que diabos eu pensei? Que ia entrar na cidade e passar um tempo feliz e sozinha longe do mundo? Agora toda essa gente sabe que eu estou aqui e meu sossego acabou. Pode esquecer o prazo de segunda-feira, vou ter que ir embora hoje, porque a qualquer momento um deles pode pegar o celular, tirar fotos e colocar nas redes sociais. Os paparazzi vão estar aqui em uma hora. É sempre assim.

Eu me viro para sair, mas Madison segura meu braço.

— Espera. Está tudo bem.

Ela acena com a cabeça para Emily e eu observo, impressionada, quando ela sobe no balcão do bar, coloca as mãos ao redor da boca e diz:

— Tá bem, escuta aqui, todo mundo! Estou com a minha amiga Rae Rose e ela quer se divertir sem ser incomodada. Então façam de conta que receberam alguma educação da mãe de vocês e vamos tratá-la com respeito! Além disso, ela tá ficando na encolha aqui na nossa cidade, então geral vai fingir que nunca viu. Entendido?

A multidão concorda, animada, e várias pessoas assentem, levantando cervejas e dando sorrisões.

— Boa! Agora alguém me arruma uma bebida!

Emily é uma deusa. É tudo que consigo pensar, porque todo mundo faz exatamente o que ela mandou. A música volta, risadas ecoam, todos se viram de costas para mim e voltam a fazer o que estavam fazendo antes da minha chegada. O homem atrás do balcão ajuda Emily a descer e coloca uma cerveja nas mãos dela.

E é isso.

Ninguém me trata diferente. Ninguém fica me encarando. Ninguém pede um autógrafo. Durante a meia hora seguinte, eu e as irmãs Walker rimos, bebemos e conversamos. E, sinceramente? Acabo esquecendo que fora daqui acham que eu sou uma pessoa importante. Sim, elas querem saber como foi namorar meu ex, Tyler Newport (acho que tipo namorar aquela rainha má da Disney que ficava se olhando no espelho e perguntando quem era a mais bela), e também qual é a minha parte favorita de ser cantora (eu desconverso, já que minha crise profissional tomou proporções épicas e não consigo lembrar de nenhuma parte boa), mas essas perguntas são logo respondidas e a conversa parte para outro rumo.

— Tenho que admitir — digo a elas, depois de tomar minha primeira cerveja e me sentir um pouco mais solta. — Estava preocupada que a galera fosse surtar quando me visse. Já estive no meio de hordas de fãs e estava apavorada que isso acontecesse de novo.

Madison ri, porque, para quem não é do meio, "horda de fãs" parece uma coisa saída de um desenho animado. No mundo real, é doloroso, assustador, e uma invasão emocional e física da qual é difícil de se recuperar. Mas a maioria das pessoas não tem noção disso, então não me importo quando elas acham graça.

— Se eles pareceram interessados, é só porque essa cidade está doida por fofoca nova desde que Kacey ficou grávida e todo mundo jurava de pés juntos que era do Zac, mas acabou que o bebê é a cara do marido dela, Rhett. O pessoal anda muito entediado desde então.

Emily se debruça na mesa e diz:

— Mas, sério... eu tinha certeza de que era do Zac. Ainda mais depois que ele...

— Olhou pra ela na igreja no domingo! Sim! — Madison dá um tapa na mesa, espirrando cerveja. Annie só sorri e assente. — Olha, todo mundo é legal por aqui. A gente só precisa jogar a real desde o começo. Eles não vão te incomodar, e você não precisa se preocupar com ninguém indo pras redes sociais explanar a sua localização. Até porque, caso não tenha percebido, não tem sinal de celular aqui. Nosso irmão nem tem celular.

Isso não me surpreende. Mas é curioso como minha pele se arrepia a qualquer mínima menção a Noah. Como minha mente começa a se lembrar das mãos dele pelo meu corpo, a boca explorando a minha. E aquela sensação de que algo estava muito certo que me dominou quando nossas peles se tocaram.

— Então — diz Emily, se apoiando nos antebraços. — Pra onde você estava indo antes de o seu carro quebrar na frente da casa do Noah?

Tomo um gole da minha segunda cerveja e passo a língua pelos lábios.

— Hum... pra cá mesmo.

As três franzem a testa.

— Pra cá? — pergunta Madison. — Pra Roma, Kentucky? Você veio *pra cá* de propósito? Por que você fez uma coisa dessas? Faz anos que eu tento sair desta cidade, mas Annie e Em não me deixam.

— Mas é claro, porra — diz Emily, no que Annie lança um olhar frustrado para ela e pega um caderninho do bolso, incluindo mais uma linha em algum tipo de contagem. — Desculpa, Annie. Quer dizer, mas é claro, *poxa* — ela se corrige, fazendo um gesto enfatizando o *poxa*.

Annie nota a minha confusão ao olhar o bloquinho. Ali estão os nomes Emily, Madison, Annie e Noah, com vários risquinhos ao lado. Na verdade, Annie não tem nenhum risco, e Noah tem pelo menos o dobro das irmãs. Por alguma razão inexplicável, isso me faz sorrir.

— Estou tentando fazer com que eles parem de falar tanto palavrão. Quando um deles atinge vinte riscos, tem que colocar vinte dólares no pote do palavrão — comenta Annie, fechando o caderninho e o deixando de lado.

— E por quê? — pergunto, rindo.

— Porque ela é um anjinho lindo e fofo — responde Emily, com um sorriso petulante.

Annie mostra a língua para a irmã antes de responder.

— Pelo menos uma de nós vai passar pelos portões dourados do céu pra representar os Walker.

Madison abre um sorriso sardônico.

— Portões dourados? Eu só estou tentando sair dos limites da por... porcaria da cidade.

— Boa solução — elogia Annie, sorrindo.

Madison toma um gole de cerveja e continua:

— Só porque eu amo você e porque estou a um palavrão de ter que pagar. Agora, você vai retribuir meu amor e vai me deixar sair da cidade um dia?

— Não — dizem Emily e Annie, em uníssono.

Emily, que me parece ser a mamãe ganso das irmãs, completa a frase com um tom decisivo:

— Noah voltou, e somos uma família. Nossas raízes estão aqui, e é aqui que devemos ficar.

Noah voltou? Quero muito perguntar a Emily de onde Noah voltou, mas não tenho a oportunidade.

Madison suspira, e muita coisa está presente nessa expiração. Desejo, derrota, resolução. Uma quantidade de sentimentos que provavelmente nunca vou entender de onde vêm porque vou embora na segunda-feira. Ela volta a me encarar.

— Desculpa, a gente muda de assunto muito rápido. Estávamos falando do motivo de você ter vindo pra cá.

Agora que já passei alguns dias na cidade, entendo a surpresa dela. Não é exatamente um destino concorrido. Tomo mais um gole de cerveja para ter um tempinho de pensar em uma resposta. Mas então o bar começa a rodar, e minha língua parece ao mesmo tempo pesada e mas mais solta. Me distraio com essas sensações e acabo falando a verdade.

— Procurei no Google Maps a cidade mais próxima chamada Roma, porque é pra lá que a Audrey vai em *A Princesa e o Plebeu*. Elas ficam me olhando, e me pergunto qual parte da frase as deixou mais chocada. Decido tentar falar mais da parte menos estranha.

— Sabem, o filme antigo? — Mais encaradas. — Ah, vocês devem conhecer. É com a Audrey Hepburn e o Gregory Peck. Audrey faz o papel da princesa Ann, que foge da vida de realeza por uma noite e... vocês não têm ideia do que eu estou falando, né?

As três balançam a cabeça. Emily é a primeira a falar.

— Acho que nunca vi um filme da Audrey Hepburn. São bons?

Fico boquiaberta. Estou epicamente desconcertada. Como elas não sabem quem é Audrey Hepburn?

— Como assim? Como vocês passaram a vida inteira sem saber quem é a Audrey? Ela é o suprassumo da graça e preciosidade. Bonita, mas ainda assim um pouco estranha. — Balanço a cabeça, chocada. — Ela é... incrível.

E é minha melhor amiga, não completo, porque não tenho a menor intenção de deixar que elas saibam que sou tão esquisita assim. Ou solitária. Porque só uma pessoa solitária diria que sua melhor amiga é uma estrela de cinema que já morreu.

Madison sorri.

— Parece a Annie. — Ela faz uma pausa dramática, lançando um olhar travesso para a irmã. — Pelo menos a parte do bonita, mas ainda assim um pouco estranha.

Pelo jeito que Madison fala, quase cantando, é nítido que aquilo é uma brincadeira carinhosa. Ainda assim, Emily dá um empurrão de leve no ombro da irmã.

— Ok, já deu de implicar com a caçula hoje. Você sabe que ela é fofa demais pra retrucar.

— Ei! Você não precisa me defender. Eu posso fazer isso sozinha — diz Annie, endireitando o corpo. As duas irmãs esperam pacientemente, queixos apoiados nas mãos. — Maddie é tão... bem, ela é tão... — Annie solta um resmungo irritado, revira os olhos e se encosta novamente na cadeira quando não consegue pensar em nada para dizer. — Obviamente a Madison é a parte da graça e preciosidade, e você também está muito bonita com essa camiseta, Maddie.

As três começam a rir, e Emily dá um beijinho fofo na bochecha de Annie, que parece irritadíssima por não ser capaz de responder à altura.

— Continue assim pra sempre, Annie.

Sentada aqui, vendo as irmãs brincando, discutindo e se amando, sinto o tanto que isso faz falta na minha vida. Estou desesperada por algo assim. *Realmente* conhecer alguém e sentir que me conhecem. Quero me enfiar na vida familiar delas e implorar para que façam piadas comigo do jeito que fazem entre si. Quero que joguem verdades na minha cara que sou incapaz de ver. Quero rir, revirar os olhos e sentir que pertenço a algum lugar. Ter o que elas têm. Mas, para isso, preciso ser sincera e me abrir. Teria que deixá--las se aproximarem, deixar que vissem que sou um pouco estranha e disfuncional, e não sei se valeria a pena fazer isso se vou embora na segunda-feira.

Então, sorrio e tomo um gole de cerveja. *Educada, educada, educada.*

Alguns minutos mais tarde, depois que pedimos mais uma rodada, Madison olha por cima dos meus ombros e abre um sorriso enorme.

— Olhem! O Noah veio com o James!

Uma avalanche de borboletas invade meu estômago, e a sensação é tão avassaladora que quase caio da cadeira. De alguma forma, consigo sentir os olhos de Noah nas minhas costas. Minha pele fica quente. Os pelos do meu braço se arrepiam. Meus dedos estão inquietos. Começo a balançar as pernas, mas nada disso ajuda a apaziguar a sensação de que ele está se aproximando. Levo minha cerveja aos lábios e tomo um gole considerável. Não tenho escolha. Estou sendo controlada pelas minhas emoções.

Infelizmente, se antes o bar tinha balançado um pouquinho, parece que agora está rodando. Como eu posso já estar bêbada? É estranho, considerando que tomei só duas cervejas. Altinha, tudo bem. Mas essa sensação é diferente. E assustadora.

Noah e o outro cara que elas disseram se chamar James chegam até nós. Noah fica na outra ponta da mesa, porque, como sempre, tem medo de chegar perto. O amigo dele, por outro lado, se apresenta com um sorriso simpático.

Ele estica a mão bronzeada e calejada. Estaria mentindo se dissesse que não percebi de imediato como ele é bonito, com aquele cabelo escuro e os dentes brancos.

— Oi, eu sou o James. E vou logo dizendo, para evitar qualquer constrangimento, que sei quem você é. — Ele sorri com ainda mais simpatia, e me sinto à vontade. — É uma honra conhecer você, Rae.

Quer dizer, eu me sentiria à vontade se não estivesse tão bêbada.

Dou uma olhada cheia de suspeita para o que sobrou de cerveja no meu copo, sentindo que sou tomada pela náusea e pela exaustão. Preciso forçar minhas pálpebras a ficarem abertas.

— Também é um prazer conhecer você, Rae — digo, e as palavras parecem areia na minha boca.

O rosto de James assume uma expressão curiosa. *Espera aí*. Eu sem querer o chamei pelo meu nome? Balanço a cabeça de leve e dou uma risada.

— Desculpa, quis dizer *James*. É um prazer conhecer você, *James*. — Seguro minha cerveja como se ela pesasse quilos. — Acho que bebi muito disso aqui.

Annie franze as sobrancelhas.

— Você só tomou duas cervejas e estava bem até agora — diz.

Pois é.

É estranho que eu esteja assim.

Levanto o olhar e encontro os olhos de Noah. Ele parece mais perigoso do que um furacão. As sobrancelhas douradas e espessas estão bem juntas e a mandíbula, travada. Ele não está feliz. Bem, ele alguma vez esteve feliz perto de mim? Seu olhar é tão intenso que preciso desviar, mas com o rabo de olho consigo perceber que não para de me encarar. Um calafrio desce pelo meu braço, e preciso que ele pare de me olhar assim antes que faça um furo no meu rosto.

Além disso, nossa, parece que um caminhão me atropelou e preciso demais dormir. Queria tanto encostar minha cabeça nessa mesa e...

Ah, droga.

Só agora percebi a besteira que fiz.

— Ah! Essa é minha música preferida! — grita Madison. Mesmo estando na minha frente, ela parece muito longe. — Vamos dançar!

As irmãs se levantam para ir até a pista de dança com James, mas Emily fica um pouco para trás e pergunta:

— Você está bem, Rae?

Tento sorrir de um jeito natural. Não tenho certeza nem se meus lábios estão se mexendo.

— Cla-aro! Já... já vou lá!

Ela dá uma risadinha, mas ainda percebo sua preocupação. A mamãe ganso sabe que alguma coisa está errada.

— Ok. Noah, fica de olho nela, tá? Acho que ela é meio fraca pra bebida.

Agora estou sozinha na mesa e fico satisfeita em perceber que ninguém colocou drogas na minha bebida, mas preocupada com o que eu fiz. O mundo está girando, estou muito enjoada, e quero tanto fechar os olhos que não sei se vou conseguir evitar. Mas, pior de tudo, agora estou completamente vulnerável.

Tentando manter os olhos abertos, viro para pegar a bolsa, que está pendurada no encosto da cadeira. Enfio a mão nela e pego meu remédio de enxaqueca. Preciso me esforçar muito para focar, mas tenho certeza de que esse não é o mesmo comprimido redondo que tomei antes. Ou seja... *ah, não, não, não.*

Pego o outro remédio que está na bolsa. Era um remédio superforte para dormir, do tipo que você apaga e só acorda no dia seguinte. Só uso isso quando estou com jet lag. E foi esse o remédio que tomei antes. Eu normalmente não o carrego comigo, mas esqueci que, antes de sair, peguei tudo que estava na pia do banheiro e enfiei na bolsa. Só tomo esse em caso de necessidade extrema, porque o efeito é o mesmo de um tranquilizante de cavalos. Ah, e para melhorar, ele não deve, de jeito nenhum, ser misturado com álcool.

— Você tomou isso?

A voz de Noah surge por cima de mim. Esqueci que ele estava aqui. É difícil lembrar até do meu próprio nome. Ele se aproxima, tirando o remédio da minha mão. Seus dedos tocam minha pele, e fico arrepiada. Ele é tão quente. E até as mãos dele parecem fortes. Fazer tortas realmente é uma bênção para esse homem.

Engulo em seco.

— Tomei. Foi um acideeeeeente — digo, e minhas palavras se misturam, como se eu já tivesse tomado todas. Me sinto totalmente bêbada. E assustada. E sozinha. — Acheeeei que era ooooutro remédio. Mas errei.

— Quantos você tomou? — A voz dele parece um cobertor de microfibra enrolado no meu corpo.

— Só um.

É humanamente impossível continuar acordada. Sinto que o sono me domina por completo.

Encosto a cabeça na mesa e abro os olhos só mais uma vez para olhar para Noah. Sua imagem está embaçada e balança, mas ele não parece mais perigoso. Está com aquela ruga entre as sobrancelhas. Noah preocupado é fofo. Noah preocupado é bom. Confortável.
E esse é meu último pensamento antes de apagar.

12
Noah

Bem, a coisa tomou proporções inesperadas. Adivinha quem está na minha caminhonete, totalmente apagada depois de sair de um check-up no consultório do dr. Macky, que eu implorei para atender depois do horário? Vou dar duas dicas: (1) ela prometeu que eu nem ia perceber que ela estava por aqui e (2) ela tem sido *bem* perceptível.

Essa mulher está na minha vida há apenas alguns dias e vai acabar comigo. Assim que vi Amelia mais cedo, sabia que tinha alguma coisa errada. Os olhos dela estavam vazios, e não senti aquele brilho que é intrínseco a ela. Ela parecia muito assustada e ao mesmo tempo fora de si. Por um segundo, achei que alguém tinha enfiado alguma coisa na bebida dela, e estava prestes a colocar aquele bar abaixo até descobrir quem.

Mas então a vi pegar o remédio da bolsa e entendi. O alívio que senti quando percebi que ela não tinha sido drogada foi imediatamente substituído por pavor. Quando olhei o rótulo do remédio, percebi que ela sem querer havia tomado um calmante. Não preciso ser médico para saber que misturar calmante e álcool não é uma boa ideia.

Annie voltou para a nossa mesa quando percebeu que alguma coisa estava errada, e pedi que ela me ajudasse a colocar Amelia discretamente no carro. Por sorte, todo mundo no bar estava tão animado dançando que ninguém prestou atenção em nós. Eu a coloquei no banco do carona da caminhonete e expliquei a situação para minha irmã.

Fiquei com Amelia no carro e Annie voltou para dentro e usou o telefone do bar para entrar em contato com o dr. Macky. Nunca dirigi tão rápido na vida, e nunca estive tão feliz de ter chegado mais tarde no bar. Se eu tivesse chegado uma hora antes, meu carro estaria bloqueado, como o da minha irmã.

Enfim, levamos Amelia ao consultório do dr. Macky e ele fez uma avaliação rápida. A pressão dela estava boa, assim como a oxigenação, e, mesmo que ela estivesse apagada, o médico disse que ficaria bem depois de dormir bastante.

No momento, ela está fora de combate, no banco da minha caminhonete, e estou parado do lado de fora do carro com a minha irmã, tentando pensar em um jeito de sair dessa situação em que eu nem planejei me envolver, pra início de conversa. Mas quanto mais eu penso, sei que não há nenhuma chance de deixar Amelia sozinha assim hoje à noite. Eu quero, mas não posso.

Annie olha a porta aberta da caminhonete, onde é possível ver Amelia, com o cabelo escuro esparramado e a bochecha colada no couro do banco, respirando de boca aberta.

— Ela parece um filhotinho de cachorro. Toda perdida e triste. Você pode ficar com ela, Noah? Por favoooooor — diz Annie, apoiando as mãos embaixo do queixo e piscando cem vezes.

Olha, o que é curioso em Annie é que ela é quietinha só até ficar sozinha comigo. Aí ela não tem problema nenhum em falar tudo que pensa.

Reviro os olhos, esforçando-me para não perguntar a minha irmã por que ela acha que Amelia está triste. Eu também tive essa sensação, mas... não importa. Não preciso saber. Na verdade, quanto menos conhecer essa mulher, melhor.

— Não. E já vou avisando que você e as meninas não deveriam se apegar a ela. Não dá pra confiar em uma mulher dessas.

Olho para ela com a expressão firme. Já sei que minhas irmãs estão se apaixonando por Amelia, e nada de bom pode sair disso. Não significamos nada para ela. Ela não vai nem olhar para trás quando for embora na segunda-feira, e as meninas deveriam ter isso em mente.

— Ih, cara de mau. Agora a coisa é séria — diz ela. — Quer saber? Aposto que ela não é uma estrela da música pop. Ela deve ser uma agente disfarçada, enviada para a cidade para recrutar novatas para sua agência de assassinos. — Annie balança a cabeça afirmativamente. — Você tem razão. É melhor a gente manter distância.

Semicerro os olhos para ela e tento não sorrir.

— Engraçadinha. Estou só tentando evitar que vocês fiquem de coração partido quando a nova amiga meter o pé da cidade e deixar vocês sozinhas.

— Tentando evitar que a gente fique de coração partido, ou tentando não ficar com o seu coração partido? *De novo*.

É irritante ter irmãs que me conhecem tão bem. Me recuso a cair na armadilha.

— Pode parar com isso. E sobe logo na caminhonete.

— Tá bom. A gente vai pra sua casa?

— Não — respondo e fecho a porta da caçamba depois de Annie subir. — Ela vai ficar na sua cama hoje.

Annie me olha horrorizada.

— Por quê? Você que tem um quarto extra!

— Eu posso não gostar dela, mas isso não significa que eu não quero que ela se sinta segura quando acordar amanhã e estiver se sentindo péssima. Ela vai dormir na sua casa hoje, cercada por mulheres, e não na minha casa sozinha com um homem desconhecido.

Vejo que ela quer reclamar, mas Annie tem um coração mole demais para recusar.

— Tá bem, concordo. Ela pode ficar na minha cama. Eu esqueço que as outras pessoas não sabem que você é um santo idoso.

— Não tão santo, se levarmos em consideração a contagem de palavrões.

Ela aponta para mim.

— Falando nisso, você está devendo quarenta dólares — diz.

Resmungo. Coloquei mais dinheiro naquele pote do que na minha reserva de aposentadoria. Se Annie não doasse tudo para a caridade no fim do ano, eu já teria parado de dar dinheiro para ela. Mas, por qualquer que seja o motivo, parar de falar palavrão é uma coisa importante para a caçula, então... acho que é importante para mim também. Pelo menos quando ela está por perto.

Bem quando estou indo para o banco do motorista, a cabeça de Annie aparece:

— Noah? Você sabe que a vovó teria gostado da Rae, né? Não importa o que você ache, ela tem um bom coração. Sei disso. — Ela sorri como se estivesse se lembrando de algo. — Vovó sempre quis alguém assim pra você.

Encaro Annie, tentando fazer um esforço mental para aquelas palavras não entrarem na minha cabeça. Aponto para a caçamba.

— Senta. Estamos indo — digo. Ela me olha firme. — *Por favor.*

Todo mundo nesta cidade sabe qual é meu ponto fraco? Parece que tenho um alvo pintado nas costas. Eles sabem exatamente de quem falar para partir meu coração.

Entro na garagem e desligo o carro. A cabeça de Amelia está a apenas alguns centímetros do meu colo, e alguns fios do seu cabelo estão na minha perna. Ela murmura quando cutuco seu ombro.

— Ei, pinguça, hora de acordar.

— *Nãoestoubêbada* — replica ela, abrindo os olhos azuis para me encarar.

Droga, Annie estava certa. Ela parece um filhote de cachorro perdido. Não gosto do instinto protetor que toma conta de mim.

— É como se estivesse — respondo, mas ela já está dormindo de novo. A combinação do remédio com álcool a derrubou.

Desço e dou a volta no carro para abrir a caçamba para Annie. Ela pula e para do meu lado.

— A gente vai puxar os braços dela até ela se sentar?

— Parece a melhor opção.

Eu e Annie tentamos fazer Amelia se sentar. A cabeça dela despenca e cola no vidro, e a boca fica aberta, os olhos fechados. Se colocássemos óculos escuros nela, poderiam achar que estamos reencenando *Um Morto Muito Louco*.

— Ok, vamos lá, Bela Adormecida — digo, enroscando um dos braços de Amelia no meu pescoço e a puxando.

Ela não oferece nenhuma resistência, e a moleza do seu corpo faz com que eu a aperte com tanta força que tenho receio de deixar hematomas. Annie está do outro lado dela, mas minha irmã tem 1,5 metro (literalmente, nem um centímetro a mais), então não tem muito como ajudar.

— Foda-se — solto, pegando Amelia no colo e a levando para dentro.

Isso é muito mais fácil, ainda mais depois que Annie ajeita a cabeça de Amelia para que fique no meu ombro, e não mais pendurada como a de um morto. Meu Deus, os dias têm sido difíceis.

Annie sai na minha frente, abre a porta e acende as luzes. Carrego Amelia para dentro, tentando não pensar em como é bom tê-la nos meus braços, como o seu cabelo é cheiroso ou como é gostoso sentir a respiração dela no meu pescoço. Assim que a coloco na cama de Annie, ela se encolhe como se fosse uma bola, com as mãos na barriga. Será que está enjoada? O dr. Macky disse que poderia ser um efeito colateral. De novo, o instinto de protegê-la toma conta de mim.

Olho para Amelia, com Annie ao meu lado. Estamos ambos sem saber ao certo o que fazer agora. Na verdade, eu sei o que preciso fazer. É hora de deixar essa situação nas mãos da minha irmã. Ela pode cuidar de Amelia, já que foi ela que a convidou para o bar, para começo de conversa. A estrela do pop é problema dela, não meu. Fiz minha parte quando a levei ao médico e depois a trouxe para um lugar seguro. Agora posso ir para casa e dormir tranquilo.

Eu deveria ir.

Ela vai ficar bem.

No fim das contas, não vou a lugar nenhum a não ser o canto do quarto, para pegar a poltrona de leitura de Annie e trazê-la para mais perto da cama. Depois, vou ao banheiro e molho uma toalha com água fria para passar na testa de Amelia e diminuir a náusea. Annie observa tudo com um sorrisinho indulgente demais para o meu gosto.

— O que foi? — pergunto, mesmo que meu tom deixe evidente que prefiro não saber a resposta.

Ela pressiona um lábio contra o outro e balança a cabeça, os olhos brilhando de satisfação.

— Nada. Nadica. Vou tomar um banho rapidinho para tentar tirar esse cheiro de bar de mim. Você pode passar uma toalha gelada na minha testa também? Quando eu voltar? Parece ótimo.

— Sai daqui — digo, fazendo de conta que vou chutá-la quando ela sai do quarto rindo.

Mas a verdade é que gosto quando Annie é desafiadora. Queria que ela fosse assim também perto de outras pessoas.

Continuo passando a toalha molhada na testa de Amelia, sem ter certeza se está ajudando, mas já vi alguém fazendo isso em um filme. Pensando bem, deve ter sido um daqueles filmes antigos que minhas irmãs me faziam assistir. E não lembro se a mocinha estava enjoada ou com febre. Que seja, pelo menos sinto que estou fazendo alguma coisa.

Mas não sei nem ao certo o motivo de querer fazer alguma coisa para ajudar Amelia.

Então ela solta um grunhido e abre os olhos. Ela me encara como se tentasse decidir se sou um sonho ou realidade.

— Está se sentindo bem? — pergunto baixinho.

— Noah?

— Sim, sou eu.

Amelia respira fundo e tenta manter os olhos abertos, mas não consegue.

— Eu estou... segura? — pergunta ela, com uma cadência sonolenta que deixa meu coração apertado.
— Você está segura. Está na casa das minhas irmãs. Elas vão cuidar de você hoje.

Ela solta um murmúrio que fica entre tristeza e constrangimento, sem abrir os olhos.

— Nããão. Elas iam ser minhas amigas. Agora elas não vão mais querer.

Franzo a testa e uso o nó dos dedos para secar uma lágrima que escorreu pelo seu rosto.

— Por que você acha isso?

— Muito trabalho. — Ela faz uma pausa, e acho que voltou a dormir, mas então continua: — As pessoas só gostam de mim quando eu não dou trabalho. — Com os olhos ainda fechados, ela junta as sobrancelhas e mais uma lágrima escorre. — Sempre preciso ser educada.

Eu não deveria fazer isso, mas seco a outra lágrima, porque não consigo vê-la chorando. Amelia pega minha mão e segura firme. Sei que ela não está em seu juízo perfeito, já que seus olhos estão fechados e suas palavras, arrastadas. Mas existe uma honestidade crua no que diz, e isso parte o meu coração de pedra.

— Mas com você não é assim. — Ela esfrega a bochecha na minha mão. — Não preciso ser educada com você porque você já não gosta de mim mesmo.

— Isso não é verdade — respondo, mais para mim do que para Amelia.

— Minha mãe era a minha melhor amiga, mas agora ela só gosta do meu dinheiro. Susan só se importa com o meu sucesso. E o mundo todo só quer a Rae Rose. — Ela faz uma longa pausa e suspira. — Estou me afogando e ninguém vê.

Fico sem palavras enquanto Amelia continua a passar minha mão pelo próprio rosto, como se fosse a coisa mais preciosa que ela já segurou. Ver a confiança que ela tem em mim é ao mesmo tempo aflitivo e maravilhoso. Fecho os olhos, porque, *droga*, não quero sentir nada por essa mulher, mas já sinto. Ela está sofrendo e se sentindo sozinha, e por algum motivo quero desesperadamente que fique melhor. Me esforcei muito depois de Merritt para que nenhuma mulher voltasse a ter tanto poder sobre mim, e, lógico, logo esta mulher (a mais impossível de todas) é a que consegue ultrapassar as barreiras e me fazer *sentir coisas*.

Não é paixão. Não é nem desejo. É o pior de todos os sentimentos: carinho.

Carinho é perigoso porque não vem com o cinto de segurança do egoísmo. Carinho coloca muito a perder, e quase sempre termina em um coração partido. Infelizmente, não tenho mais forças para defender meu coração dela. Tem um número muito pequeno de pessoas na minha vida por quem sinto isso, e parece que acabei de acrescentar mais um nome à lista.

Coloco o cabelo de Amelia atrás da orelha, para que ela possa me ouvir, e digo:

— Estou vendo você.

13
Amelia

Estou em uma casa estranha, e definitivamente não é a de Noah. A última coisa de que me lembro é de estar no bar do Hank. E agora estou acordando em uma cama desconhecida. Começo a entrar em pânico até perceber que o quarto é inegavelmente feminino. O edredom florido em cima de mim, a paleta em tons de oliva, rosa e bege. Suculentas enfileiradas na janela e um enorme buquê de flores na mesinha de cabeceira. E ainda estou com a roupa de ontem.

Pela porta fechada, escuto o murmúrio de vozes femininas (estão tentando falar baixo, mas não conseguem), e, com um suspiro de alívio, percebo onde estou.

— Será que a gente deveria acordar a Amelia?
— Não. O médico disse que é pra deixar ela dormir.

O médico?

A memória volta em flashes. Me sentir estranha e sonolenta no bar. Perceber que tomei o remédio errado e misturei com álcool. E então muitas lembranças dos olhos verdes de Noah: ao meu lado no bar, me olhando na caminhonete, no consultório médico, quando alguém colocou uma luz na minha cara. E uma última imagem, os olhos verdes me encarando no escuro, não preocupados, mas com alguma coisa...

Estremeço, fecho os olhos embaçados e solto um grunhido. Com certeza fiz papel de idiota ontem. Talvez por isso esteja aqui e não na casa dele. Ele juntou minhas coisas e me mandou embora. Não posso culpá-lo se foi isso mesmo que aconteceu.

— São quase dez horas. A gente não deveria pelo menos checar se ela ainda está viva? — A voz é definitivamente de Madison.

— Tá bem, mas só uma olhadinha pra ver se ela ainda pertence ao reino dos vivos, e depois a gente deixa ela em paz. Noah mata a gente se descobrir que atrapalhamos o sono dela. — Com certeza é a Emily.

— Ainda não acredito que ele ficou sentado do lado da cama dela a noite toda pra ficar de olho. Você tirou foto? Que raiva que eu não tirei... *Ai!* — solta Madison, com um gritinho no fim.

— Não, ela não tirou foto. Como você pode ser tão mal-educada, Maddie?

— Eu? Annie é quem vive me beliscando! Dá pra parar?

— Prefiro beliscar do que discutir — replica Annie, em um sussurro mais baixo do que o das irmãs.

E, *espera, espera, espera*. Elas disseram que o Noah ficou do meu lado a noite toda vendo se eu estava bem? Meu olhar recai sobre a poltrona vazia, inocente a princípio, mas agora assumindo toda uma importância. Está virada para a cama. Noah passou a noite nessa poltrona se certificando de que eu estava bem. *Você está segura*, lembro que ele disse.

A porta do quarto se abre um pouco, e nem tento fingir que estou dormindo. Três pares de olhos me encaram, e aceno de leve.

— Oi. Tô viva e escutei tudo o que vocês falaram.

Elas abrem a porta por completo.

— Desculpa. Estávamos tentando falar baixo — diz Annie. Ela está usando um pijama estampado com desenhos de bananas.

Madison pula na cama em um moletom tie-dye, calça azul-turquesa e óculos de armação rosa pink. Ela apoia a cabeça nas mãos.

— Então... remédio pra dormir, é? — pergunta.

— Madison! Não se meta na vida pessoal dela, é falta de educação — reclama Emily, me dando um sorriso de desculpas.

— Não, tudo bem. Achei que estava tomando meu remédio pra enxaqueca, mas esqueci que tinha deixado meu remédio de dormir na bolsa no começo da semana. Costumo tomar só quando estou em outro país sofrendo com jet lag. — Balanço a cabeça. — Desculpa por ter dado trabalho ontem. Desculpa mesmo, meninas.

Falar que me sinto uma idiota seria pouco. Meu olhar recai sobre a poltrona ao lado da cama.

Emily se encosta na beirada da cama, com um pijama chique vinho. Ela enfia a coberta embaixo dos meus pés, como se eu fosse um burrito.

— Se faz com que se sinta melhor, você só deu trabalho pro Noah e pra Anna-banana.

Agora o pijama com estampa de bananas faz mais sentido. Olho para Annie.

— Sinto muito mesmo — digo. — E eu achei que seu nome fosse Annie.

Ela dá de ombros com um sorrisinho.

— Annie. Anna-banana. Tanto faz. Os dois são apelidos pra Annabell.

Acho que nunca vi um nome tão adequado para uma pessoa como o dela. Suave. Sulista. Simpático e fofo. Não é justo que elas estejam sendo tão amáveis e eu só tenha dado trabalho.

Decido oferecer algo pessoal, a coisa mais difícil que existe: eu mesma.

— Bem, meu nome verdadeiro é Amelia. Rae é só meu nome artístico.

As três trocam olhares culpados.

— A gente já sabia — confessa Madison. Ela levanta e abaixa um ombro. — A Wikipédia é a maior X-9. Você consegue achar nome e endereço completos de pessoas famosas naquela coisa.

Dou risada porque meu grande segredo já era de conhecimento geral. É isso que ganho por nunca procurar meu nome no Google.

De repente, me pergunto que outras informações extremamente pessoais estão disponíveis por aí. Se Noah ao menos tivesse uma página na Wikipédia...

Meus olhos recaem novamente na poltrona.

— Hum... então... Noah? Ele está bravo? Imagino que sim, já que ele me expulsou de casa.

— Ele não expulsou você — diz Annie, em tom conciliatório. — Ele queria que você ficasse aqui ontem porque estava com medo de você acordar e se sentir insegura por ter passado a noite na casa de um homem estando basicamente inconsciente.

Os olhos verde-floresta aparecem na minha mente mais uma vez. *Você está segura.*

O pequeno crush que ando nutrindo por Noah se transforma em uma coisa maior e mais assustadora. Por que ele não pode ser que nem os outros? Seria mais fácil ignorar as atitudes dele se ele tivesse se certificado de estar aqui até eu acordar para ganhar todo o crédito da boa ação. Mas não. Como na minha primeira manhã em Roma, Kentucky, Noah não está por perto.

O mais estranho é que se eu tivesse acordado na casa dele hoje, não teria me sentido insegura. Alguma coisa em Noah me passa uma impressão honrosa. Mal-humorado demais, mas honroso.

— Onde ele está? — pergunto, olhando para os lados como se ele fosse aparecer a qualquer momento.

— Ah, ele não queria que você soubesse que ele ficou aqui durante a noite... Ai! Dá pra parar?

Olho rápido, a tempo de ver os dedos de Annie se afastando do braço de Madison.

— Ele teve que ir trabalhar — diz ela, com toda a delicadeza do mundo. — Mas disse pra você dar uma passada na loja quando estiver se sentindo melhor. Ele quer falar com você sobre alguma coisa. Posso te levar lá quando eu estiver indo pra floricultura. A loja só abre depois das onze nos finais de semana.

Meu estômago revira. Não sei se de animação ou medo. Ainda existe uma chance de Noah me mandar fazer as malas e ir embora dois dias antes do combinado.

* * *

Depois de devorar uma tigela de cereal, escovar os dentes com o dedo e passar uma escova no cabelo, ligo meu celular pela primeira vez. Madison me disse que se eu ficasse em pé na cama dela e balançasse o aparelho por um tempinho, podia conseguir uma barrinha de sinal. E ela tem razão, funciona. Quando consigo sinal, recebo sessenta e sete mensagens e trinta e dois e-mails. A maioria de Susan, e alguns da minha mãe.

Odeio a esperança que sinto de que talvez as mensagens dela sejam sobre coisas cotidianas e simples como:

Vi esse chinelo na rua e me lembrei de quando você prendeu o pé no banheiro público e teve que sair do shopping descalça! Estou com saudades! Me liga quando der.

Mas não.

Mãe, 7:02: Oi, meu bem! Você está na casa de Malibu esse fim de semana? Queria ficar lá um tempo. Los Angeles está cheia demais.

Credo.

Mãe, 7:07: Você deve estar ocupada esse fim de semana. Vou mandar um e-mail pra Susan! Beijos.

Não devia, porque já aprendi que minha mãe não se importa mais, mas, por algum motivo, me pego digitando uma resposta.

Amelia: Na verdade, esse fim de semana estou em uma cidadezinha no Kentucky chamada Roma. Precisava fugir de tudo.

Aperto enviar e fico encarando o telefone na esperança de obter uma resposta, aguardando que ela faça algum comentário sobre o fato de eu estar em *Roma*. Que mostre que ainda se lembra de alguma coisa, que ainda pensa nas nossas noites assistindo aos filmes da Audrey. Meu coração está desesperado para que ela demonstre alguma preocupação pelo meu sutil pedido de ajuda.

Três pontinhos aparecem na tela, e, logo depois, a resposta.

Mãe: Ok. Desculpa incomodar você no seu descanso! Vou falar direto com a Susan se precisar de alguma coisa.

Tá. A culpa é minha por criar expectativa.
Nem me dou ao trabalho de ler todas as mensagens de Susan. Dou uma olhada nas vinte primeiras, todas simpáticas e cordiais, gentilmente pedindo para que eu repense e volte. Mas elas logo se transformam em exigências: *Lembre-se das suas obrigações.* Pelo nível de culpa expresso nas mensagens, seria de se imaginar que estou fugindo de uma guerra, e não que faltei a uma entrevista. Mas uma coisa é certa: Susan não está gostando de ficar sem acesso a mim. Uma luzinha se acende na minha cabeça, mas não tenho tempo de explorá-la agora. Desligo o telefone sem responder mais nada, pensando que preciso lembrar de ligar para a equipe que cuida da minha casa mais tarde. Disse para Susan que ia entrar em contato no domingo à noite, e pretendo fazer isso.

Ir de carro para a cidade com Annie é como entrar em uma cabine hiperbárica, depois de ter passado por um café da manhã barulhento com as irmãs. O jeito como elas conseguem falar todas ao mesmo tempo e ainda assim entenderem umas às outras é um talento e tanto. Senti como se estivesse assistindo a uma série de comédia e precisei literalmente sentar em cima das minhas mãos para não aplaudir quando uma delas falava uma coisa engraçada.

Agora estou na caminhonete de Annie (aparentemente todo mundo na cidade precisa ter uma), chegando no centro. A maioria das cidadezinhas que conheci tem o formato de um quadrado. Mas Roma é como se fosse uma cidadezinha em "T", com estradas que levam a fazendas e residências distantes. A maior parte das lojas é feita de tijolos e tem letreiros coloridos. É um pontinho minúsculo no mapa, e se você piscar enquanto está dirigindo, vai passar direto. Mas de algum jeito eles conseguem ter de tudo por aqui. Na rua principal há uma sorveteria, uma loja de material de construção, um mercado, uma cafeteria, uma lanchonete, uma floricultura e, claro, a Loja das Tortas. Ninguém estaciona na rua — em vez disso, Annie nos leva até o estacionamento público do lado da loja de material de construção do Phil. É meio mórbido, mas me pergunto se quando alguém morre o novo dono muda o nome da loja ou se eles mudam o próprio nome para combinar com a loja. Quem sabe existe um cemitério cheio de Phils e Hanks.

Dou dois passos para fora do carro e vejo a caminhonete laranja de Noah. Sabia que ele estaria aqui. Foi por isso que vim para o centro, e ainda assim não consigo parar de encarar o carro. Um objeto inanimado não deveria trazer a sensação confortável e empolgante que está passando pelo meu corpo agora, mas é isso que acontece. E pra valer. Vou colocar a culpa disso na aura de mistério que ronda Noah e em certa nostalgia. Me sinto como uma adolescente que está indo para o acampamento de férias: a gente sabe que só dura alguns dias, então na mesma hora procura a pessoa mais gata do lugar, foca nela e desenvolve um crush instantâneo. É isso. É só um crush. Atração. Proibida. Temporária. Meu corpo quer o corpo dele, e fim da história.

Quando Annie pigarreia, percebo que estou encarando o veículo como se fosse capaz de beijá-lo. Ela é gentil o suficiente para não fazer nenhum comentário, e vou até onde ela parou para me observar babando na caminhonete. Eu realmente devo estar passando uma impressão descoladíssima, sinceramente.

A floricultura de Annie fica do lado da Loja das Tortas, e ela pergunta se quero entrar antes. Já que parece que eu sou a maior covarde do mundo, aproveito a chance para atrasar meu encontro com Noah.

A loja parece a Disneylândia das floriculturas. É toda colorida e cheia de luz natural, e a sensação lá dentro é de que tudo vai dar certo nessa vida. Baldes de flores enfeitam as paredes, e há uma mesa de fazenda gigante nos fundos, pintada de branco.

— O que fez você decidir abrir uma floricultura? — pergunto enquanto escolho algumas flores soltas para montar um buquê.

Um girassol, algumas margaridas, uma flor cor-de-rosa grande e fofinha, em formato de cone, e algumas folhagens. Fico em dúvida se sou boa em fazer buquês quando vejo o resultado de tudo aquilo nas minhas mãos.

— Minha mãe. Ela adorava flores. — Nossos olhares se cruzam quando viro para trás ao ouvir aquele *adorava*. No passado. Annie não me espera perguntar. — Ou pelo menos é o que dizem. Ela morreu quando eu era criança, então não me lembro muito dela — diz, e pega o pequeno buquê das minhas mãos, trocando a flor em cone por uma rosa e colocando alguns cravos cor de laranja. *Muito melhor*. Ela põe tudo na mesa e embrulha em papel marrom, com um pequeno laço, finalizando em seguida com o adesivo da loja.

— Sinto muito. Mas é uma ideia linda ter uma floricultura em homenagem a ela.

Annie sorri, e é como se um raio de sol entrasse ali.

— É mesmo. E acho que ela ficaria feliz de saber que dei o nome dela pra loja.

Ela aponta para o letreiro em uma caligrafia bonita. *Floricultura da Charlotte*. Milhões de perguntas passam pela minha cabeça sobre quando e como ela morreu, mas nada disso me diz respeito, então fico calada e pego a carteira para pagar pelo buquê.

Annie solta uma risadinha e balança a cabeça.

— É por minha conta.

— Não, sério, me deixa pagar — digo de imediato, me sentindo culpada.

Não posso aceitar. Pareceria mesquinho, ainda mais considerando que eu sou a pessoa que tem milhões de dólares, e ela tem uma lojinha em uma cidade minúscula. Até Noah paga pelas flores para que ela não entre em falência.

Mas Annie apenas me entrega o buquê com um sorriso gentil e suas covinhas.

— Um símbolo de amizade.

O gesto dela me emociona. Ela não está pedindo nada para mim. Não quer meu dinheiro. Só minha amizade.

Seu sorriso diminui ao me encarar.

— Você está... chorando?

— *Não!* Claro que não. — Fungo. — Não é... Isso seria... São as flores. Acho que sou... alérgica. Ou talvez seja o remédio pra dormir saindo do meu organismo.

Annie ri.

— Aham. Sei. Acho que você tem alergia a sentimentos.

Suspiro e aperto as flores contra meu peito.

— É... Talvez. Alguma coisa nesta cidade está me fazendo agir desse jeito.

— Imagina morar aqui — diz ela, com os olhos brilhando, achando graça.

Mas não. Me recuso a imaginar isso, porque sei que acabaria gostando demais. Na verdade, é hora de ir ver o homem que eu sei que vai dar um fim nas minhas ilusões. Ele vai estar mal-humorado, irritado, e vai parecer que a última coisa que deseja no mundo é a minha companhia, e isso vai ser ótimo.

Antes de sair da loja, Annie me ajuda a fazer um buquê com as flores preferidas de Noah (e eu a convenço a me deixar pagar por esse).

— Se você ficar mais tempo parada aí, vai acabar criando raízes. Essas flores todas vão nascer na sua cabeça.

Solto o ar e olho para trás. Mabel está vindo na minha direção, o vestido cor-de-rosa com estampa floral balançando ao vento, os sapatos de couro fazendo um leve barulho quando ela anda. Ela dirige um olhar cheio de sabedoria para mim e para a Loja das Tortas. Estou ao lado da porta. Ela para ao meu lado, os quadris largos quase se encostando nos meus. Seguro firme os buquês de flores, como se fossem recém-nascidos e eu devesse protegê-los com a minha vida.

— Estou nervosa demais para entrar — confesso por fim, porque sei que Mabel não aceitaria nada menos que a verdade. Ela saberia na hora se eu mentisse.

Ficamos paradas em silêncio, lado a lado, como dois soldados prestes a entrar em uma batalha.

— Por que está aqui, mocinha? — pergunta depois de um tempo, sem olhar para mim.

— Porque Noah pediu pra...

— Não. — Sua voz rouca é bem direta, e levo um susto. Isso me lembra que ela é atenciosa, mas não gentil. — Nesta cidade. Por que está aqui?

Olho para baixo, para as flores bonitas.

— Não sei. Não deveria estar aqui.

— Como assim?

Ela não vai se contentar com nada além de respostas precisas. Mabel não é de meias-palavras.

A vontade de fugir dela é quase insuportável. Mas acho que se eu conseguisse fazer isso, os poderes de sua mente severa me pegariam pelo colarinho e me trariam de volta.

— Eu não deveria estar aqui na frente da loja do Noah. Nem nesta cidade. Longe da minha vida. De férias — digo, tentando me fazer entender.

— Meu Deus, e por que isso, criança?

Criança. Quando foi a última vez que alguém me chamou de "criança"? O carinho na voz dela é um abraço. Como colocar as mãos geladas perto da fogueira.

— Eu não deveria tirar férias sem planejar com um ano de antecedência e confirmar com pelo menos cinco pessoas. Minha agente tem me lembrado constantemente de que estou negligenciando minhas responsabilidades e sendo egoísta por ter ido embora assim de repente.

— Agora me deixa perguntar uma coisa: quando diabos passou a ser crime ser egoísta de vez em quando? — Mabel se vira para mim e coloca as mãos na cintura. — Vou te contar uma coisa que me deixa fula da vida: quando as pessoas dizem como as outras devem se sentir. As pessoas andam muito preocupadas com a vida dos outros, e estou farta disso. Às vezes uma mulher precisa de férias, sabe? — As rugas na testa dela ficam mais evidentes. — Isso não significa que ela seja fraca ou que esteja negligenciando nada, só significa que todas as mulheres que estão vendo você construir uma carreira bem-sucedida vão saber que está tudo bem em dizer não. Está tudo bem em fechar a porta de vez em quando e colocar uma placa de *Hoje estou ocupada cuidando de mim. Cai fora.*

Sinto os olhos marejados. Olho para a mulher ao meu lado, que parece estar disposta a entrar numa briga por mim, e a verdade sai da minha boca antes que eu consiga controlar.

— Mabel, não sei se ainda amo meu trabalho. Ultimamente não tenho amado nem cantar. É por isso que estou aqui.

Ela dá um sorriso doce.

— Mas é lógico, meu bem. Não dá pra amar uma coisa que aprisiona a gente. — Ela semicerra os olhos, pensativa. — Mas você tem a chave pra soltar sua própria corrente, não se esqueça disso. Se permita ser livre por um tempo e o amor vai voltar, pode ter certeza.

Não consigo não rir com essas palavras. Sinto como se ela tivesse tirado um peso enorme dos meus ombros. Os sentimentos que enterrei e guardei por tanto tempo porque *sabia* que ninguém ia entender agora estão livres no mundo. Mabel entende.

Ela se aproxima um pouco mais e pega minha mão do mesmo jeito que fez na pousada. O sorriso e as rugas ficam mais pronunciados.

— Vai tirar suas férias, meu bem. E, melhor ainda, faça isso junto de um homem bom que vai te tratar bem. — Ela indica a Loja das Tortas.

— Mabel, eu não posso ficar. Noah disse que preciso sair da casa dele na segunda.

— Ah, mas você vai ficar, sim.
A confiança dessa mulher.
Dou um sorriso esperançoso.
— Isso significa que você vai me deixar pegar um quarto? — pergunto. — Posso até ajudar com o que você precisar na pousada.
— Não. Estamos lotados, já falei pra você. — Nunca na vida vi uma mulher ficar mais feliz em contar uma mentira. — Mas você vai ficar na cidade. Pode escrever.
— Acho que você está sendo otimista demais. Noah nem quer que eu fique perto dele.
Ela solta um som que é meio resmungo, meio risada.
— Bobagem. Conheço esse menino desde que era bebê. Conheço ele do avesso, e aposto o que você quiser que toda essa rabugice é porque ele *quer* você por perto, mais do que gostaria. — Não discordo, mas me viro para encarar a loja. — E eu vi ele olhando para o seu traseiro quando você não estava prestando atenção.
Volto novamente o olhar para Mabel.
— Mentira.
O sorriso dela fica ainda maior.
— Ok, ele não fez isso. Mas, por essas suas bochechas vermelhas, agora eu sei que você queria que ele tivesse feito. — Ela levanta e abaixa as sobrancelhas e começa a ir embora, passando pela loja de Noah. — Ah, mas isso vai ser ótimo — diz ela para si mesma.
Olho para minhas flores e, quando volto a olhar para onde Mabel estava, ela já foi embora, que nem um fantasma que assombra a cidade. É bem provável que ela só tenha entrado no mercado, mas eu gosto mais da teoria do fantasma.

14
Amelia

Como previsto, o sininho toca assim que entro na Loja das Tortas, alertando Noah sobre a minha presença, e o impacto do olhar dele quase me desequilibra. Noah me encara do balcão, onde está escrevendo alguma coisa em um bloquinho. Um bloquinho clássico para um homem clássico. Os olhos dele focam nos meus e BUM, cara de mau humor. É bom que ele não esteja sorrindo. Eu não conseguiria continuar de pé se ele estivesse. Mas isso... *isso* eu consigo aguentar.

Vou me aproximando do balcão devagar. Ele é um leão com que acabei de me deparar na selva.

— Oiiii — digo, chegando mais perto, um passinho de cada vez.

Ele não responde nada, só levanta uma sobrancelha. Tento não me abalar.

Quando me aproximo o suficiente, olho onde os braços musculosos estão encostados e coloco os dois buquês ao lado no balcão, como se fossem oferendas. Meu olhar acaba se demorando na penugem que cobre seus braços, tão masculina. Os pelos são tão loiros, tão finos, tão discretos que só dá para enxergá-los de perto. Não ajuda que minha cabeça fique lembrando que estou bem perto dele, a ponto de conseguir ver os pelos e a sombra que o boné faz nos seus olhos, nariz e bochechas. A barba está um pouco maior do que ontem, então é provável que ele não tenha ido para casa depois de passar a noite sentado ao lado da minha cama. Não quero pensar em por que a ideia de Noah estar preocupado me deixa toda arrepiada.

Ele olha para as flores e depois para mim.

— Flores?

— Pra você — respondo, empurrando o buquê que fiz para ele mais para perto e depois cruzando as mãos nas costas e balançando um pouco o corpo. — Uma espécie de pedido de desculpa e agradecimento por ter cuidado de mim ontem. — Dou de ombros.

— E sei que você gosta de flores. Annie me contou que você compra buquês com ela várias vezes por semana.

Ele não se abala quando diz:

— Só pra constar, eu faço isso pra ajudar a minha irmã. Não é porque eu sou obcecado por flores ou algo do tipo.

Arregalo os olhos quando escuto aquilo.

— *Obcecado* — digo, a palavra se dissolvendo deliciosamente na minha boca. — Claro que não — termino, concordando com a cabeça e semicerrando os olhos. *Vamos jogar.*

Ele me encara.

— Você está me provocando?

— Só não sei por que você tem vergonha de admitir que é obcecado por flores. — Pressiono os lábios para evitar sorrir.

— Eu não sou... — Ele ergue a voz, se empertigando e mordendo a isca até perceber que estou apenas brincando. Noah resmunga e cruza os braços. *Olha lá a pose carrancuda. Que ótimo ver você hoje.* — Eu gosto delas. Não sou obcecado.

Copio a pose dele, me divertindo horrores.

— Não tem problema admitir que gosta muito de alguma coisa. Não vou tirar sua carteirinha de macho.

Um breve sorriso passa pelos lábios de Noah. Ele sabe que estou sacaneando.

— Eu sou dono de uma loja de tortas. Você acha que eu me importo com a carteirinha de macho? — Ele vira a cabeça para o lado. — *Faça-me o favor.* — E volta a me olhar.

— Se isso for verdade... então por que não confessa sua obsessão por flores? Annie acha que você faz isso porque tem medo da loja falir, mas sabe o que eu acho?

— Tenho quase certeza de que você vai me contar, independentemente da minha resposta.

— *Eu acho* — começo a frase em tom solene, como se estivéssemos em um tribunal — que você sabe quantas pessoas amam e ajudam a Annie, e que a loja dela está indo muito bem, obrigada. Eu acho, meu caro senhor, que você usa seu posto de irmão para esconder... — Deixo o final da frase no ar, enquanto nos encaramos. — Sua obsessão.

Ele apoia a palma das mãos no balcão e se inclina para mais perto. O ar entre nós fica impregnado com alguma coisa doce e calorosa.

— Eu acho... que minhas obsessões não são da sua conta.

— Ahá! — Levanto um dedo na frente do rosto dele. — Então você admite? Senhoras e senhores do júri, vocês ouviram da boca dele!

Para minha completa surpresa, Noah entrelaça o dedo no meu, abaixando os dois para o balcão. Muitas sensações se misturam naquele leve toque, e quando percebo que ele não afastou o dedo assim que nossas mãos encostam no balcão, meu coração para. Não bate mais. Alguém precisa trazer o desfibrilador.

Um sorriso aparece no canto da boca dele, um acréscimo maravilhoso à sombra do boné em seus olhos.

— Eu gosto do cheiro que elas deixam na minha casa.

Fico sem reação. Estou congelada, Noah me olhando com delicadeza, a pele dele na minha, lembranças do beijo invadindo a minha cabeça. Não quero que isso acabe nunca.

— E sua mãe amava flores, certo?

Nada, realmente nada, teria sido pior do que tocar nesse assunto. Um silêncio retumbante se coloca entre nós de uma forma quase física. Eu deveria sair correndo aos berros. Em vez disso, fico observando, prendendo a respiração enquanto Noah franze as sobrancelhas, endireita a postura e tira a mão da minha. Ele não diz nada sobre o que falei, e talvez seja melhor, já que não era a minha intenção ter dito aquilo. Ele apenas se vira e desaparece na cozinha sem dizer mais nada.

Repreendo-me por ter agido como se tivéssemos intimidade o suficiente para falar uma coisa dessas. Como se eu tivesse o direito de lembrar disso, e menos ainda de *saber* que a mãe dele adorava flores e não está mais viva. Ele deve estar se sentindo tão vulnerável agora...

Muito bem, sua linguaruda. Arrasou. Você não consegue agir como uma pessoa normal por um segundo sem estragar tudo?

Eu deveria ir embora. Pensando bem, eu vou.

Pego o buquê que Annie me deu, mas decido que agora tenho duas coisas pelas quais me desculpar, então deixo as flores no balcão. Assim que vou até a porta, Noah volta e diz:

— Você está indo embora?

Fico paralisada e o encaro. Ele está trazendo dois pratos com fatias de torta.

— Eu achei... achei que você estava bravo e que era melhor eu ir.

Ele revira os olhos e um leve sorriso aparece em seu rosto. Noah aponta para as tortas.

— Só fui pegar um pedaço pra você — explica. — Se quiser... Quer?

Ele dá a volta no balcão e coloca os pratos na mesa de dois lugares perto da janela. Um está coberto de filme plástico e o outro não.

— Uma coisa que você precisa saber sobre mim — diz ele, em um tom gentil que eu nunca tinha ouvido. — É que eu não sou muito de falar. — Dou um suspiro fingindo surpresa, que o faz sorrir. — E não gosto de falar de coisas pessoais quando não estou preparado pra isso. Às vezes preciso de um minuto pra processar as coisas quando sou pego de surpresa. Mas se eu estiver mesmo bravo, vou falar pra você. Não acho que o silêncio seja a melhor alternativa em relação a coisas assim.

Ainda estou perto da porta, porque não consegui me mover. Estou impressionada com essa fala incrível e genuína. Acho que nunca tinha ouvido um homem articular as próprias emoções tão bem. Nem tinha percebido que era uma coisa que podia querer ou esperar. É nítido que existem mais camadas em Noah do que a pose carrancuda e a caminhonete laranja. Ele é obcecado por flores. É protetor. Tem sentimentos profundos, mas prefere guardar para si mesmo.

E, droga, eu acho isso inacreditavelmente sexy.

Como eu não respondo, ele levanta a sobrancelha.

— Bem... Vai ou fica, estrela do pop? Se resolver ficar, vira a placa pra "Fechado" e tranca a porta. Estou no meu horário de almoço.

Começo a rir, viro a placa na porta e passo o trinco.

— É engraçado, com o seu sotaque fica parecendo que você me chamou de "estrela da sorte".

— Não, claro que não. — Ele se senta em uma das cadeiras e abre um sorriso. — De estrelas da sorte eu *gosto*.

Dou uma risada e jogo um pacotinho de sal que estava na mesa na cabeça dele. Bate na bochecha e depois cai no chão. Noah murmura em desaprovação e se abaixa para pegá-lo.

— Fala da minha família e ainda joga lixo na minha loja. É assim que sou recompensado por garantir sua segurança ontem.

— Eu já trouxe flores pra você por causa disso. Minha dívida está paga.

Sento de frente para ele, percebendo tarde demais que a mesa pequena faz com que nossas pernas se encostem. Eu poderia mover a minha, mas ele não está movendo a dele. Então é isso.

Pigarreio.

— Essa é a minha torta da despedida? — pergunto. Quando levanto os olhos, vejo a expressão confusa no rosto dele. — Imagino que você tenha pedido pra eu vir aqui porque eu atrapalhei a sua vida e você me quer fora da sua casa hoje em vez de na segunda.

Sinto uma dor física ao pensar em ir embora da cidade depois de amanhã. É cedo demais.

Noah gargalha. Literalmente gargalha. É tão sincero e grave que imagino como seria colocar a mão no peito dele e sentir a risada se formando. Ter a experiência completa.

— Você atrapalhou mesmo, mas não vou te mandar embora. Na verdade, é o contrário. — Noah passa a língua pelos lábios como se estivesse nervoso. — Você se lembra do que disse ontem?

Eu não me lembrava até este momento. Mas, depois da pergunta, sou tomada por flashes de memória.

Minha mãe só gosta do meu dinheiro.
Estou me afogando e ninguém vê.
Você já não gosta de mim mesmo.

Ahhhhhh, odeio todas essas palavras. É tudo tão intenso e mostra tanta vulnerabilidade que fico abalada. E é por isso que minto na maior cara de pau.

— Não, não lembro.

Noah me lança um olhar atento, e eu devo enganar bem, porque ele parece acreditar em mim.

— Bem, você...

Antes que consiga terminar, alguém bate na porta. Noah olha pela janela no mesmo momento que eu, e vemos dois homens de meia-idade espiando. Noah ignora, então faço o mesmo. Ainda mais porque preciso saber o que ele ia dizer. A expectativa me deixa tensa, e tenho medo de não me lembrar de tudo o que disse ontem. Sabe-se lá se eu abaixei as calças, tentei rebolar ou alguma coisa pior. Será que eu dei em cima dele?!

— Você está me deixando nervosa. O que eu falei ontem? — pergunto, direta como a flecha que parece me atravessar. Dramática? Imagina. Não quando uma possível memória envolvendo minha bunda está em jogo.

Noah coça o pescoço, o que é cômico, considerando que quero estrangulá-lo neste momento até ele me contar o que eu disse e fiz.

— Você me falou que estava... — Ele encara meu rosto horrorizado, e isso o faz sorrir de uma maneira gentil. — Cansada.

Noah engana bem também. Poderíamos estar num campeonato de pôquer. Ficamos nos olhando para ver quem cede primeiro. Se eu admitir que sei que não falei a palavra *cansada* nenhuma vez ontem, ele vai saber que eu me lembro da enxurrada de sentimentos que coloquei para fora, e vamos precisar conversar sobre isso. Eu preferia que não fosse o caso. E acho que ele também.

— Ah... cansada, é verdade — digo, desafiando-o.

Ele sorri.

— Então, eu estava pensando... já que você está tão... *cansada*...

Nossa conversa volta a ser interrompida por uma batida na porta, e tenho vontade de soltar um suspiro. Um pequeno grupo de moradores da cidade começou a se aglomerar ali.

— Deveríamos deixar o pessoal entrar?

— Não — responde Noah, balançando a cabeça e depois olhando firme para a janela, onde as pessoas reunidas gesticulam para ele abrir a porta. — Não! — repete, severo. — Estou em horário de almoço. Vão embora! — Ele faz um gesto no ar, mas eles não arredam o pé.

É difícil prestar atenção, mas estou determinada a saber para onde a conversa está indo. Noah parece pensar a mesma coisa e se ajeita na cadeira, ficando de costas para a janela. Faço o mesmo. Agora estamos quase com os ombros colados. É desesperador.

— Enfim... Eu, hã... Pensei sobre isso, e estou tranquilo com o fato de você ficar na minha casa até consertarem o carro.

— É sério? — pergunto, encarando-o. Estamos tão próximos que consigo ver a ponta dos cílios de Noah.

Ele concorda com a cabeça, a expressão neutra ainda lá.

— O quarto de hóspedes é seu, se você quiser. E... — Ele pigarreia de leve, como se estivesse desconfortável. — Se... quiser um guia da cidade, rearranjei alguns horários e tenho um tempo livre.

Quando escuto isso, começo a piscar como se um flash tivesse reluzido na minha cara.

— Tudo isso porque... estou *cansada*?

Minha cabeça corrige o *cansada* por *solitária*, e acho que a cabeça de Noah faz o mesmo, mas ele é gentil demais para dizer isso em voz alta. Ele está se esforçando para me passar segurança, e eu quero saber o motivo. Qualquer pessoa podia ter ouvido o que falei ontem e ter deixado pra lá. As coisas que eu disse para ele foram confusas e complicadas. Mas ele escolheu estender a mão para me tirar da água. *Estou vendo você*.

Ainda assim, experiências anteriores me impedem de confiar nas suas boas intenções de imediato.

— Você está pretendendo vender a história da minha visita para os tabloides? Alguém ofereceu uma entrevista exclusiva pra você?

Ele parece completamente ofendido. Talvez até bravo.

— *Não*.

— O remédio que eu ia tomar ontem era pra enxaqueca. Eu tenho tido várias por conta do estresse e meu médico disse que eu precisava descansar mais, só que preferi tomar o remédio. É uma boa história, tem certeza de que não quer vender?

— Por que eu faria isso?

A voz dele está séria de novo. Pelo visto, ele está irritado por eu não estar acreditando no seu bom coração.

Dou uma risada seca.

— Porque qualquer pessoa no mundo faria isso. Minha própria mãe vendeu histórias pessoais minhas para os tabloides mais de uma vez.

Não tinha a intenção de revelar essa última parte, e me irrito com a escorregada. Não sou uma jogadora de pôquer tão boa. Acho que ele está conseguindo ver minhas cartas.

Quando olho para Noah, sua expressão é doce. Ele balança a cabeça do jeito mais discreto possível.

— Eu não vou fazer isso. Nunca faria isso com você.

Ah, não. São boas palavras. Boas demais. Sinto que meu coração quer abraçar todas elas desesperadamente. É perigoso acreditar nele, mas faço isso mesmo assim.

Não sei o que ele vê no meu rosto, mas sua expressão fica ainda mais gentil. Ele venceu.

— Você pode confiar em mim, Amelia. Não vou explorar seu *cansaço*.

Estou começando a pensar que ele não está errado na sua escolha de palavras. Eu estou cansada. Cansada da solidão. Cansada da desconfiança. Cansada de tirarem vantagem de mim. E cansada de viver me escondendo de todo mundo.

— Tá bom — respondo, olhando para baixo.

Dou mais uma garfada na torta. Se eu disser mais alguma coisa, vou chorar. E já fui vulnerável o suficiente nas últimas vinte e quatro horas, não preciso acrescentar lágrimas à equação.

— Tudo bem? Você vai ficar?

— Vou ficar — confirmo, e meu estômago se revira.

Noah solta um suspiro, quase como se estivesse aliviado. E então ele pega o bloquinho de anotações que estava usando e coloca no meio da mesa.

— Você devia anotar algumas das coisas que quer fazer enquanto está aqui. Assim a gente vai ter algum planejamento.

Ele está envergonhado agora. É fofo. Não consegue me encarar, e fica evidente que todo esse tempo falando comigo o deixou assim. Eu deveria liberá-lo, dizer que não precisa conversar mais comigo. Mas prefiro morrer a fazer isso, porque, mesmo sendo a pior ideia do mundo, quero passar o máximo de tempo possível com ele enquanto estiver aqui.

— Porque você vai ser o meu guia — digo ao pegar o bloquinho.

Ele se segura para não sorrir.

— Porque eu sou seu guia.

Já estou tentando pensar em tudo que quero fazer enquanto estou aqui. Quero descansar ou ter aventuras? Quero me esconder ou conhecer mais da cidade? Acho que quero um pouco de tudo.

— Ah, só uma coisa.

E... lá vamos nós. A pegadinha. A moeda de troca. O que ele quer receber para fazer isso. Sabia que era bom demais para ser verdade.

Noah se aproxima de mim e fala bem baixinho, como se os fofoqueiros do lado de fora pudessem nos ouvir ou fazer leitura labial.

— No outro dia, quando falei que não estava procurando um relacionamento amoroso. — Fico vermelha só de lembrar. — Eu estava falando sério. E acho que é melhor sermos honestos sobre isso. Nada de romântico vai acontecer entre nós. É só... amizade.

Eu deveria me sentir desapontada porque meu crush de férias não está interessado em mim. Mas não estou. Porque mal sabe ele que amizade é exatamente o que eu quero. É disso que *preciso*.

— Perfeito — respondo, mais leve do que já estive em anos.

E é nesse momento que escuto uma batida firme na janela. Nós dois tomamos um susto e nos viramos para trás. Mabel está com o nariz pressionado no vidro, franzindo as sobrancelhas em uma expressão brava.

— Noah Daniel Walker — chama ela, com a voz abafada pelo vidro. — É melhor você abrir essa loja. Você sabe que minha pressão cai se eu ficar sem comer.

Ele suspira ao olhar a marca que o nariz dela deixou no vidro.

— Cidade doida — diz ele, e sorri, com afeição na voz.

Só então percebo que o pedaço de torta que estava na frente dele continua embalado em plástico filme.

— Você vai comer?

— Não — responde ele, já se levantando. — É pra uma pessoa que vou encontrar assim que terminar de cuidar desses malucos.

— Sabe de uma coisa? Não é justo que você tenha tantos segredos e eu continue contando todos os meus pra você.

— Isso me parece problema seu — replica Noah, sem sorrir, mas parecendo achar graça, e a sensação reverbera por mim.

Noah me empresta a caminhonete para que eu volte, e eu dirijo com as janelas abertas e um sorriso no rosto. E algo estranho acontece comigo. Percebo que estou cantarolando a música que toca no rádio. Eu não sentia vontade de fazer isso há algum tempo.

15
Noah

Não vejo Amelia desde que ela apareceu na loja. Passamos pouco tempo juntos (e fico grato por isso), já que as pessoas desta cidade não conseguem se controlar. Meu Deus. Esperar cinco minutos foi a morte para eles. Depois que Mabel grudou o nariz no vidro, ela fingiu um desmaio. Milagrosamente, o cheiro de torta a fez acordar assim que abri a loja.

Deixei Amelia levar a caminhonete para casa e pedi a de Annie emprestada para sair. Sei que Amelia estava se coçando de curiosidade para saber com quem eu ia me encontrar, mas não estou pronto para falar sobre isso. Talvez nunca esteja. Vamos ver. Ela também pareceu bastante surpresa quando emprestei a caminhonete. Amelia acha que estou fazendo uma coisa muito especial por ela, mas, para ser sincero, é assim que somos na cidade. No outro dia, Phil precisava buscar algumas peças em uma cidade que fica a mais de uma hora daqui, então o deixei pegar a caminhonete. E Mabel pegou na última sexta, quando veio para o centro andando mas ficou cansada demais para voltar. Nesse dia eu acabei usando a caminhonete de Annie emprestada e ela acabou usando a de… não lembro quem. O dia seguinte foi uma confusão danada, ninguém lembrava quem estava com o carro de quem e tivemos que nos encontrar no centro para devolver as chaves.

Enfim, Annie me deu uma carona e comentou por alto que Amelia tinha passado a tarde na pousada de Mabel, ajudando com a pintura do saguão. Pelo que conheço de Mabel, ela não deve ter feito nada, só colocou os pés pra cima na mesa da recepção e enfeitou seu drinque com um guarda-chuvinha enquanto Amelia pintou tudo. Imaginar a cena me faz sorrir. É comum que celebridades ajudem senhorinhas do interior a pintarem seus estabelecimentos? Acho que não.

Infelizmente, minha cabeça estava cheia de ideias de uma Amelia caridosa quando cheguei em casa e percebi que ela estava tomando banho. No meu banheiro. Aquele no final do corredor, tão perto de mim que dava para ver o vapor saindo pelo vão da porta. Ela canta no chuveiro, e, vou te contar, não sou bom em ver poesia nas coisas, mas o som da voz dela saindo pela porta me fez enxergar sonetos. As pessoas pagam caro para ver os shows de Rae Rose, e eu a estou ouvindo cantar "Tearin' Up My Heart", do *NSYNC, de pertinho. Não parece justo.

Preciso me distrair da voz dela e da minha imaginação, que não para de focar no corpo de Amelia e no cheiro do seu xampu invadindo a minha casa, por isso ligo a TV. Agora aqui estou eu, assistindo a um filme de faroeste em preto e branco, onde homens são derrubados de seus cavalos em meio ao *pou pou pou* dos tiros.

É a distração perfeita, até que... *puta merda*, eu não devia ter vindo para casa. Vou ter que me mudar e deixar Amelia aqui, porque vê-la usando meu short azul de pijama e a blusinha preta de seda dela é demais para mim. O short é muito grande, então ela precisou enrolar o elástico na cintura algumas vezes, e a blusinha não chega a esconder toda a barriga, deixando um pouco à mostra. Essa mulher não pode ser de verdade. Ela saiu dos meus melhores sonhos e veio parar na minha sala. Perceba a audácia.

Amelia anda descalça pela sala, e eu não me mexo. Seu cabelo molhado está por cima do ombro, entre o liso e o ondulado. Dá para ver uma gota de água no final de uma mecha, e a observo escorrer pelo seu braço desnudo. Ela deveria estar em uma praia no Havaí, com flores no cabelo e areia nas pernas, com um fotógrafo tirando fotos incríveis para uma revista de moda. Não deveria estar na minha salinha, sorrindo para mim de um jeito que eu definitivamente não mereço. Mas mesmo assim me pego com vontade de traçar a linha dos lábios dela com os dedos para nunca mais esquecer o formato. Quero enrolar aquele cabelo nas minhas mãos e nos meus pulsos. Quero passar os dedos no colo dela. *Droga, isso não é nada bom.*

Amelia abre a boca para falar algo, mas eu sou mais rápido:

— Cadê a parte de cima do pijama?

Ela levanta uma das sobrancelhas. Está sem maquiagem e, infelizmente, fica ainda mais bonita assim.

— No quarto. Não se preocupa, não vou perder seu precioso presente de Natal.

É com *isso* que acha que estou preocupado?

Ela se senta ao meu lado e eu me levanto. Parece que estamos em uma gangorra.

— Espera, aonde você vai? Queria mostrar isso pra você.

Não sei o que *isso* é porque estou de costas para ela. Vou até o ar-condicionado, diminuindo consideravelmente a temperatura. O aparelho velho faz um barulho alto, e só então volto a me sentar no sofá. Bem longe. Quase no braço.

Se Amelia percebe que estou agindo de um jeito estranho, lutando com cada célula do meu ser para não olhar os seios dela, não faz comentários. Com um sorriso largo, ela joga o bloquinho de anotações na minha direção. Senta-se ajoelhada e se vira para mim. Um pouco confortável demais, na minha opinião. Queria colocar o dedo no joelho dela e empurrar até fazer com que ela chegue ao outro lado do sofá.

— Eu terminei! A lista — diz ela, animada e olhando para o bloco.

Desvio os olhos de seu rosto lindo. (Droga, não é lindo. É só... ah, droga, é lindo, sim.) *Olhe a maldita lista.* Quando estou quase começando a ler, percebo que ela fica arrepiada.

— Está com frio? — pergunto, um pouco ávido demais.

— Estou. Não parece que ficou superfrio aqui do nada? Dou de ombros e franzo um pouco a testa, depois pulo do sofá e pego um cobertor que estava em cima da cadeira. Coloco o tecido em volta dos ombros de Amelia, e então continuo a embalá--la como se fosse um filme plástico, chegando até o seu pescoço. Transformo-a em um burrito humano. Pego o último pedacinho e firmo bem, para ter certeza de que ela está coberta, e prendo na parte de cima (já perto de suas orelhas). Ela me encara incrédula, sem saber se estou brincando ou não. Não estou. Fiz um cinto de castidade caseiro.

— Hã... obrigada? — diz, quase rindo.

Agora que me sinto mais seguro, volto a me sentar ao lado dela e pego o bloquinho.

— Só estou tentando mostrar minha hospitalidade.

— Tá bem, sr. Hospitalidade. É com certeza essa a palavra que vem na minha mente quando penso em Noah Walker.

Olho para a cabeça despontando da montanha de burrito de cobertor e não consigo evitar um sorriso. Ela ainda está fofa, então volto o olhar para a lista.

1. Explorar a cidade
2. Ir pescar
3. Fazer alguma coisa empolgante
4. Jogar Palavras Cruzadas
5. Aprender a fazer as panquecas do Noah

— Jogar Palavras Cruzadas? — pergunto, enquanto abaixo o bloco e olho para ela.

Ela conseguiu afrouxar um pouco o burrito, e agora o cobertor está nos ombros, mas aberto na frente, como uma pessoa normal faria. Não é nada bom para mim.

— Isso — responde, penteando o cabelo com os dedos.

— Você não precisa de mim pra isso.

— Ia ser chato jogar sozinha. Eu com certeza ganharia. Lanço a ela um olhar provocador.

— O que estou dizendo é que você pode jogar Palavras Cruzadas em qualquer lugar. Não é uma coisa exclusiva desta cidade.

Ela traz os joelhos para perto do peito e os abraça, e, graças a Deus, se enrola de novo no cobertor.

— Na verdade... onde eu moro não tem ninguém que queira jogar comigo.

Analiso o rosto doce de Amelia e seu olhar voltado para baixo enquanto ela cutuca o esmalte vermelho das unhas do pé, sabendo que ela só está evitando olhar para mim porque está envergonhada. Vou sendo tomado por uma necessidade de protegê-la, e de repente quero ir atrás de todo mundo que já se negou a jogar Palavras Cruzadas com ela e forçar cada um a ficar jogando por uma noite inteira. *E você ainda vai gostar!* Que tipo de babaca não ia querer ser amigo dessa mulher? Ela é adorável. Engraçada. Divertida. Maravilhosa. É inexplicável que esteja solteira.

— Vamos ver — respondo, tentando não parecer fácil, mas nós dois sabemos que vou fazer isso. Leio a lista mais uma vez. — Empolgante, é? Qual é sua definição de empolgante?

— Susan diria que é qualquer coisa que pode levar a um osso quebrado, me fazer rir ou apenas acelerar meus batimentos cardíacos.

— Bem, então isso exclui fazer sexo comigo. — Estremeço assim que a frase sai da minha boca. Ela fica boquiaberta. — Desculpa... eu estava tentando fazer uma piada, mas meu tom foi...

— Não precisa se desculpar! — O rosto dela se ilumina de felicidade. — Você fez uma piada! O sr. Clássico fez uma piadinha infame, e agora vou ter que escrever no meu diário que esse foi o melhor dia da minha vida.

— Achei que eu fosse o sr. Hospitalidade?

Ela cutuca minha bochecha.

— Tem mais piadas aí dentro? — diz.

Faço um movimento dramático e me jogo para o lado, como se ela fosse muito forte e tivesse me empurrado.

— Nossa, não precisa fazer com tanta força.

Ela balança a cabeça, sorrindo e com os olhos brilhando.

— Quem é você?

Endireito as costas e pigarreio. É hora de parar de brincar e falar de coisa séria. Brincadeiras podem levar ao flerte. E flerte leva a problemas.

— Agora voltando a Susan. Você contou pra ela que vai ficar mais tempo aqui?

— Contei. E ela não recebeu bem a notícia.

— Ela brigou com você?

Ela inspira fundo, e quando solta o ar sua boca fica aberta, transparecendo a sua animação. Eu amo esse lado dela. Essa mulher meio bagunçada e não tão certinha. Combina com Amelia.

— Ela ficou chocada. Tentou me convencer de que eu estava sendo imprudente e egoísta por não falar onde eu estava e por ter faltado compromissos profissionais. Compromissos esses que eu nem tinha concordado em participar! — A voz dela fica mais alta na última frase, e eu meio que amo ver essa paixão nela. — E depois ela conseguiu me fazer soltar que estou ficando na casa de um homem solteiro... e quando fui tentar provar que você era inofensivo, falei da loja de tortas, e eu posso ter exagerado um pouquinho, porque agora ela tem certeza de que eu vou jogar tudo pro alto por causa de homem.

Levanto uma das sobrancelhas.

— Você exagerou como? O que falou?

Ela fica vermelha e desvia da pergunta com um revirar de olhos.

— Não importa. Ainda não consigo acreditar que estou enfrentando a Susan desse jeito. Eu não... não faço nada por mim mesma há anos. — Ela faz uma pausa, e não a apresso. — Susan não está completamente errada. Sair da cidade sem guarda-costas e sem ninguém da minha equipe ter verificado de antemão onde eu ficaria foi mesmo irresponsável.

Noto que um leve sorriso paira em seus lábios. Como se ela quisesse se sentir orgulhosa, mas não soubesse se deveria.

Olho para o bloquinho na minha mão e pego uma caneta.

— O que você está fazendo? — pergunta ela quando marco *Fazer alguma coisa empolgante* na lista.

— Parabéns. Você fez algo da sua lista sozinha.

Amelia encara a lista, e é como se ela quisesse apertá-la contra o rosto, como fez com a minha mão ontem. Parece emocionada, e sei que está respirando fundo para não chorar. *Não*. Lágrimas, não, por favor. Não sou bom em lidar com isso.

Tentando aliviar o clima, dou uma leve batidinha no joelho dela com o nó dos dedos, mas imediatamente me arrependo do toque.

— Não que você precise da minha aprovação, mas acho que fugir de tudo foi a decisão certa. Susan parece uma estraga-prazeres.

Amelia ri e descansa a cabeça no encosto do sofá. Meus olhos percorrem seu pescoço, e quando volto ao seu rosto ela está me encarando.

— Ah, ela é. Aquela mulher não me deixa fazer nada. Mas... ela é boa no que faz. E foi ela que levou a minha carreira ao patamar que está hoje. Além disso, mesmo do jeito estranho dela, Susan me apoia mais do que a minha mãe ultimamente.

— Mas você não está feliz — digo, algo entre uma pergunta e uma afirmação.

Tudo em mim diz que eu não deveria me importar com a felicidade dela. Nem querer que ela fique na minha casa ou ocupe espaço no meu sofá ou me force a ser gentil por conta desse olhar de cachorrinho perdido e dessa personalidade alegre. Mas, droga, se eu não me importo, por que estou perguntando? Por que já estou pensando em todos os outros lugares onde posso ir com ela? Quem apresentar a ela. O que a faria sorrir. O que faria com que ela me olhasse com esses olhos doces. Estou tão irritado comigo que poderia chutar a parede.

— Às vezes eu me sinto feliz. — Ela mantém o olhar baixo e voltou a cutucar o esmalte do pé e a arrumar as casquinhas em uma pilha. — Ou pelo menos me sentia. Eu acho.

Amelia vira o rosto, e sei que prefere que essa conversa acabe. Entendo muito bem o sentimento, então não insisto. Ela pode falar comigo quando estiver pronta. Ou até mesmo não falar nunca, se assim preferir. Não me importo. Só estou aqui para ser um porto seguro para ela se esconder por um tempo, porque é isso que minha avó faria.

Algo na cozinha chama a atenção dela, e percebo um sorriso surgindo em seus lábios.

— As flores que eu comprei. Você colocou num vaso. Pareço uma gelatina perto dela. Derretido, mole.

— Um dos vasos da minha mãe. Meu pai que deu pra ela.

Não consigo desviar os olhos do seu sorriso, e me sinto péssimo por não conseguir esconder essas partes da minha vida de Amelia do jeito que gostaria. Eu nunca falo sobre os meus pais. Ou sobre qualquer coisa que me faça ter *sentimentos*. Não sou muito bom em dividir isso com as pessoas. Mas, por algum motivo, os olhos azuis daquela mulher me pegam, e eu me sinto despido. Quero contar tudo para ela.

— Os dois morreram quando eu tinha dez anos. — Engulo em seco. — Amavam aventuras ao ar livre e sempre faziam trilhas nas férias. Eles estavam comemorando o aniversário de casamento no Colorado quando uma tempestade surgiu do nada... e... caíram muitos raios e, bem, eles não conseguiram sair da montanha. Minha avó passou a ser nossa guardiã legal e nos criou.

Amelia pega minha mão e aperta forte.

— Sinto muito.

Sua voz é pura gentileza. E a forma como Amelia me olha... faz muito tempo que ninguém me olha desse jeito. Como se quisesse cuidar de mim. A mão dela é macia, seu cheiro de sabonete é doce e reconfortante, e de repente quero chegar mais perto e beijar o seu pescoço. Por isso, levanto. Separo nossas mãos e vou até a cozinha. Pronto. Uma distância mais do que necessária.

— Foi há muito tempo. Não precisa se preocupar.

Onde está a lixeira grande? Queria muito me enfiar nela e fechar a tampa, como o Ferrão dos Muppets. A lixeira é confortável, e eu deixaria tudo bem aconchegante. Nenhum estranho poderia entrar, e, melhor ainda, todas as cantoras bonitas com potencial de partir meu coração ficariam longe.

Amelia hesita por um momento.

— Ok. Tem certeza que não quer...

— Tenho — interrompo e coloco o boné de novo, sabendo que ela ia perguntar se eu não queria falar mais sobre o assunto.

Pode acreditar, a última coisa que eu quero é falar. Sobre qualquer coisa. Em qualquer momento. Palavras me deixam desconfortável. E por que eu dividiria tudo isso com alguém que sei que vai embora daqui a pouco?

Ela dá uma risadinha, mas não como se estivesse se divertindo. É mais como se tivesse descoberto alguma coisa.

— Não sei o que pensar de você, Noah.

Pego minhas chaves.

— É só não pensar em mim e vai ficar tudo bem. — Quero olhar para ela, e por isso mesmo evito. — Vou voltar tarde. Tem um pouco de cozido de legumes na geladeira. Não tome mais remédios para dormir. Ah, a propósito. — Paro e cedo à tentação, olhando para Amelia e seus olhos grandes pela última vez. — Você não pode fazer minhas panquecas. A receita é secreta.

16
Noah

Depois de estacionar a caminhonete, vou até a loja e vejo que minhas irmãs já chegaram. Está escuro na rua, então dá pra ver bem o interior iluminado, a mesa de cartas no meio da área aberta, petiscos no balcão, minhas irmãs reunidas, bebendo e rindo. É sábado à noite, ou seja, a noite em que nos encontramos e jogamos baralho. Desde que voltei para cá, há três anos, tem sido nossa tradição. E já que ninguém tem nada para fazer no fim de semana (como somos os quatro solteiros), dificilmente perdemos um jogo. Apesar de estarmos bem à vista, é tarde e a cidade nos deixa em paz. Porque se tem uma coisa que os moradores de Roma, Kentucky, amam são tradições familiares. Eles nunca atrapalhariam isso.

Assim que abro a porta, sou recebido por gritinhos e assobios de minhas protetoras irmãs mais novas.

— Olha ele aí! Nosso Don Juan! — grita Emily, com as mãos em volta da boca para ecoar o som.

— Não, Don Juan, não... uma coisa mais trágica e mal-humorada. Romeu, com certeza — diz Madison.

Mostro o dedo do meio para elas e vou até o balcão, onde deixo a caixa de cerveja que comprei no caminho. Parece que cada uma das minhas irmãs trouxe outra caixa, então levo a minha até os fundos e coloco na geladeira para a semana que vem. Quando volto, as três estão discutindo meu apelido. Elas se acham muito engraçadas.

A cadeira de Emily está apoiada apenas nas pernas de trás, e ela descansa os próprios pés na mesa, só de meia, enchendo a boca de jujubas conforme o debate progride. Annie está sentada de pernas cruzadas perto da mesa, lendo na dela, como sempre. E Madison está sentada na mesa do baralho, pintando as unhas do pé. Ela sempre carrega esmalte na bolsa para momentos como esse.

— Que nojo — digo, enquanto pego o pincel da mão dela, devolvo ao vidrinho e fecho a tampa. — Esse cheiro horrível vai ficar na loja até amanhã.

Ela mostra a língua para mim, parecendo mais uma das crianças para quem dá aula do que uma adulta. Mas a verdade é que o magistério sempre pareceu uma escolha estranha para ela. Madison sempre amou cozinhar (até dá aulas de culinária uma vez por semana durante o inverno), e sempre achei que fosse estudar gastronomia. Por isso, foi uma surpresa quando ela decidiu ficar em Roma, seguir os passos de Emily e virar professora primária. Às vezes me preocupo com a ideia de que Madison faz tudo o que Emily quer (as duas até dão aula na mesma escola), quando na verdade poderia ser mais feliz em um emprego menos tradicional. Em que pudesse explorar mais o mundo.

— Você só está irritado por causa do apelido, Garanhão — diz Madison.

— Não me chama de Garanhão.

Bem, isso foi um erro. Sei bem que proibir minhas irmãs de qualquer coisa só faz com que elas façam o contrário, com ainda mais vontade e um sorriso no rosto. Isso é a cara delas mesmo. Já estão até com um brilho nos olhos. Me perturbar é a vocação dessas três.

Até Annie fecha o livro e pergunta:

— Por que não, Garanhão?

Solto um grunhido e pego uma cerveja. Eu iria embora se não as amasse tanto.

As três riem, e Emily até abaixa os pés para ficar mais confortável para as brincadeiras.

— Ah, Garanhão, não curtiu o apelido?

— Vamos lá, Garanhão, seja um cara maneiro e pegue aquele pacote de batata pra mim antes de sentar — diz Madison, praticamente cantarolando.

Inacreditável. Felizmente, sei tanta coisa de cada uma que poderia destruir vidas. Olho para Emily.

— Quer que eu conte pra elas sobre o dia 23 de maio? — pergunto, e o sorriso em seu rosto desaparece. — É, achei que não.

— Em seguida, eu me viro para Madison. — Que tal o nome do cara que eu vi saindo da casa de vocês de manhã depois que Emily e Annie foram buscar aquela mesa no Alabama?

Madison fecha a boca. E estou prestes a lançar minha chantagem para Annie quando ela levanta a mão.

— Pode parar. Já entendemos. Vamos ficar quietas.

— Obrigado — digo, sentando-me à mesa e roubando uma das jujubas de Emily. — Agora, podemos começar o jogo, por favor?

Emily vai distribuindo as cartas.

— Tá bem. Mas você está sendo um estraga-prazeres.

As palavras imediatamente me fazem lembrar daquele momento no sofá com Amelia. Não consigo parar de pensar nela e no que ela disse. *Às vezes eu me sinto feliz. Ou pelo menos me sentia. Eu acho.* Mas não quero pensar naquela mulher esta noite, então faço um esforço para me concentrar nas cartas.

Jogamos algumas rodadas e batemos papo até elas não aguentarem mais. As três estão praticamente vibrando de curiosidade. É capaz que desmaiem.

— Entãããoo — Emily começa. Levo minha segunda cerveja aos lábios e tomo um longo gole, observando-a com os olhos semicerrados. — Como você está se sentindo por Amelia ir embora na segunda, já que não vai deixar que ela fique na sua casa?

— Amelia, é? — pergunto, tentando soar indiferente.

— Pois é, ela contou tudo pra gente, incluindo o nome. A gente disse que ela podia ficar lá em casa, já que você estava sendo um babaca. Disse que ela podia usar a minha cama e eu dormiria no sofá, mas ela é uma fofa e não quis dar trabalho.

É. Amelia conquistou todas elas, como eu suspeitava.

Apoio a cerveja na mesa e tento não parecer ansioso para falar sobre ela.

— Achei simpático da parte de vocês.

— Aham — concorda Madison, e descarta um cinco de paus.

Ela parece estar achando graça quando me encara. Posso dizer que não é só no jogo que ela está tentando me quebrar. — Você ficou bravo por ela ter contado segredos pra gente também e não só pra você?

Eu a encaro de volta.

— Nem um pouco — respondo. — Ela pode contar o que quiser pra cidade inteira que eu não me importaria.

Eu me importaria, sim. Na verdade, eu *estou* me importando.

As três reviram os olhos e resmungam, porque se tem uma coisa que elas odeiam mais do que não poder me encher a paciência é não saber de alguma coisa. Na minha cabeça, elas ainda têm cinco, seis e oito anos de idade, implorando para eu e James as levarmos junto quando íamos sair, então não resisto em continuar:

— Eu disse pra Amelia hoje que ela pode ficar lá em casa até o carro ficar pronto.

Minhas irmãs gritam, quase estourando meus tímpanos. Estou me arrependendo de todas as minhas escolhas.

— Tá bem, tá bem — exclamo enquanto esfrego minha orelha e me levanto para pegar outra cerveja. Tenho certeza de que vou precisar.

Emily aponta para mim em tom de acusação.

— Você está gostando dela! Eu sabia! O Garanhão ataca novamente!

— Não é isso. — Abro a cerveja. — Eu fiquei com pena, e ajudar é a coisa certa a fazer.

Madison levanta uma sobrancelha.

— Ajudar ou tentar alguma coisa com ela? — questiona.

— Estou falando sério. Não vai acontecer nada entre a gente. Ela só está de passagem pela cidade e precisa de um lugar pra ficar. Além disso... — Volto a me sentar à mesa e olho minhas cartas, como se eu estivesse prestando atenção no jogo. — Já falei pra ela que não estou interessado nisso.

— Não acredito — diz Madison. Ela nunca esteve tão decepcionada comigo.

— Pois acredite. É melhor falar tudo logo de cara. Vamos ser amigos, e nada mais.

Emily levanta as sobrancelhas e olha para as próprias cartas.

— Bem, provavelmente é melhor assim. É divertido provocar você, mas concordo que é melhor manter tudo na amizade. Você não é exatamente desapegado, e um dia ela vai ter que ir embora... e não dá pra você ir com ela.

É nítido o tom de alerta na fala de Emily. Ela ainda não me perdoou por ter me mudado para Nova York com Merritt. Acho que foi a única que não ficou triste quando as coisas deram errado com minha ex-noiva, porque ela sabia que meu destino era ficar aqui na cidade.

Madison está chocada.

— Não! Nada disso! Você é um idiota, Noah. Eu quero jogar essa cadeira na sua cabeça.

— Quanta violência. Joga logo as suas cartas, Annie.

Nós três viramos para ver por que Annie não está jogando. Ela está sorrindo para mim. Um sorriso doce, que me diz que ela sabe o que estou sentindo, o que me deixa um pouco perturbado. Annie sempre pareceu ser a que me entende melhor entre as três, e agora sei que ela notou algo que estou fazendo de tudo para fingir que não existe.

Viro o restante da cerveja e decido tomar mais uma... e mais uma... e mais uma.

17

Amelia

Já é meia-noite e Noah ainda não chegou. Não sei por que estou dando voltas pela casa como se fosse uma esposa esperando o marido. É normal ele ficar fora até tarde assim? O que as pessoas fazem nesta cidade depois das dez da noite? Só estou preocupada porque acho que o deixei magoado mais cedo, com a conversa sobre os pais. Mas o que eu preciso mesmo fazer é parar de tentar ser amiga de Noah. Ele é apenas meu guia da cidade e Airbnb. Quando eu for embora, nem vai pensar em mim. Ele deixou bem claro que não tem qualquer interesse. *"Sempre a boa menina deve ser"*, *Amelia*. Ah, que ótimo... agora vou cantar a música toda de *Frozen*. *"Livre estou, livre estou."* É impossível cantar uma parte da música sem chegar no refrão.

Espera, escutei alguma coisa. Parece...

Uma caminhonete!

Largo as cortinas, de onde estava espiando a rua como uma doida, e saio apressada de perto da janela. O que eu faço? Onde me escondo? Noah não pode saber que eu estava aqui parada que nem uma psicopata esperando ele voltar.

Escuto a porta da caminhonete bater e dou um gritinho. Ele está vindo, e a casa inteira está acesa, como se estivesse rolando uma festa. Não tem nenhuma chance de Noah não perceber que eu estava esperando por ele. Se bem que ele não precisa saber que eu estou acordada porque o estava esperando. Ele pode achar que essa é a minha rotina de sono. Sou uma celebridade e adoro a vida noturna. Ou pelo menos é o que vou deixar que ele pense.

Saio correndo para a sala e vou deslizando pelo chão de meias, como se estivesse protagonizando um remake de *Negócio Arriscado*, usando o pijama grande de Noah. Além disso, pelo amor de Deus, Amelia, onde estão suas calças? VOCÊ PRECISA DE CALÇAS. Os anos de troca de figurino em shows e fotos para revistas de moda me fizeram não dar tanta importância à minha nudez, e esqueço que outras pessoas não saem andando por aí sem calças.

Agora pareço mais um desenho animado tentando correr até o quarto, mas escorregando com as meias, pesco a calça e vou colocando no caminho de volta para a sala. Eu me jogo no sofá e vejo o cobertor, então me enrolo em um casulo parecido com o que Noah fez para mim hoje mais cedo. Parece encenação? Parece que eu estou no mesmo lugar desde que ele saiu? Talvez isso seja ainda mais bizarro. Pensando bem, desisto do cobertor, desligo a TV e vou rápido até o banheiro. É uma coisa normal e não parece dizer TENHO UM CRUSH EM VOCÊ E ESTAVA ESPERANDO ACORDADA ATÉ VOCE CHEGAR.

Assim que entro no banheiro, escuto a porta da frente se abrir. Encosto na porta e tento recuperar o fôlego. Ligo a torneira para parecer que estou lavando as mãos, o que me dá mais uns trinta segundos para me recuperar. Mas isso diminui para quinze segundos quando escuto um barulho alto na sala.

Ah, droga. Não é o Noah? Será que alguém invadiu a casa? Um *stalker* descobriu onde eu estou? O que eu vou fazer? Podia tentar falar alguma coisa, mas aí a pessoa ia saber que estou no banheiro. Dou uma olhada em volta e encontro um espelhinho. Graças ao filme que acabou com a minha infância, sei qual deve ser o meu próximo passo. (O filme é *Sinais*, caso esteja se perguntando, e ele é assustador.)

Enfio o espelho debaixo da porta e dou uma viradinha para ver quem está na sala. No cinema tudo é mais fácil, mas uma hora consigo. E é então que vejo Noah agachado, pegando alguma coisa do chão.

Ufa.

Não vou morrer hoje. Que alívio.

Dou uma olhadinha no meu reflexo e, tentando não pensar por que me importo tanto com o que Noah pode achar de mim, guardo o espelhinho e vou para a sala.

Ele está agachado perto de um monte de vidro quebrado, provavelmente o que sobrou da luminária, e está recolhendo tudo... com as mãos. Quando um pedaço de vidro o machuca, ele solta um sibilo de dor, e vejo seus músculos se contraírem.

— Noah! — Me apresso para chegar ao lado dele e ajudá-lo a se levantar e se afastar do vidro. — Larga isso! Você não pode pegar vidro com a mão.

Quando consigo fazê-lo ficar de pé, imediatamente sinto que ele se desequilibra, como se estivesse em um barco em dia de mar revolto. Tenho que passar o braço pelo seu tronco para evitar que caia.

— Eu tô bem — diz ele, arrastado, mas sem recusar a minha ajuda.

— Noah, você está... bêbado? — pergunto depois que sinto que ele não corre mais risco de queda.

Não vou mentir, não queria me afastar dele. O corpo desse homem é forte como uma árvore. Depois de estar tão perto, posso confirmar que tudo isso embaixo da camiseta é músculo puro. Tentador e belo. Como um cozinheiro consegue um corpo desses? Não é justo.

Quando recuo um passo, vejo que Noah está com um sorrisinho no rosto. É um semblante quase infantil. Não consigo evitar uma risada, porque o boné dele está torto e o cabelo embaixo está todo bagunçado, como se ele tivesse tentado passar a mão. Ou pelo menos estou presumindo que foi Noah quem bagunçou. Mas pode ter sido uma mulher. Talvez seja a mulher misteriosa com quem ele foi almoçar. Por que isso me deixa com tanto ciúme que quero sair correndo e bater em alguém?

— É, as meninas bebem demais. *Masnãosepreocupe*, eu não vim dirigindo — diz ele, balançando de novo.

Desta vez, pego seu braço e passo em volta do meu pescoço, afastando-o da pilha de vidro no chão para que eu possa deixá-lo no sofá. Noah desaba nas almofadas como uma árvore caindo na floresta: de bruços, com o rosto esmagado e o braço pendendo. Eu poderia admirar a forma como o corpo dele ocupa todo o sofá, mas minha mente está obcecada demais com a palavra *meninas*. Plural. Noah é um pegador? Como isso seria possível em uma cidade deste tamanho? Embora sejam sempre as cidadezinhas com que se deve tomar cuidado. Todos os documentários da Netflix sobre laboratórios subterrâneos de metanfetamina começam numa cidade pequena.

— Meninas, é? — pergunto, apoiando as mãos na cintura e olhando para ele como se eu tivesse algum direito de estar irritada.

Ele sorri. SORRI. É ofuscante. Meu coração para e começa a bater de novo, em ritmo acelerado. Santo Grana Padano, esse homem tem dentes lindos. E rugas ao lado dos olhos. Quando ele sorri assim, parece tão acessível que eu quero me jogar em cima dele e apertá-lo em um abraço gigante. Ele é abraçável. O dono rabugento da loja de tortas é incrivelmente abraçável.

Ele levanta as sobrancelhas.

— Você está com ciúmes?

E ele está *flertando*.

Noah está sorrindo, flertando, amarrotado e *uau*. Eu gosto muito do Noah bêbado. Na verdade, gosto de todas as versões de Noah, e isso é um problema sério.

— Não.

Eu me ajoelho ao lado dele e pego seu braço. Ele não resiste. Apenas olha para mim com um sorriso no canto da boca enquanto levanto a palma da sua mão para dar uma olhada. Exatamente como eu suspeitava: está sangrando.

— Só estou querendo saber por que essas meninas misteriosas deixaram você bêbado e depois te largaram sozinho. Mas pelo menos você não dirigiu até aqui nesse estado.

Com cuidado, coloco a mão dele no sofá e começo a vasculhar as gavetas e os armários da cozinha.

— Anna-banana me deixou em casa. Opssss. Revelei o mistério. Eu estava com as minhas irmãs.

Interrompo minha busca e abro um sorriso. Sinto a tensão indo embora e o aperto no meu peito se dissipa. O pequeno caminhão de ciúmes se afasta e segue sua rota pela noite. Não vou ficar ruminando o motivo de ter tido uma reação tão forte à ideia de Noah estar com outras mulheres. Não importa. Não pode importar. *Ele é seu amigo, Amelia, coloque isso na cabeça!*

— Por que ela não entrou? — pergunto, abrindo outra gaveta.

Vou para perto do sofá e dou uma espiada. Os olhos de Noah estão fechados, mas ele ainda está sorrindo como um idiota bêbado. Eu amo isso.

— Acho que ela está tentando garantir que você cuide de mim.

— Eu?

Ele abre um olho.

— É, você. Ela está tramando. É uma conspiradora.

— Por que ela faria isso?

Eu não deveria provocá-lo para conseguir respostas quando Noah não tem plena consciência das próprias ações, mas não consigo evitar. Ele está com a língua solta, e sinto que esta é minha única oportunidade de conseguir uma resposta direta.

Ou aparentemente não.

Noah sorri mais e levanta um dedo no ar.

— Boa tentativa. Eu não estou tão bêbado assim.

— Hum. Pelo menos valeu a tentativa. — Eu cutuco o ombro dele. — Onde está seu kit de primeiros socorros?

Ele ri.

— Quem você acha que eu sou? Uma mãe? Eu não tenho um *kit de primeiros socorros*. — As últimas palavras parecem particularmente difíceis de serem pronunciadas. — Mas tem uma caixa de band-aids no banheiro.

Corro até o banheiro para pegar o curativo. Preciso empurrar o desodorante, a pasta de dente, a lâmina de barbear e o pós-barba para encontrar os band-aids no fundo da gaveta. Gostaria mesmo era de ficar cheirando o desodorante dele até desmaiar, mas não faço isso pois estou tentando agir como uma mulher civilizada. *Educada, educada, educada.*

... Mas uma cheiradinha no pós-barba dele não vai fazer mal a ninguém. Cedo à tentação e fico automaticamente viciada. Jogo um pouquinho, quase nada, no pijama que estou usando. *Abusada, abusada, abusada.*

Volto para a sala com o curativo e uma toalha de mão umedecida, e Noah está quase dormindo. O sorriso sumiu e ele parece um ursinho de pelúcia. Muito fofo e abraçável. Se estivesse acordado, iria rosnar quando eu me aproximasse, mas agora está calmo e quentinho. Um filete de sangue escorre da sua mão, mas o corte não parece ruim o suficiente para precisar de pontos. E também não vejo nenhum caco de vidro ali, o que é bom.

É irônico que ontem à noite tenha sido ele quem cuidou de mim enquanto eu estava dormindo e agora sou eu quem faz isso. Gosto dessa oportunidade de ficarmos quites.

Com cuidado, passo a toalha no corte para limpar. As mãos de Noah são enormes e quentes, como tijolos, com nós dos dedos protuberantes e brutos. Vejo calos nas suas mãos e poderia apostar que ele nunca usou hidratante. Não consigo evitar observá-lo, traçando uma linha da ponta dos dedos dele, passando pela palma, o pulso e virando a cabeça de leve para continuar olhando o antebraço, o bíceps e o ombro. E é então que percebo seus olhos verdes me encarando.

Pigarreio e baixo o olhar para fazer o curativo. Preciso parar de me sentir desse jeito em relação a ele. *Ele. Não. Quer. Nada. Com. Você. Amelia.*

A palma de Noah está no meu colo e seu braço passa pelo meu ombro, então trabalho rápido. Ele não tenta impedir. Isso é bom, porque preciso terminar logo aqui, limpar os cacos do chão e voltar para o meu quarto antes que me apaixone.

— Pronto, pronto — digo, dando um tapinha na mão dele e saindo de perto. — Terminei. O curativo fica mil dólares.

Viro para encará-lo, e, quando faço isso, ele levanta o braço e passa as costas da mão no meu queixo. Com tanta delicadeza que acho que tem medo de que a sua mão enorme me machuque se chegar perto da minha pele. Fico arrepiada.

— Você é tão bonita. E tem uma voz de anjo — diz, sem parecer bêbado, mas nitidamente com sono.

— Obrigada.

Um turbilhão de emoções borbulha dentro de mim. Sei que ele bebeu. Sei que não está dizendo isso para valer. Mas ainda assim me agarro às palavras como se fossem um bote salva-vidas.

— E você é um doce — continua ele. — Parece feita de açúcar. — Noah encara meus lábios, e sinto o coração disparar. — Muito doce.

Dou um sorriso, e ele levanta meu queixo com os dedos, me fazendo chegar mais perto.

— Posso te beijar? Só mais uma vez?

Fico sem ar. Quero esse beijo mais do que qualquer coisa. Sentir seus lábios agora seria maravilhoso... sei disso. Mas não posso permitir, porque... bebida e tudo o mais. Não seria justo deixar que isso acontecesse sendo que Noah não está em seu juízo perfeito.

Então, vou em sua direção e beijo a testa dele. É um beijinho leve, não existe razão nenhuma para esse breve contato parecer um trovão em meio à tempestade. Mas é isso que parece. A sensação dos meus lábios na pele dele, a proximidade dos nossos corpos... tudo parece gerar uma corrente elétrica. E quando Noah respira fundo e solta um suspiro feliz, sou uma nova mulher.

Me afasto um pouco para poder olhar para ele.

— Obrigado — diz Noah, ainda acariciando meu rosto.

É um gesto carinhoso, tão doce que sinto no meu corpo... Tão reconfortante que nunca mais vou precisar de outro cobertor. Mesmo bêbado, Noah sabe ser gentil e agir como meu porto seguro. Ele não volta a abrir os olhos, mas sorri. Sou incapaz de me mover e observo enquanto sua respiração fica mais pesada e ele vai caindo no sono. Quero entendê-lo, mas tenho medo de nunca conseguir. Ele é direto e grosseiro, mas também gentil e suave. Ele não quer que eu fique na casa dele, mas faz de tudo para que eu me sinta confortável aqui. É forte e calejado, mas carinhoso. Ele não quer nada comigo, mas pede outro beijo.

Termino de limpar os cacos de vidro e cubro Noah com o cobertor. Depois, já deitada na cama, embaixo da colcha de retalhos, caio no sono sentindo o cheiro do pós-barba dele e nutrindo a esperança de um próximo beijo.

18
Noah

A manhã chega com tudo. Em algum momento da noite anterior, eu aparentemente me arrastei até a cama. É estranho como nossa versão bêbada pode ser tão diferente. Por exemplo, agora que estou sóbrio, fico chocado ao perceber que minha versão bêbada só conseguiu tirar um dos braços da camisa antes de se deitar. A manga fica solta no meu ombro até que meu eu sóbrio tire a camisa e a jogue no cesto de roupas sujas. Mas só de fazer esse simples movimento sinto como se meu cérebro tivesse sido substituído por um porco-espinho. Depois dos trinta, a ressaca bate diferente, e é por isso que nunca mais vou beber. E definitivamente não vou beber em uma noite de carteado com minhas irmãs. Elas continuaram me enchendo de perguntas sobre Amelia, e tudo que eu consegui fazer para parar de pensar nela foi beber. O álcool foi meu escudo, e depois acabou sendo o punhal com que me apunhalei pelas costas.

Solto um resmungo, rolo na cama e esfrego o rosto com as mãos. Sinto um arranhado contra minha pele e olho para minha mão. Um band-aid. E... pronto. Aqui estão as lembranças da noite passada, chegando em flashes. Eu me lembro de voltar para casa e quebrar a luminária quando esbarrei na mesa. Tentei limpar o vidro e cortei a mão. E então... Amelia.

Ah, merda. Eu acordei Amelia e ela fez um curativo, depois eu disse como ela era bonita e pedi um beijo. Inacreditável. Estou fazendo todo um esforço para mantê-la longe, aí tomo umas cervejas a mais e tento puxá-la para *perto*. Sou um idiota. Seria covardia da minha parte se eu saísse pela janela e me escondesse até ela ir embora da cidade? Pra piorar tudo, hoje ainda é meu dia de folga. Aos domingos e segundas tenho um funcionário que cuida da loja para mim, mas hoje preciso que ele vá para casa só para que eu tenha onde me esconder.

Além disso... me sento na cama, cheirando o ar, e, é, definitivamente isso é cheiro de fumaça. Já estou levantando e jogando a coberta para o lado quando o alarme de incêndio dispara. Saio voando do quarto e vou até a cozinha, onde Amelia está usando o pijama grande demais para ela e xingando que nem uma adolescente que acabou de aprender uns palavrões. Ela está cercada por uma nuvem de fumaça e abana o fogão com as mãos.

— Ah! Noah! Me ajuda!

Ela ainda está golpeando o ar que sai da panela esfumaçada.

Passo correndo por ela e pego a panela. Amelia já desligou a boca do fogão, e nada parece estar em chamas por enquanto, então levo a panela até a pia e abro a torneira. Quando o jato gelado bate no metal, escuto os sibilos altos. Deixo a água correr enquanto abro a porta da frente e algumas janelas, para fazer o ar circular. Agora Amelia está embaixo do detector de fumaça, com o pano de prato nas mãos e batendo nele como se o coitado tivesse traído sua melhor amiga. *Pula, bate. Pula, bate. Pula, bate.* É uma visão magnífica. Antes que eu consiga me controlar, minhas mãos estão na minha cintura e preciso baixar os olhos para não gargalhar. Não dá certo. Sinto a sensação se formando no meu âmago, até que uma gargalhada escapa dos meus lábios.

Quando a fumaça se dissipa e o alarme para, só resta o som da minha voz. Amelia resmunga e vem na minha direção. Os pés descalços são a primeira coisa a entrar no meu campo de visão.

— Não é *possível* que você esteja rindo de mim.

— Eu estou.

— Bem... Não ria! Estou envergonhada! — diz ela, indignada, e com razão.

Encaro os belos olhos azuis da minha hóspede. Ela pisca, nervosa, as sobrancelhas franzidas. Quero abraçá-la, mas me controlo porque o pedido do beijo ainda pesa entre nós. Não posso tocá-la de novo. Não vou fazer isso.

— O que você estava tentando fazer, além de botar fogo na casa?

Os ombros dela despencam, e é uma graça.

— Estava tentando fazer panquecas pra você.

— Com o quê? Gasolina?

— Para! — Ela dá um soquinho no meu peito com as costas da mão. Percebemos ao mesmo tempo que ela acabou de fazer contato com meu peito desnudo. Ela abaixa o olhar e sua voz fica mais grave, me deixando com a sensação de que Amelia me besuntou de fluido para isqueiro e acendeu um fósforo. — Foi... — Ela engole em seco. — A manteiga na panela. Acho que deixei tempo demais.

Me sinto exposto. Não teria saído sem camisa se não tivesse achado que a casa estava pegando fogo. Mas aqui estou, parado na cozinha, de jeans e sem camisa, do lado de Amelia. O olhar dela faz com que cada pedaço da minha pele se incendeie. Ela encara minha costela direita, onde fica a minha única tatuagem. Uma torta envolta em um buquê de flores. A maioria das pessoas acharia essa uma tatuagem ridícula, mas Amelia sorri. *Eu sabia que você era obcecado por flores.* E agora me sinto duplamente exposto, porque ela não está vendo só a minha pele, ela está vendo meu... droga, não tem um jeito menos cafona de falar... ela está vendo meu coração.

Me afasto e fecho a torneira, aproveitando para ter um pouco de espaço para pensar. Depois, olho a bagunça no balcão. Parece que jogaram uma bomba de farinha ali.

— Então isso tudo foi uma estratégia pra me convencer a passar a receita de panqueca pra você?

Amelia está perto de mim de novo, na pia, e não consigo me afastar, por mais que eu me esforce.

— Primeiro, isso foi grosseria da sua parte. Eu tentei mesmo fazer a panqueca, mas não lembrava de nenhuma medida, e como você não tem internet, não consegui procurar uma receita. Mas! Antes de colocar a segunda porção de manteiga na panela, consegui fazer todas essas!

A voz dela está tão orgulhosa e animada que preciso reprimir um sorriso.

— Você nunca tinha feito panquecas? — pergunto.
— Nunca — responde ela, feliz.
— Nunquinha?
— Nunquinha.
— Nem antes de começar na música? — indago, sem acreditar.

Amelia coloca o dedo nos lábios, pensativa.

— Ah, espera, já, sim.
— Então já?

Ela revira os olhos.

— Não, Noah! Nunca! Pode me perguntar de mil jeitos diferentes, a resposta vai continuar sendo não. Minha mãe sempre cozinhou muito mal, então a gente normalmente comia cereal ou torrada no café da manhã. Eu só comia panqueca quando ia em algum restaurante no sábado de manhã. E antes que você pergunte, não faço ideia se meu pai cozinha bem porque ele abandonou a gente quando minha mãe ficou grávida. Então, quer continuar me fazendo perguntas que me fazem lembrar do relacionamento fracassado dos meus pais ou vai experimentar minhas panquecas?

Oi, pé, hora de conhecer minha cara nesse chutão que levei. Sou um babaca. Mas também amo o jeito como ela me sacaneia. Parece que a cada dia ela sai mais um pouquinho do casulo em que se colocou, e eu adoro isso. O que realmente está começando a se tornar um problema.

— Me leve até as panquecas.

Amelia vem para o meu lado, o braço roçando meu abdômen quando ela passa na minha frente e levanta o papel-alumínio que cobre uma montanha de panquecas. Meu coração dispara e me encosto mais no balcão para não sentir o toque dela. Parece que estou fazendo aquela brincadeira de criança, "o chão é lava", mas dessa vez é "a mulher é lava". Não posso tocar nela ou vou me queimar.

Hoje Amelia está usando o cabelo solto de novo, ondulado e natural. Ela ainda está com meu pijama, mas graças a Deus hoje está usando a camisa também. Por algum motivo, amo que os olhos dela estão um pouco inchados, como de quem acabou de acordar, e as bochechas estão coradas. Nunca vi uma mulher tão bonita.

Já as panquecas... Semicerro os olhos para elas.

— Você colocou cacau? — pergunto.

— Não. — Ela pressiona os lábios e cutuca uma panqueca com o garfo. — Acho que podem ter passado um pouco do ponto.

— Só um pouco — respondo, seco, o que me rende um cutucão na costela.

E já que a textura delas parece a de uma parede, me arrisco a dizer que ela também exagerou na farinha.

Nada em mim quer comer essas panquecas, mas Amelia está tão orgulhosa por ter cozinhado alguma coisa do zero que pego o garfo da mão dela, cortando um pedaço de panqueca. Talvez cortar seja generosidade. Parece que eu *quebro* um pedaço da panqueca. Amelia me observa com atenção enquanto levo a fatia à boca. Assim que o garfo passa pelos meus lábios, meu corpo entra em convulsão e quer cuspir. Mas os olhos dela estão brilhando, e os lábios cor de framboesa me ganham, então mastigo e tento pensar em algum elogio para dizer.

— E aí? Como está? — Ela junta as mãos embaixo do queixo. Parece uma criança no dia do aniversário esperando o presente.

Engulo.

— Ah, está horrível. — É, não consegui pensar em nenhum elogio. — Tipo, muito ruim. O que diabos você colocou aqui?

Falo isso com uma risada, e em seguida tento fugir do pano de prato com o qual Amelia me ataca.

— Não dava pra você ser simpático uma vez na vida? — retruca ela, também rindo e me perseguindo com o pano de prato. Ela me acerta com uma pontinha e tenho certeza de que minhas costas vão ficar marcadas. Pego a panela e seguro como um escudo.

— Você não me deixou terminar a frase! Eu ia dizer: "Mas elas são as *suas* panquecas horríveis, que você fez com as próprias mãos, e tem que se orgulhar disso!"

— Aham, olha a minha cara de orgulho! — A voz dela está repleta de sarcasmo, e Amelia desiste de me perseguir e se joga no banquinho. Passa as mãos pelo cabelo e o bagunça, conseguindo ficar ainda mais atraente. — Elas ficaram tão ruins assim?

— Parecem areia da praia depois que um cachorro fez xixi.

— Uau — diz, parecendo incrédula. — Tá bem. Acho que você vai ter que me ensinar, então.

Amelia se anima como se talvez eu tivesse me esquecido de ter dito não a ela. Na verdade, eu poderia ensinar a receita. Não é um grande segredo que preciso levar para o túmulo como dei a entender no outro dia. Mas gosto da provocação de me recusar a ensiná-la. Eu tenho uma coisa que ela quer, mas não pode ter. Parece justo, já que Amelia está se tornando a pessoa que eu quero, mas não posso ter.

— Negativo. Já disse que é segredo.

Pego uma caneca e me sirvo de um pouco do café que ela fez, rezando para que os deuses do café permitam que não esteja parecido com as panquecas.

— Eu vou descobrir. Fazer panquecas não pode ser tão difícil assim, né?

Dou uma olhada na pilha tenebrosa que ela preparou.

— Pra um cidadão comum ou pra você? — questiono.

Ela faz uma careta e arremessa o pano de prato na minha cabeça. Ele cai elegantemente no meu ombro.

— Estou ferido — digo, seco. Tomo um gole do café, hesitante. É bom. Muito bom, na verdade. — Ah. — Levanto a caneca em um brinde. — Você faz péssimas panquecas, mas seu café é ótimo. Já é alguma coisa.

Os olhos de Amelia brilham de diversão. Se ela tivesse mais alguma coisa por perto, suspeito que também iria parar na minha cabeça. Em vez disso, ela precisa se contentar com palavras, e de alguma forma sei que não vou gostar do que tem a dizer. Ela vira a cabeça de lado, sem perceber que assim está expondo a curva graciosa do seu pescoço.

— Bem, pelo que você disse, eu também sou *muuuuito* bonita.

Solto um resmungo e reviro os olhos, sem encará-la.

— Nem vem, não vale falar disso. Eu estava bêbado.

Fiquei na esperança de que ela não comentasse sobre o que tinha acontecido ontem, que encarássemos o dia como se aquilo não tivesse rolado. Acho que me enganei.

— Você achou que eu não fosse falar sobre ontem? — Amelia solta uma risada, como se aquilo fosse a coisa mais ridícula do mundo, e depois me olha de esguelha. — Você implorou pra me beijar.

Sustento o olhar provocador que ela me lança e murmuro um *uhum*. Dou mais um gole no café e me encosto no balcão.

— Implorei? Interessante. Não é essa a lembrança que eu tenho, sabia?

O sorriso dela vacila, e posso jurar que ela prendeu o fôlego. *Você quer entrar nesse jogo, Amelia? Vamos jogar.*

— Bem, você é quem estava bêbado, então não sei se sua memória é muito confiável.

— Você saiu do banheiro. Com esse pijama. Me abraçou quando eu tropecei, me levou até o sofá e eu deitei de barriga pra baixo. Você me deixou lá e foi procurar um curativo, e quando perguntou onde estava o kit de primeiros socorros, eu respondi que não era mãe de ninguém mas os band-aids estavam no banheiro. — Dou um passo para a frente e coloco minha xícara na ilha da cozinha, onde ela está sentada. Me apoio nos cotovelos. — E então... quando voltou do banheiro, antes de fazer o curativo na minha mão, lembro muito bem que achei que você estava com o cheiro da *minha* loção pós-barba.

Sei que acertei na mosca, porque Amelia arregala bastante os olhos, e parece que ela ainda não respirou. Suas bochechas estão muito vermelhas. Quero passar a mão nelas. Em vez disso, jogo minha última lembrança na mesa como se fosse uma manopla.

— E depois que eu perguntei se podia beijar você *só mais uma vez...* — Deixo as palavras no ar, esperando para ver se ela é corajosa o suficiente para dar o último passo ou se vou ter que dar um empurrãozinho.

A Amelia que eu conheci no primeiro dia na cidade provavelmente teria inventado uma desculpa qualquer e saído do ambiente para evitar a situação desconfortável. Ou teria rido e dito que o beijo na testa era culpa de seu cansaço ou algo do tipo. A nova Amelia é perigosa. Ela se ajeita mais para a frente no banquinho (fica tão perto que nossas bocas se tocariam se eu me aproximasse um pouco mais) e se apruma, o rubor em suas bochechas tornando-se sedutor e tão delicioso quanto seus lábios cor de framboesa.

E então ela sorri.

— ... e eu beijei a sua testa — completa, depois faz uma pausa e encara meus lábios. Consigo ver em seu olhar que ela está se lembrando de ontem. Ela me encara, decidida. — Porque eu queria beijar a sua boca, mas sabia que você estava bêbado demais.

Boca. Olhos. Boca. Olhos. Boca. É esse o trajeto que meus olhos percorrem. O desejo grita em meu corpo: *Vai logo! Beija.* Eu já sei que seria maravilhoso. E agora é a minha vez de me encolher. Dou uma pigarreada de leve e coço o pescoço, recuando um pouco, e escuto os alarmes soando na minha cabeça. Eu não deveria provocar isso, o que quer que seja. Nós não temos futuro, e eu não sou bom com coisas casuais. Nada mudou. Eu ainda tenho que ficar na cidade, e Amelia ainda tem que ir embora um dia. *Então para com isso, Noah.*

— Desculpa por ter pedido um beijo ontem. Não devia ter feito isso, porque continuo não estando atrás de romance.

Que mentira.

Por uma fração de segundo, Amelia parece chateada. As sobrancelhas, prestes a se franzir. Mas ela se recupera rápido.

— Quem falou em romance? Foi apenas um beijo na testa, Noah. Só isso. Inocente. E você nunca teria me pedido nada se estivesse sóbrio... então tudo bem.

Meu instinto é de corrigir essa frase, mas sei que ela está falando isso para aliviar as coisas para o meu lado, então deixo as palavras formarem uma barreira entre nós, como deveria ser.

Queria que isso não tivesse me feito gostar mais dela. Respeitá-la mais.

— Bem, obrigado. — Levanto minha mão para mostrar o curativo. — Sinto muito que você tenha tido que lidar com isso ontem, e com o vidro quebrado também.

Ela abre um sorriso fofo.

— Sem problemas — responde. — Além disso, com ou sem romance, é bom saber que você me acha bonita e um doce. — Ela dá uma piscadinha, mostrando que é brincadeira. — Como se eu fosse feita de açúcar.

E é aí que sei que preciso ir embora. Solto outro resmungo e levo a caneca comigo em direção ao banheiro. Amelia me segue, como um cachorrinho.

— É verdade, Noah? O dono rabugento da loja de tortas acha que pareço feita de açúcar?

Tento fechar a porta do banheiro, mas ela me impede, colocando o pé no caminho. Deixo a caneca na pia e olho para ela.

— Agora você está parecendo feita de chatice — digo, e só quando olho de rabo de olho para o espelho é que percebo que estou sorrindo enquanto falo isso.

Ela levanta o queixo na minha direção.

— Mas você acha que eu sou uma *bela* chatice? — pergunta.

Amelia diz isso baixinho, ainda em tom de brincadeira, mas percebo o que realmente quer saber. Ela quer saber se eu estava falando sério. Acho que vou continuar encrencado durante todo o tempo que Amelia estiver aqui. Eu gosto dela. Ela gosta de mim. E a química entre nós é inegável, mas não posso me entregar. Eu a encaro e respiro fundo.

— Todo mundo te acha bonita. Você sabe disso.

Ela não deixa passar.

— Mas *você* acha?

Por um instante, meus olhos param nos lábios dela e lembro muito bem como quis beijá-los ontem, e como ainda sinto o mesmo desejo.

— Eu sempre digo o que penso. — Finalmente resolvo ceder à encrenca. — Agora, será que a gente pode deixar isso pra lá e fingir que somos adultos?

Ela solta um risinho.

— Aí você já está pedindo demais — responde. Ela se vira, pegando a maçaneta da porta. Mas, antes de fechá-la por completo, coloca a cabeça para dentro do banheiro, olhando na maior cara de pau para o meu torso nu antes de focar nos meus olhos. — Mas, só pra você saber, eu também te acho bonito.

Ela fecha a porta e, mesmo sem querer, sorrio de novo.

19

Amélia

Noah e eu pegamos carona até a cidade. Carona! Ontem ele deixou a caminhonete perto da loja, então, depois que tomou banho hoje e saiu do banheiro com o maravilhoso cheiro de uma floresta tropical, ele me perguntou se eu queria fazer a primeira coisa da minha lista. Andamos até a estrada e pedimos carona.

Não foi tão emocionante quanto achei que seria. Apesar de usar as palavras *pegar carona na rua*, ele já tinha ligado para James, o amigo dele, e pedido que nos buscasse. Então agora estou sentada entre dois homens lindos e sendo chacoalhada até a cidade, já pensando em falar para Susan que pedi carona enquanto estive fora, deixando que ela me imagine em um caminhão enorme ao lado de um homem gigante todo tatuado e com um sorriso malicioso.

James é bem simpático. Ele é extrovertido e quer saber se estou gostando de meu tempo longe da cidade grande. Sugere vários lugares que eu deveria conhecer e coisas que deveria fazer enquanto estou por aqui. A maioria das suas frases começa com:

— Ah, Noah! Sabe o que ela deveria fazer?...

E:

— Noah! Você tem que levar ela...

Estou começando a perceber que ele acha que eu e Noah somos grudados, e, por algum motivo, gosto disso.

Noah, por outro lado, está de volta ao seu mau humor de sempre, encolhido na caminhonete para que nossos braços não se toquem. Ontem eu teria pensado que ele faz isso porque me acha irritante. Hoje, depois do Pedido de Beijo, tenho mais um pedaço desse quebra-cabeça, Noah me dizendo que sou bonita e um doce. *Sou feita de açúcar.* Acho que ele não me odeia, afinal. Acho que ele gosta um pouquinho de mim, e está assustado com isso.

James nos deixa na praça da cidade e se despede, dizendo que vai levar um pedido para uma feira em outro município. Quando a caminhonete dele se afasta, fico sozinha com Noah, os dois parados que nem postes.

Mordo o lábio e tento pensar em alguma coisa para dizer, porque já percebi que não dá pra esperar que Noah fale primeiro, ou vamos virar dois monges fazendo voto de silêncio.

— Então... qual loja...

— A gente tem que parar com esse flerte — dispara ele.

Rio, incrédula.

— Desculpa, o que você disse? — replico.

Se alguém estivesse nos olhando a certa distância, ia achar que Noah estava sofrendo.

— Eu e você. Flertando. Ou o que quer que seja que a gente fez hoje de manhã... não pode continuar. A gente não é... Somos amigos. É só isso.

— Noah. — Eu me viro para encará-lo, séria. — Você precisa parar de se preocupar. Eu também não estou querendo um relacionamento agora. Nós somos livres pra agir como dois adultos que falaram sobre se beijarem e não pretendem fazer isso de novo, e podemos admitir que a outra pessoa é atraente sem automaticamente pular em um namoro.

O rosto dele parece um pouco menos tenso. Noah assente.

— Ok. Eu só não queria passar a mensagem errada pra você.

Quase sinto vontade de rir. Adoro que ele me trate assim... como se eu fosse só mais uma mulher normal que ele conheceu quando o carro quebrou na frente da casa dele. A maioria dos homens nunca teria coragem de dizer uma coisa dessas para mim. Não teria nem coragem de me dar um fora, para começo de conversa.

Com Noah, não tem pressão, e embora eu consiga me imaginar me apaixonando por ele se eu morasse aqui, sei que minha vida vai me chamar e eu vou precisar atender. Melhor sermos amigos.

— Obrigada. E por isso eu acho que você é um doce, feito de xarope de bordo. — Noah resmunga e revira os olhos quando percebe que estou provocando, e aí começa a se afastar. Eu continuo: — Não é igual a ser feito de açúcar, lógico, mas não se preocupe! Se você se esforçar bastante, vai conseguir chegar no meu nível de doçura.

Ele para de andar de repente e eu o acabo ultrapassando. Noah cutuca de leve as minhas costas. Olho para ele intrigada.

— O que você está fazendo? — pergunto.

— Procurando onde desliga. — Agora sou eu quem para de andar, e ele me ultrapassa, um sorrisinho bobo no rosto, como se não tivesse voltado àquele jogo, quebrando mais uma vez a imagem do dono rabugento da loja de tortas. — Vamos lá, tagarela.

— Ele faz um sinal para que eu o acompanhe. — Vamos primeiro na lanchonete, pra não comermos panquecas que parecem areia.

— O que eu peço? — pergunto a Noah, olhando para ele depois de encarar o cardápio laminado e um pouco gorduroso.

— O que você quiser, ué.

Já entendi. Ele precisa de mais café. Já passei tempo o suficiente perto dele para saber que precisa de um fluxo constante de cafeína para conseguir não querer matar todo mundo. E ele toma café puro, sem açúcar ou leite. Assim como sua personalidade. Noah não é um cara de frescuras.

— Acho que vou querer...

Sou interrompida pelo som do meu celular vibrando em cima da mesa. Devo ter conseguido uma barra de sinal aleatória e agora ele está vibrando que nem doido com a quantidade de mensagens recebidas. Não devia ter trazido o telefone, mas não pareceu certo sair sem ele, é costume. Agora estou arrependida. Noah encara surpreso o pobre aparelho.

— Nossa, alguém quer mesmo falar com você.

E, num estalo, todas as sensações boas que me acompanhavam desaparecem. A realidade bate à porta. Pego meu telefone e desbloqueio, apesar de já saber quem é.

Susan: Por favor, me diga que ainda está seguindo seu plano nutricional. Só porque você está longe não significa que esteja totalmente de férias. Seus figurinos da turnê já estão prontos.

Susan: Torta não faz parte do plano nutricional, tá?

Susan: E, falando nisso, nem donos de loja de tortas. Não perca a cabeça enquanto estiver aí. Você é boa demais para um homem desses.

Susan: Olha que surpresa, sua mãe me mandou um e-mail hoje de manhã lá da sua casa de Malibu perguntando onde estava a chave do seu Land Rover. Além disso, eu falei de novo que você a chamou para te acompanhar nos primeiros shows da turnê, mas ela disse que está muito ocupada.

Deixo o celular na mesa e levanto o olhar. Noah está me encarando. Consigo forçar um sorriso e volto a olhar o cardápio.

— Então, o que eu estava dizendo? Ah, sim. Acho que vou pedir a rabanada também. É boa?

Como ele não responde, volto a olhá-lo. Noah está sério. Mandíbula travada. Ele balança a cabeça de leve.

— Você não precisa fazer isso — diz.

— Fazer o quê?

— Fingir. — Ele aponta para o celular na mesa. — Você quer falar sobre isso? Sobre o que acabou de ler?

Argh. Lá vai ele de novo! Por que a única pessoa que está de passagem na minha vida é a única que tenta me entender? Estar ao meu lado sem pedir nada em troca?

— Acho que vou responder do mesmo jeito que você fez comigo ontem à noite antes de sair: Não. — Pronuncio cada letra com cuidado, feliz com minha habilidade de silenciar a voz que diz *educada, educada, educada* na minha cabeça. Não com Noah. Nunca com Noah.

Ele solta um risinho.

— Justo.

Um instante depois, uma jovem garçonete se aproxima da nossa mesa.

— Oi, gente. O que posso trazer pra vocês?

Ela abre um sorriso grande para mim, mas não me trata diferente. Não sei se vou me acostumar à liberdade que as pessoas desta cidade me deram. Quero colocar tudo em um potinho e levar comigo para minha vida real.

— Vou querer panquecas e rabanadas, e ele precisa de mais café, URGENTE. Ele fica muito mal-humorado se não tiver um fluxo constante de cafeína na corrente sanguínea.

Noah faz cara feia para mim, mas a garçonete joga a cabeça para trás, rindo, balançando o cabelo ruivo.

— Ela tem razão! Fico feliz que você finalmente tenha arrumado uma garota que sabe lidar com você, Noah.

Noah se apressa em dizer:

— Ela não é minha garota.

Dou um sorriso educado.

— Vou fazer uma placa com essas palavras e ficar carregando comigo pra ele parar de ficar arrancando os cabelos por causa disso — comento.

Noah me olha de novo de cara feia. Mas agora a careta é seguida de um sorriso. Não sei como ele faz isso, mas consegue.

— Bem, confesso que fiquei muito surpresa quando ouvi a fofoca de que vocês dois estavam juntos — diz a garçonete, virando-se para mim. — Levando em conta o histórico dele e que Noah não vinha gostando de nenhuma mulher desde aquela coisa.

Levanto uma das sobrancelhas.

— Histórico? — pergunto.

— Vou querer ovos e um pãozinho, Jeanine — Noah quase late do outro lado da mesa.

Jeanine nem presta atenção.

— Menina, é isso mesmo! Ele ficou anos caidinho por aquela chiquezinha de Nova York, sabe?

Arregalo os olhos.

— Não. Não fazia ideia — respondo.

Olho para Noah, tentando imaginar esse homem clássico que odeia wi-fi e nem tem celular, que dirige uma caminhonete laranja, com uma elitista engomadinha de Nova York nos braços. Mais um paradoxo.

— Pois é! — diz Jeanine, animada. A fofoca parece ser a força motriz dela. — Ela passou o verão aqui limpando a casa do falecido tio pra vender, e aí deixou esse homem tão apaixonado que depois ele se mudou pra Nova York com ela! Parecia coisa de comédia romântica. Mas daí ele precisou voltar por conta da avó dele e ela não veio junto e...

Noah levanta as mãos.

— Eu estou bem aqui, sabiam? — diz. — Ouvindo tudo.

Jeanine aponta para Noah.

— Por que não contou pra ela? — pergunta.

— Porque não é da conta dela — retruca ele. — Acabamos de nos conhecer.

Coitado do Noah. Está desesperado.

De repente, um homem na mesa atrás de mim se vira para falar comigo e com Jeanine.

— Não fica chateada. Ele não gosta de falar disso com ninguém. Aquela mulher partiu o coração dele. Noah nunca mais foi o mesmo depois dela.

— Ah, meu Deus — solta Noah, apoiando os cotovelos na mesa e escondendo o rosto nas mãos.

— Quer saber, Phil? Eu concordo. Acho que ele não era tão mal-humorado assim antes de voltar de Nova York. — Jeanine

176

se senta ao meu lado, então tenho que me afastar um pouquinho para dar espaço. — Mas, meu bem, agora estou torcendo por você. Acho que o fato de você ser uma cantora famosa pode atrapalhar um pouco as coisas, considerando a relação a distância. Mas não desiste. Noah vale o esforço, e você não vai encontrar um homem melhor.

É fofo como a cidade inteira adora Noah.

— Humm... ok. Vou lá passar o café, já que pelo visto hoje você não vai trabalhar — comenta ele.

— Então a gente pode continuar falando de você? — pergunta Jeanine, com um olhar de súplica.

— Quem sou eu pra impedir vocês, né? — diz Noah ao sair da mesa.

Observo aquele homem enorme se mexer. Eu poderia acabar com o sofrimento dele, mas... não quero. É divertido vê-lo agitado enquanto descubro seus segredos sombrios. Além disso, ele mesmo deu permissão. Não tem como voltar atrás agora.

— Ah, meu bem, traz um café pra mim também? — pede a garçonete a Noah, mas ela continua olhando para Phil.

— Pode deixar. Açúcar e leite? — pergunta Noah.

— Só um pouquinho.

Noah vai para trás do balcão e começa a servir os cafés. Algumas pessoas parecem precisar de um refil, então ele serve. Fico observando-o, incapaz de desviar o olhar do seu belo rosto enquanto Jeanine e Phil continuam a conversar ao meu lado. Os bíceps dele ficam em evidência cada vez que ele serve um pouco de café. De vez em quando, ele sorri para alguma coisa que alguém diz. Sinto meu coração acelerar por uma estrada que ele não deveria estar percorrendo.

— Queria esganar aquela mulher por tratar Noah daquele jeito. Deus me ajude se ela pisar aqui nesta cidade de novo — diz Jeanine.

— Mas você não vai fazer isso com ele, né? Vai cuidar bem do nosso Noah? — pergunta Phil.

— Ahn... — Agora não sei o que responder. Parece que eles acham que eu e Noah temos algo além de amizade. — Na verdade, somos só amigos. Um pouco mais do que conhecidos, pra ser sincera.

Eles gesticulam como se o fato de eu ter conhecido Noah há apenas alguns dias não significasse nada.

— Eu sei reconhecer um casal quando vejo um — comenta Jeanine, ajeitando seu rabo de cavalo. — Pode escrever o que estou dizendo, tem alguma coisa entre vocês dois. Só não saia por aí traindo ele, como a ex-noiva fez, e já vai ser muito melhor do que ela.

Fico surpresa e olho para Noah, que acabou de servir um prato de panquecas para alguém no balcão. Ele estava noivo? Morou em Nova York? Foi traído? Percebo que não sei quase nada sobre ele. E quero saber mais. Quero conhecer cada pedacinho daquele homem. Quero estudá-lo como se fosse ter que fazer uma prova depois. Mas é bem provável que ele nunca vá me deixar fazer isso.

Nossos olhares se cruzam e a princípio ele não sorri, mas quanto mais tempo nos olhamos, mais o canto da boca dele sobe, como se ele não conseguisse evitar. E, de repente, penso que talvez tenha alguma chance.

20
Noah

— Imagino que agora você vá querer saber da tragédia toda, né? — pergunto a Amelia depois que saímos da lanchonete, finalmente sozinhos.

Ela me olha com um sorrisinho.

— Você parece prestes a fazer um tratamento de canal no dente.

— A dor é mais ou menos a mesma.

A ideia era que soasse como uma piada, mas acaba sendo um pouco triste. Ou talvez direto demais. Porque pensar em Merritt dói muito, sempre. Em retrospecto, vejo que fui precipitado ao ir atrás daquela mulher até Nova York, acreditando que nosso amor de verão era uma coisa séria, e acho a situação toda patética.

Como Jeanine disse, Merritt veio para a cidade para cuidar da casa do tio que tinha falecido. Era a primeira vez que ela vinha para cá, e como ela era a única advogada da família, os pais acharam que era a melhor pessoa para cuidar de todos os trâmites. Também tinha o fato de que a mãe e o tio de Merritt haviam brigado um pouco antes de ela nascer e nunca mais se falaram.

Achei que Merritt parecia muito solitária por aqui, enquanto cuidava dos negócios da família, então me ofereci para lhe fazer companhia. Passava as tardes a ajudando a empacotar as coisas na casa do tio, e depois ela acabou indo passar as noites na minha casa.

No último dia dela na cidade, tomei a decisão impulsiva de pedi-la em casamento, porque pareceu uma coisa romântica e empolgante. Ela aceitou pela mesma razão, mas só se eu mudasse para

Nova York com ela. Minhas irmãs e minha avó ficaram chocadas por eu me mudar e avisar com apenas um dia de antecedência. Hoje, tenho vontade de voltar no tempo e me dar um soco no estômago por ser tão ingênuo e sem noção.

No começo, a gente fez funcionar, mas quando a frequência sexual começou a diminuir (provavelmente porque Merritt estava pegando um colega de trabalho), não restou nada. Ela só pensava em trabalho, o que não é errado, mas queria que eu fosse igual. Em Nova York, usei meu diploma em administração e consegui um emprego de nível júnior em um banco — e, meu Deus, todo dia eu tinha vontade de arrancar os cabelos por conta daquele trabalho sem sentido.

Eu nunca era o suficiente para Merritt, e por isso ela queria acabar com tudo o que considerava "caipira" em mim. Ela se certificava de que eu trabalhasse pra caramba para subir no banco e chegar a uma posição da qual ela poderia se gabar para os amigos. Por isso acabei me matando de trabalhar, comecei a me sentir muito solitário, quase não me divertia e, como eu sou completamente fiel, demorei um ano para terminar tudo. Tá bem... fiel e *orgulhoso*. Não queria voltar para casa e falar para todo mundo que tinha cometido um erro enorme.

Não chego a dizer que fiquei feliz por ela ter me traído, mas foi o empurrão que eu precisava para terminar, caso contrário, eu poderia ter ficado muito mais tempo sendo infeliz com a mulher errada para mim. E depois que tudo foi oficialmente por água abaixo, jurei que nunca mais ia me relacionar com alguém que não tivesse uma vida que se encaixasse perfeitamente na minha já de cara. Porque, no fim das contas, a questão entre nós se resumia a isto: éramos duas pessoas que queriam coisas diferentes e não acharam um ponto em comum.

Amelia hesita por um momento, e ela deve ver algum traço de honestidade no meu rosto (que eu preferia não estar mostrando), pois sorri e balança a cabeça.

— Então não. Não quero saber. Parece o tipo de coisa que vai estragar nosso dia.

Os olhos azuis dela cruzam com os meus, e estão reluzentes. Coloco as mãos nos bolsos e bato de leve meu ombro no dela. No idioma dos introvertidos, tímidos e que não gostam de falar, isso significa *obrigado*.

Ela também dá uma batinha de volta no meu ombro.

— Ok, qual parte da cidade vamos ver primeiro?

Amelia para e olha com cuidado os arredores. Como está distraída, consigo observá-la de verdade pela primeira vez no dia. Ela está usando um vestido leve, creme, de alcinha. Gosto do jeito como o vestido modela o corpo na parte de cima, e depois vai ficando mais largo da cintura para baixo. A saia balança quando ela anda. Está tão bonita que chega a doer.

— O que é aquilo? — pergunta, olhando para o outro lado da rua.

Os lábios de Amelia estão super-rosados hoje, e me pergunto se ela passou batom ou algum tipo de hidratante labial com cor. Sei que são coisas diferentes porque uma vez usei o hidratante labial da minha irmã, achando que era do tipo incolor, e fiquei com a boca vermelha pelo resto da noite, já que minhas irmãs acharam que seria hilário não comentar o fato comigo. Mas não acho que Amelia esteja usando batom, porque está natural demais. Beijável.

Chega. Vamos parar com essa história de lábios. Sei exatamente para onde devo levá-la.

Aponto para onde ela está olhando e digo:

— Ali é o cabeleireiro.

— Espera aí — diz Amelia, parando no meio da calçada. — É assustador demais, não posso entrar.

— É só um salão.

Amelia olha pela janela como uma pessoa observando um diamante na vitrine da Tiffany's. Há alguns minutos, ela me disse que tinha séculos que estava com vontade de cortar o cabelo, mas nunca arrumava coragem. Ela está pensando em fazer isso agora, então estou ao lado dela, ambos encarando o salão feito dois psicopatas.

Heather, Tanya e Virginia estão lá trabalhando, ouvindo música e batendo papo com os clientes. É um cenário alegre, talvez até um pouco demais.

Olho para Amelia.

— Não estou vendo ameaça nenhuma.

— Não consigo. Quero muuuuuito, mas não consigo — diz ela, um pouco atordoada.

— Por quê?

— Porque Susan vai ficar brava. Muito brava. Meu cabelo é uma *coisa* minha. Uma marca registrada.

Com essa nova perspectiva, observo as ondas descendo pelas costas dela. É lindo, o tipo de cabelo que me dá vontade de passar a mão. Uma parte de mim se sente triste de nunca poder fazer isso, mas também estou ficando de saco cheio de tanto ouvir o nome de Susan, então vou encorajar Amelia a cortar na altura das orelhas agora mesmo, se isso lhe der alguma sensação de liberdade.

— Ah, desculpa. Não tinha percebido que era o cabelo da Susan. Agora faz sentido.

Estou sendo um mala, mas ela gosta. Amelia ri e me olha, ombros caídos em sinal de derrota.

— Não posso, Noah. Sério. Sei que é bobo, mas é o jeito que as coisas funcionam no meu trabalho. Não sou mais dona da minha imagem.

— Tá bem. — Dou de ombros. — Mas só queria dizer que se você quiser se rebelar e ir contra a Lei da Susan, eu faço uma rota de fuga com a caminhonete e você pode entrar correndo assim que terminar de cortar o cabelo, vamos dirigir na velocidade da luz e a Susan nunca vai encontrar a gente.

Ela sorri.

— *A gente?*

— Lógico. Já vi você dirigindo a minha caminhonete. Até as lesmas te ultrapassaram na estrada, é capaz até de terem te mostrado o dedo do meio. Foi vergonhoso.

Amelia ri e balança a cabeça, olhando novamente para a vitrine. E, nesse momento, percebo que faria qualquer coisa para vê-la sorrir. *O que está acontecendo comigo?*

Ainda encarando a janela, Amelia respira fundo e assente, firme. Ela me olha mais uma vez, e percebo que tomou uma decisão. Os olhos azuis estão atentos. Essa determinação fica muito sexy nela. Está fazendo com que aquele desejo de beijá-la ressurja.

— Ok. Vou cortar. Vou entrar e cortar o meu cabelo. Vai preparando o carro, piloto de fuga — diz ela, se movendo como um boxeador prestes a entrar no ringue. Se estivesse usando protetor bucal, teria dado uma cusparada para o lado. Preciso passar esparadrapo nos dedos dela. — Sou o tipo de mulher que come panqueca e corta o cabelo quando bem entende. Sou dona de mim e estou tomando as rédeas da minha vida!

Ela anda até a porta, segura a maçaneta, solta rápido e volta para o meu lado. Não, ela passa direto. Está indo para a caminhonete, mas para de repente. Então, devagar, se vira e volta para a porta do salão. Esse processo todo é repetido mais duas vezes.

Na quarta vez, quando percebo que ela está perdendo a coragem, vou para trás dela e abro a porta do salão, dando um empurrãozinho nas costas de Amelia para que ela entre.

— É muito divertido ficar assistindo você, mas já estou ficando tonto.

Ela me olha com um sorriso agradecido.

— Eu ia abrir dessa vez.

— Claro, claro.

— Você vai ficar comigo?

Estaria mentindo se dissesse que não quero ficar. Droga, eu até seguraria a mão dela, se Amelia pedisse. Mas sei que não posso deixar a coisa ir por esse caminho. Se vou me impedir de me apaixonar por ela, preciso de regras. Ficar um pouco longe e esfriar a cabeça.

Faço um sinal para trás e digo:

— Vou encontrar uma pessoa para o almoço. Volto logo.

Saio rápido, antes que os olhos fortemente maquiados de Tanya me notem ali perto de Amelia. Ela ia colocar as garras em mim e eu ia acabar com um corte de cabelo que nem queria. Um pouquinho antes de a porta fechar, escuto:

— Querida! Estava esperando mesmo que você desse uma passadinha aqui. Pode se sentar e ficar à vontade. Quer um refrigerante? Sei que você deve estar acostumada a tomar vinho, mas eu teria que pegar o carro, dirigir até lá em casa e pegar a caixa que está na geladeira, ia demorar uns vinte minutos.

Só espero que Amelia não saia de lá com um permanente.

21
Amelia

Estou de costas para o espelho, como os cabeleireiros sempre fazem (tenho certeza de que é para que, caso eles errem, dê tempo de arrumar sem a gente saber), e não consegui ver nada do que está acontecendo com o cabelo ainda. Quem está cortando meu cabelo é Heather, de vinte e um anos, filha de Tanya, e, como diz a própria Tanya, tem sido *um espetáculo* ouvir a conversa delas. Acho que eu nem teria percebido se Heather raspasse minha cabeça por engano. Teria valido a pena só por ouvir as fofocas da cidade. Só queria conhecer as pessoas que elas estão destruindo com toda a sua educação sulista, mas ainda assim estou curiosa.

— Agora pode ir contando pra gente sobre você e o Noah — diz Heather, um pouquinho alto demais.

Mesmo com o barulho dos secadores, todo mundo ouviu. As cabeças se viram para a minha direção. É minha vez de contar uma fofoca.

Tanya e Virginia (as outras cabeleireiras) estão atendendo algumas clientes mais velhas, enrolando bigudinhos cor-de-rosa para fazer cachos. Virginia, dona de um cabelo loiro bem volumoso, masca chiclete e me olha com um sorriso faceiro.

— Tentei sair com ele, sabia? Diabos, eu nem precisava sair com ele! Me ofereci pra ir direto pra cama.

Ainda bem que elas não conseguem ver minhas mãos, que se fecham em punhos de ciúme embaixo da capa. Tento dar uma risadinha, mas não parece muito genuíno.

Virginia pisca para mim.

— Não se preocupe, flor. Ele é um lorde. Me deu o fora e ainda me mandou pra casa com uma torta de maçã. — Ela olha para os céus como se estivesse lembrando do gosto, ou talvez esteja tentando ver se enxerga o topo do próprio cabelo. Mas não vai conseguir. — E se aquelas mãos conseguem fazer uma torta tão boa, imagina a trepada maravilhosa que deve ser.

— Virginia! — Tanya chama a atenção da colega. Se eu fosse chutar, diria que Tanya tem cerca de cinquenta anos; cabelo castanho, delineador pesado, brincos de argola, salto quinze com os quais anda como se fossem chinelos. *Que inveja.* — Não fala essas coisas perto da Heather.

Virginia gargalha com a cabeça para trás, e consigo até ver o chiclete na boca dela.

— Ah, nem vem, Tanya. Daqui a pouco a garota tá se casando. Por que ela não pode falar sobre sexo?

Enquanto Virginia e Tanya discutem o que é ou não apropriado para um salão, Heather aproveita para se inclinar e falar baixinho perto do meu ouvido:

— Minha mãe, abençoada seja, acha que eu ainda sou virgem. — Ela me lança uma risada e me encara com os olhos arregalados. — Sei lá por que ela colocou na cabeça que Charlie e eu resolvemos esperar até a lua de mel pra dormirmos juntos, ainda que isso tenha acontecido no dia que tirei minha carteira de motorista, no ensino médio.

— Eu ouvi isso, mocinha! — diz Tanya, olhando para a filha e apontando um bigudinho cor-de-rosa na nossa direção.

Heather revira os olhos e continua a pentear meu cabelo.

— Você não ouviu nada! — Ela fala só para mim de novo: — Uma coisa que eu sei sobre mães sulistas: elas fingem que sabem de tudo quando na verdade não sabem de nada, só pra fazer você confessar. Nunca confesse. Elas sempre estão blefando.

Dou uma risada e me mexo um pouco, tentando aliviar minha bunda dormente.

— Bom saber.
— E você? Sua mãe também é intrometida assim? — pergunta Heather, pairando acima de mim.

Uma risada fria e quase ofensiva sai de mim antes que consiga controlar.

— Minha mãe só se preocupa com a minha carreira e como ela pode tirar vantagem disso. E eu nunca conheci meu pai.

Não acredito que falei tudo isso para uma desconhecida. O ar dessa cidade é feito do quê? Soro da verdade? Já estou imaginando essas mães sulistas todas juntas de manhã perto de uma saída de ar com um pote de soro da verdade para que fiquem a par de tudo.

Sem contar a vez que contei isso para Noah porque estava chapada de remédio para dormir, sempre escondi esse segredo sobre meus pais. Mesmo nas incontáveis vezes que todo mundo pergunta sobre minha vida e família perfeitas, eu apenas sorrio e, ainda que nossa relação seja péssima, digo que sou muito grata à minha mãe.

Heather desliga o secador e me olha. Ela usa batom vermelho, e as sobrancelhas perfeitas dela estão tão franzidas que quase formam uma monocelha. Tenho medo de que ela comece a chorar. Então, do nada, os braços dela passam ao meu redor e ela me abraça. ABRAÇA. Eu não acho ruim.

— Opa. Um abraço. Uau. Obrigada — digo, um pouco surpresa, mas definitivamente lidando bem com aquilo.

Dou uns tapinhas desajeitados nas costas dela, e Heather me solta e diz:

— Essa foi a coisa mais triste que eu já ouvi. Você precisa vir pro meu casamento.

Pisco, confusa, tentando entender como essas duas coisas se conectam, quando a porta do salão se abre. Vejo quem é e meu estômago se revira. *Noah. Por que só de vê-lo já fico assim? Alguém pode me explicar por que algo no ar muda e sinto como se fosse sufocar?* Uma espécie de eletricidade percorre meus dedos, e sinto que o único jeito de fazê-la ir embora é passar a mão na pele dele.

— Olha só, se não é Noah Walker em carne e osso — comenta Heather, chamando atenção para a chegada dele. — Você vai levar Amelia como sua acompanhante no meu casamento?

Noah está parado na porta, imóvel. Ele ainda não olhou para mim, e o observo da cabeça aos pés, com tanta minúcia que sou capaz de descrevê-lo para um pintor, que por sua vez faria o quadro perfeito. Descreveria a barba por fazer primeiro. É importante entender essa parte, porque não é uma barba cheia e longa, mas também não é toda ajeitadinha nas bordas. É uma sombra natural no queixo, que não seria incômoda se você beijasse aquele rosto, mas pode fazer cócegas. Depois, o cabelo. Ah... esse cabelo loiro-escuro. Arrumadinho com uma pomada sem brilho, Flex Fiber. Sei o nome porque dividimos o banheiro e sou uma bisbilhoteira.

E também sei que por baixo da camiseta branca colada existe uma tatuagem. Combina muito com ele, a tatuagem mais linda que já vi em um homem. Meus pensamentos voltam para hoje de manhã, ele entrando na cozinha sem camisa. A imagem do corpo musculoso desse homem vai passar em *looping* na minha mente até o dia da minha morte. Sua pele bronzeada. Algumas sardas nos ombros fortes. Bíceps e abdômen definidos que culminam na cintura esguia.

Em uma palavra: maravilhoso.

Dou um sorriso com uma satisfação pessoal, sabendo que vi Noah em condições que Virginia só pode sonhar, e isso me deixa feliz. *Ah, droga*. Eu sou patética? Acho que sim, já que estou nutrindo sentimentos por um homem que deixou bem claro que em nenhuma circunstância se envolveria comigo.

Noah finalmente me olha e o vejo prender a respiração. Isso é bom ou ruim? A expressão dele é intensa, e eu queria muito ter visto meu cabelo antes que ele chegasse. Talvez esteja torto. Ou faltando um pedaço. Ah, bem, mesmo que ele não goste, não importa. O corte foi para mim, e estou feliz de ter feito.

Mas não consigo mais sustentar o olhar dele. Pisco e olho para baixo.

— Heather — diz Noah, e odeio como amo o som da voz dele. Preciso começar a fazer uma lista de coisas que eu *não* gosto nele, só para evitar que eu caia de cabeça nesse sentimento. — Ela não é obrigada a vir pro seu casamento. Ela é uma celebridade, pelo amor de Deus. As pessoas não querem ir em casamento nem de gente que conhecem, imagina de estranhos. Sem ofensa.

— Ei! — digo, erguendo o olhar para Noah. — O que você acha de deixar a *pessoa* interessada decidir sozinha o que quer ou não quer, sr. Mau Humor? — O canto dos lábios de Noah se curva um pouco. E sei o porquê. Ele está acrescentando mentalmente mais um apelido à lista (já enorme). — Eu adoraria vir para o seu casamento, Heather. Obrigada pelo convite. — Dou um olhar atravessado para Noah. — Eu venho mesmo que o Noah já tenha alguém para levar. Quando vai ser?

— Daqui a um mês.

Eu me esforço para não olhar para Noah. Vai ter um sorrisinho na cara dele.

— Ah... *Não vou estar aqui.* — Sorrio de forma constrangida para Heather. — Vou estar em turnê. Desculpa.

— Você devia ter me escutado.

— Ah, nem vem — digo, e o salão todo ri.

Isso faz com que eu ganhe um sorriso genuíno de Noah e de sua boca mal-humorada. E é então que, lá atrás de Noah, percebo uma pessoa. Um homem, e só de ver como ele está vestido já fico nervosa: todo de preto com uma câmera de lente telefoto a tiracolo. É definitivamente um fotógrafo.

— *Merda* — digo, num sussurro tenso, arrancando a capa e olhando em volta para procurar um lugar onde me esconder. — Eles me encontraram!

— Quem te encontrou? — pergunta Noah, parecendo preocupado e protetor. A voz dele deixa meu corpo todo arrepiado.

— Paparazzi. — Indico a vitrine, mostrando o homem que está de costas para nós, olhando a praça.

Se ele me encontrar e confirmar que estou aqui, acabou. A aventura toda vai por água abaixo.

Infelizmente, não preciso pensar duas vezes para saber quem o enviou para cá. Minha mãe é a única pessoa que sabe onde estou e, também infelizmente, não é a primeira vez que ela vende informações minhas para a imprensa. Devia ter desconfiado que contar qualquer coisa para ela resultaria nisso. Quero só ver com o que ela vai gastar o dinheiro. Bolsas de grife? Sapatos? Lógico, ela vai negar tudo até o fim, porque morre de medo de que eu corte a mesada, mas Susan sempre fica sabendo por fontes anônimas que foi minha mãe quem vazou a informação. Mas nunca tive coragem de confrontá-la. O mais triste de tudo é que eu gosto da atenção dela, mesmo que não seja de verdade. É bom fingir que ela está genuinamente interessada quando pergunta sobre a minha vida. Como se não tivesse segundas intenções quando fala comigo ou fica na minha casa. Mas já passou da hora de repensarmos nossa relação. Não dá pra continuar assim.

Noah cruza apressado o salão, e em um instante já está ao meu lado.

— Meu bem, não se preocupe — diz Heather, me levantando da cadeira. — A gente vai esconder você.

— Obrigada! Eu passo aqui depois pra pagar, prometo.

— Nem se preocupe com isso. — Tanya aponta vigorosamente para a porta de trás do salão. — Por ali, Noah.

Mas não dá tempo. Chegamos apenas do outro lado do salão quando alguém entra. Noah se posta na minha frente, e pressiona o corpo dele no meu. Somos quase um corpo só agora, e não consigo aguentar. A *sensação* dele. O *cheiro* dele. O *calor* dele. *Aff*, é bom demais. E ele ainda piora as coisas quando pega o meu quadril, me empurrando um tantinho para a esquerda, para que fique ainda mais pressionada contra ele.

— Fica parada — indica Noah, como se eu quisesse me mover. *Boa sorte quando for tentar me tirar daqui, amigo. É minha casa agora.*

— Boa tarde! — diz Tanya, animada. — Veio cortar o cabelo?

Consigo ouvir os batimentos do meu coração. Eu e Noah estamos do outro lado do salão, praticamente escondidos pelas mesas de manicure e os secadores de pedestal, mas, ainda assim, não sei se esse truque de guarda-costas vai funcionar.

— É... não. Na verdade, estou procurando alguém.

Virginia solta uma risada e escuto o barulho dos saltos no chão.

— Uma namorada? Eu posso sair com você, querido.

— Fico lisonjeado, mas não, obrigado. Trabalho para a revista *OK* e recebi uma informação de que Rae Rose poderia estar nesta cidade. Alguma de vocês a viu? Estou disposto a pagar por qualquer informação.

Engulo em seco, preparada para que uma das mulheres aponte as unhas postiças na minha direção. Encosto a testa nas costas de Noah, buscando apoio emocional. Só quando já estou nessa posição é que penso que talvez ele não goste que eu me encoste nele dessa forma. Mas estou errada. De repente, sinto os dedos de Noah passarem nos meus, até que ele pega minha mão e aperta. A sensação é de que ele está tocando a minha alma.

— Rae Rose? — exclama Heather, alto. Escuto ela ir até o homem. — Está de sacanagem? Ela aqui? Nesta cidade? — Sua voz fica tão aguda que conseguiria quebrar um vidro. — Mãe, escutou isso?

— Eu sei, filha. Ele falou, mas eu acho difícil. Se ela estivesse aqui, a gente ia saber. Esta cidade é um ovo.

Sou tomada pelo alívio e dou um sorriso. Elas vão mesmo me proteger. Essas mulheres não me devem nada, mas estão me escondendo. Noah aperta minha mão de novo, como se pudesse ler meus pensamentos.

— Então... vocês não a viram por aqui? — pergunta o homem de novo.

Ele parece cético. Ou talvez esteja apenas tentando achar o ponto mais alto do cabelo de Virginia.

— Por Deus, não! Mas, olha! É ela ali do outro lado da rua?

— Onde? — pergunta ele, frenético, bem na hora que Noah se vira para mim e me puxa para a porta.

Quando dou uma espiada, todas as pessoas do salão estão atrás do homem, que olha pela janela, montando uma parede entre mim e o fotógrafo. Consigo encontrar o olhar de Heather e faço um *obrigada* com a boca. Ela dá uma piscadinha e se vira novamente para a janela. Passa o braço por cima do ombro dele e aponta.

— Ali! Tá vendo aquela mulher?

— Senhora, aquela é uma velha andando de bengala.

— Ah... é. Acho que talvez eu precise de óculos.

E essa é a última frase que escuto antes de escapar com Noah para o beco. Ainda estamos com os dedos entrelaçados, e preciso dar três passos para cada passo dele. Andamos em silêncio entre lixeiras e caixas até o estacionamento. Quando saímos do beco, Noah faz um gesto para que eu espere, enquanto ele anda por ali para averiguar a situação. Alguma coisa em seu rosto parece mortal. Como se ele fosse Jason Bourne e estivesse acostumado com esse tipo de situação. Quando chega na caminhonete, os olhos verdes encontram os meus e ele faz um leve aceno para me avisar que a barra está limpa. Corro agachada para que os carros me protejam, até alcançar a caminhonete. Ambos entramos ao mesmo tempo e, quando as portas fecham, suspiro e me afundo no banco. Ele faz o mesmo.

Aqui dentro é silencioso e seguro. Como Noah.

— Obrigada por me tirar de lá — digo, e me viro para ele.

Ele está me encarando. Sem sorrir. Sem fazer cara feia.

Noah não responde, mas levanta a mão e passa os dedos pela minha nova franja. Tinha esquecido do corte. Ainda não vi, mas realmente espero que esteja parecido com a foto da Zooey Deschanel que mostrei para Heather, e não com alguma imagem que usam em reportagens para convencer as pessoas a não cortarem franja.

— Fiquei sem coragem de cortar tudo — digo, um pouco envergonhada. — Mas fazia tempo que queria cortar a franja e Susan sempre me convencia a não fazer isso porque não cairia bem com meu formato de rosto. — Sinto vontade de fechar os olhos e sentir os calos da mão dele no meu rosto. Minha voz chega a tremer quando continuo. — Espero mesmo que ela esteja errada. Mas acho que agora é tarde demais pra arrependimentos. Cabelo cresce. E se estiver muito ruim, posso muito bem prender pra trás.

Ele tira a mão do meu cabelo, eu olho para o rosto dele. Noah trava o maxilar quando se vira para frente, pegando o volante com uma das mãos e virando a chave com a outra.

— Droga — diz, bem baixinho, depois me olha de novo. — Você está muito bonita.

Sinto o sorriso nascer na minha alma antes de chegar aos lábios.

— Do jeito que você está falando, parece que é uma coisa ruim.

— Pra mim é.

E é tudo o que ele diz antes de dar a ré e nos levar para casa em silêncio.

22
Noah

Vou começar uma dieta. Vai ser difícil, mas vou cortar todas as Amelias. Hoje ultrapassou todos os limites. Acho que toquei naquela mulher pelo menos um milhão de vezes, e toda vez eu pensava que precisava sair dali e fazer outra coisa, e acabava ainda mais perto dela. A gente até preparou o jantar juntos. O JANTAR. Bem, acho que eu cozinhei e Amelia ajudou colocando uma pitada de sal e pimenta na sopa, quando pedi. Fizemos sopa de frango. Nos sentamos no sofá, assistimos a *Jeopardy!* — porque era a única coisa que estava passando na TV aberta — e tomamos sopa juntos, feito um casal de velhinhos casado há trinta anos.

Amelia interage bastante com a TV. Ela gritava as respostas, e tentei não passar a noite inteira a encarando. Então podemos dizer que foi uma noite agitada. E aí quando o braço dela tocou no meu ao deixarmos as tigelas de sopa na pia, quase não consegui segurar a revirada de olhos para a forma como meu corpo estava se sentindo. Como se tivesse tomado um choque. Um toque de braços *nunca* deveria causar esse tipo de reação.

Hoje percebi que estou correndo perigo real de me apaixonar. E isso é um problema, porque sou o tipo de cara totalmente fiel que se apaixona e depois mergulha de cabeça super-rápido. Não sei como manter as coisas casuais. Odeio coisas casuais. Não faz sentido. Tipo aquele pessoal de cidade usando roupa de fazenda achando que é moda.

Então, é, vou me manter fechadinho no quarto pelo restante da noite, onde não existe risco nenhum. Estou deitado na cama com um livro. O problema é que li o mesmo parágrafo várias vezes. A minha atração por Amelia está me distraindo. Perco o foco sempre que escuto o barulho dos passos dela no corredor. Não posso me permitir abrir essa porta. *Você consegue passar uma noite sem ver essa mulher, Noah. Você sobreviveu a todas as noites que passou antes de conhecê-la.*

Mas escuto novamente o barulho de passos e deixo o livro de lado. Meu coração dispara quando vejo uma sombra pela fresta da porta. Além disso, percebo que não fechei a porta direito. Está encostada e ela não vai conseguir ver nada aqui dentro, mas ainda assim. Esse espaço é pessoal demais. Tem muito de *mim* aqui. Gosto de ter controle sobre as partes de mim que Amelia conhece e, se ela entrar, vai ser um pulo para contar tudo a ela.

A sombra desaparece e eu volto a respirar. Ela não ia sair entrando aqui. Pego o livro de novo e me forço a ler.

23
Amelia

Não entra aí, sua maluca! Argh. Estou sendo ridícula. Noah foi para o quarto para ter um pouco de espaço, eu sei disso. Então por que estou indo atrás dele? Mas a porta dele não está totalmente fechada. E juro que essa porta conseguiu desenvolver uma fisionomia, porque sinto que ela está sorrindo para mim. Levantando as sobrancelhas. Colocando a cabeça um pouquinho para o lado para me tentar. *Sedutora.*

Saio de perto, fazendo um esforço para não pensar em Noah e no tanto que queria estar com ele agora. Vou para a cozinha ligar para Susan. Eu não quero meeeeesmo fazer isso, mas não posso fugir totalmente das minhas responsabilidades. O mínimo que posso fazer é dar um oi de tempos em tempos para ela não achar que fui sequestrada. Então talvez pare com a chuva de e-mails.

Disco o número de Susan e espero. Toca tantas vezes que penso que posso ter dado sorte e que a ligação caia na caixa postal, onde simplesmente deixaria um recado dizendo que pelo menos tentei. Mas ela atende.

— Está se divertindo brincando de casinha? — É como ela me cumprimenta. Meu coração vai parar na boca. Sabia que ela não estaria contente, mas não esperava essas palavras duras logo de cara.

— Hã... Do que você está falando?

— Daquele cara que você mencionou na nossa última conversa — responde ela, grossa. — Imagino que seja ele o motivo de você ainda estar escondida aí. Só me diz, por favor, que você, uma celebridade mundialmente famosa, não está pensando em namorar um cara qualquer dono de uma loja de tortas que nunca vai ser bom o suficiente pra você.

— Minha nossa, Susan. Isso é um pouco pesado demais, não acha? Ele é uma pessoa ótima.

— Ai, meu Deus, você está realmente considerando isso. — Ela bufa. — Não consigo acreditar que você ainda está perdendo seu tempo aí. Essa situação toda me deixa muito preocupada com a sua saúde mental.

— RÁ! *Agora* você está preocupada com a minha saúde mental? Susan, estou tentando falar pra você que estou me sentindo bem como não me sentia em anos. Eu precisava desse tempo — replico.

Cansei de me desculpar por tirar férias.

— Você sabe que eu poderia ter marcado um dia de spa pra você — argumenta ela. — Enfim, tenho uma reunião agora. Já que você ligou, vou passar pra Claire, assim ela já pergunta as coisas que preciso saber pras próximas datas. Quando estiver pronta pra ser uma profissional de novo, me liga que eu mando um carro te buscar.

Estou completamente chocada, quase sem conseguir acreditar que Susan falou desse jeito comigo. Mas, pensando bem, acho que ela nunca precisou falar assim comigo porque eu sempre concordei, sorri e assenti para tudo que ela me pediu. *Educada, educada, educada.*

— Oi — diz Claire, cautelosa, após Susan lhe passar o telefone.

— Oi, Claire.

— Então, a Susan quer que eu fale com você sobre a semana de abertura da turnê e... — Claire faz uma pausa e escuto uma porta se fechando. Ela respira fundo. — Ok, ela saiu. Escuta, só preciso contar algumas coisas pra você porque não posso mais ficar calada. Primeiro, não sei por mais quanto tempo vou trabalhar pra Susan. Ela é uma escrota. Tão péssima que eu faço terapia uma vez por semana e só falo sobre ela.

Ela faz uma pausa, mas não é longa o bastante para que eu possa falar nada.

— O problema é que ela é horrível e tem muita coisa acontecendo sem você saber e que eu acabei de descobrir. Não tenho tempo pra contar tudo agora, mas vou fazer isso quando você estiver de volta. E eu espero que isso não aconteça logo, porque estou muito feliz que você finalmente tenha tirado férias. Eu sabia que você estava precisando, mas nunca tive coragem de falar nada até agora.

Mais uma pausa, mas continuo em silêncio porque estou chocada demais.

— Olha, eu não quero que você se preocupe com trabalho. Então vou dizer pra Susan que a ligação caiu e que não consegui retornar.

Quem é essa pessoa? Estou tendo dificuldade em ligar as palavras à mulher tímida que andava na sombra de Susan. Queria entrar no telefone e abraçá-la.

— Claire, obrigada — digo logo, porque sinto que ela vai desligar. — Só... obrigada. Faça o que for preciso pra se cuidar, mas vou ficar triste por perder você. Vamos conversar quando eu voltar.

— Pode deixar — responde ela, e sinto que está sorrindo. — Tchau, Amelia.

Quando Claire desliga, minha cabeça está girando. Eu precisava de alguma coisa para não ficar pensando em Noah e, meu Deus, com certeza consegui. Tenho tanta coisa para pensar agora. Tanta coisa para decidir. E o que é tudo isso que está acontecendo sem eu saber, afinal?

Vou até o final do corredor, pensando em me enfiar no quarto e ficar ruminando todas as opções que tenho para o futuro. Pela primeira vez, ele ainda não parece decidido. Sinto como se eu tivesse a capacidade de mudar tudo. Como se eu *devesse* mudar.

Mas não chego ao meu quarto, porque, quando estou no corredor, tropeço na barra do pijama grande e voo até a porta do quarto de

Noah a cem quilômetros por hora. Caio de cara no chão, parecendo uma batata.

Levo um susto e me levanto, e vejo Noah de olhos arregalados me observando da cama. Ele pisca. Eu pisco. E nós dois falamos ao mesmo tempo.

Eu: Desculpa por entrar no seu quatro, foi um acidente!
Ele: Caraca, você está bem? Foi um tombo e tanto!

Nós dois ficamos parados. Ele me deixa falar primeiro.
— Estou bem. Meu ego está um pouco ferido, mas eu...

Meus olhos finalmente se fixam no peito de Noah e ele... está usando exatamente o mesmo pijama que eu, mas cinza. Abro um sorriso largo ao me levantar rapidamente, revigorada. Ele me lança um olhar cauteloso ao perceber a mudança no ar.

Ainda assim, solto:
— Você tem pijamas iguais a esse aqui! E você está usando!

Ele passa a língua pelos lábios e revira os olhos, fechando o livro (*ah, meu Deus, ele gosta de ler*) e o deixando de lado.
— Ok, pode falar.
— Não foi um presente — declaro. — Você tem vários porque gosta deles. Noah, o cara clássico, é ainda mais clássico do que eu imaginava. Olha só, você com pijama com camisa de gola. Ah, meu Deus, e você abotoou até o final!

E ainda assim ele está bonito. Isso é injusto.

Noah deveria ficar ridículo com um conjunto de, como ele mesmo diria, *roupa de dormir* de camisa de botão combinando com a calça. Mas não. Ele está absurdamente sexy. Confortável. Como um belo homem de negócios dos anos 1950 momentos antes de vestir seu terno, colocar seu chapéu fedora e ir para seu trabalho em Wall Street. E o jeito como o peito largo e os ombros fortes preenchem a camisa é uma delícia, de deixar as pernas bambas.

Principalmente porque consigo me imaginar sentada no colo dele, desabotoando cada botãozinho.

— Eu ganhei o primeiro par de presente, como uma brincadeira. — Ele faz uma pausa. — Mas daí eu usei e gostei de como eles eram quentinhos.

— Noah, quantos? Quantos você tem? — pergunto, e sinto que falei em um tom um pouco sedutor demais. Mas não consigo evitar. Aparentemente homens com pijamas combinando têm esse efeito em mim.

Ele engole em seco antes de responder.

— Dez.

— DEZ! — Quase grito. Adorei tanto essa resposta que é difícil me controlar. Noah tem dez pares de pijama de velhinho, que coisa mais fofa. — Algum tem estampa bonitinha?

— Não, todos são assim.

— Mas é claro — replico, feliz. Ele nunca usaria alguma coisa alegre.

Essa informação é péssima. Incrivelmente péssima. Porque agora eu estou, oficialmente e sem dúvida, sentindo alguma coisa por Noah. Eu gosto dele. Eu realmente gosto dele. Me sinto muito atraída por ele, e só o seu cheiro já faz meu sangue ferver. Meu coração parece do tamanho de uma casa. Agora que estou aqui, não quero sair.

— Noah — digo, suave, sem tirar os olhos do rosto dele. — Posso dar uma olhada no seu quarto? Não vou invadir sua privacidade se você não quiser.

Estou sendo sincera. Vou fechar os olhos e sair se ele ficar desconfortável com alguma coisa. Mas aqueles olhos esmeralda continuam me encarando, e Noah respira fundo e expira fazendo barulho.

— Pode olhar.

Ele acabou de me dar as chaves da Disneylândia.

Dou um sorriso e olho à minha volta. E é aí que percebo as prateleiras cheias de livros. Várias. Ele não só gosta de ler... ele é fascinado por livros. Sinto seus olhos em mim ao me aproximar da estante que vai de uma parede a outra. É um móvel lindo. Feito de madeira sem tinta e aço preto. Não sei se foi ele quem construiu ou se contratou alguém, mas é nitidamente uma coisa importante para ele, porque é muito bem-feita, e isso a faz ser bem adorável.

Noah pigarreia de leve.

— Meu pai gostava muito de ler. A maioria desses livros eram dele.

Tortas, flores e livros. De pouquinho em pouquinho, estou começando a montar o quebra-cabeça que é Noah. É muito assustador que ele esteja se mostrando ainda mais maravilhoso do que imaginei.

Coloco as mãos nas costas, como se estivesse em um museu e tudo ao meu redor fosse precioso e frágil.

— Por que você deixa isso escondido aqui?

Ele solta uma risadinha, e eu adoro esse som.

— Não está escondido.

Olho para trás e o encaro.

— Você literalmente deixa dentro de um quarto que vive fechado e você nunca me deixou olhar. Está escondido, sim.

Ele ainda está sentado na cama, apoiado na cabeceira, e é uma cena tão íntima que tenho que desviar o olhar. Acho que ele poderia se sentir menos vulnerável se estivesse completamente pelado na minha frente. Mas vê-lo sentado na cama, no quarto, com o pijama favorito, com todos os livros que ele mais gosta, é muita vulnerabilidade.

— Tá bom, pode estar um pouco escondido. Gosto de manter minha privacidade. Só deixo algumas pessoas me conhecerem a esse ponto.

Passo a mão em um livro de capa dura, a biografia de um soldado da Segunda Guerra Mundial.

— Mas não eu, porque sou só uma celebridade de passagem — comento, minha voz ainda leve.

Continuo passeando o olhar pela biblioteca de Noah, composta em sua maioria por livros de não ficção. Parece que ele gosta de aprender um pouco de tudo. Não me surpreende.

— É — responde, baixinho —, acho que podemos dizer que estou calejado. Gosto de manter o número de pessoas que me conhecem a fundo no mínimo possível.

Olho para ele.

— Eu entendo — digo. — De verdade. Acho que você já teve seu coração partido o suficiente nesta vida, e, no seu lugar, também ia querer me proteger.

As sobrancelhas dele estão franzidas, como se as minhas palavras batessem fundo. Vejo Noah tensionar a mandíbula e piscar antes de virar os olhos verdes para o canto do quarto.

— Você pode ficar aqui, se quiser. Escolhe um livro. — Noah aponta para um canto do quarto com a cabeça.

Eu me viro e noto a cadeira de couro mais confortável e masculina que já vi. Há um cobertor jogado em cima dela, com uma luminária alta atrás. O lugar é convidativo. Aquela cadeira seria um abraço. O ponto mais confortável do mundo para ficar sentada, depois de ter sido amaciado por anos pelo peso do corpo de Noah. Não posso me sentar ali. Não posso invadir o espaço dele dessa maneira.

— Não precisa. Obrigada, mas vou deixar você curtir sua noite sozinho aqui.

Eu me viro para ir embora, mas Noah me chama.

— Amelia, por favor, fica aqui.

Olho sem pressa para ele, e sei que meu rosto está com uma expressão estranha.

— Tem certeza? — pergunto. — Não vou ficar quieta. Você sabe que não consigo ser esse tipo de companhia.

Melhor falar a verdade logo.

— Eu sei. — Ele sorri.

Começo a ir em direção à cadeira.

— E eu não fico sentada quietinha. Devo fazer barulho. Fico batendo os pés quando fico sentada por muito tempo.

— Não tem problema.

— Você vai ler esse seu livro em voz alta pra mim?
— De jeito nenhum.
— Por favor?
— Não.
— POR FAVORZINHO?

Ele me olha por cima do livro, como se eu estivesse irritando profundamente seu ser. Sorrio e volto a atenção para a estante, fazendo um showzinho sobre escolher o melhor livro possível.

— Pelo menos você tem algum romance? Alguma coisa bem *hot* e emotiva?
— Não. — Ele ri.
— E você ainda fala que é leitor. Deveria ter vergonha. Você só tem esses livros chatos de não ficção?

Pego um exemplar sobre filósofos antigos, sabendo que certamente vai me ajudar a dormir.

— Pode colocar esse de volta. Você vai odiar. Pega aquele grande ali embaixo, no final.
— Mandão.

Faço o que ele disse e pego o livro, que parece ser algum tipo de fantasia. Pelo menos é ficção.

Levo meu tesouro para a cadeira mais confortável do mundo e me sento. Solto um gemido alto e satisfeito quando me acomodo, e Noah me olha com o rabo de olho, mas não diz nada. Abro o livro com um sorrisinho.

Continuo virando as páginas por uma hora, mas não estou lendo. Nem olho para o livro. Estou absorvendo cada detalhe do quarto de Noah. Como tem o cheiro do sabonete dele. A forma como o couro macio da cadeira pressiona minha pele. O barulhinho gostoso de Noah virando as páginas do livro. Deixo o belo e másculo perfil dele ficar gravado na minha memória. Percebo que seu rosto fica mais suave quando está lendo. Ele sorri de vez em quando, e se é por sentir que estou olhando ou por conta do livro da Segunda Guerra, nunca saberei.

Atrás da cama, vejo uma fotografia na cômoda: um menino, três meninas, mãe e pai. Sinto o coração apertado e, antes mesmo que eu perceba, estou secando uma lágrima. Ele é um homem tão bom... Não sei como vou conseguir ir embora.

Como você conseguiu, Audrey?

24
Amelia

A casa está cheirando a pipoca e biscoito. Não sei cozinhar, por isso, quando Annie me ligou mais cedo e sugeriu que fizéssemos uma noite de apresentação a Audrey Hepburn, peguei as únicas coisas da despensa de Noah que me sentia confiante para fazer sem correr o risco de incendiar a casa toda. Até a pipoca foi meio difícil, na verdade.

— Você precisa de alguma coisa? — pergunta Noah da porta da frente, chaves na mão.

Ficamos longe um do outro hoje. Ontem aconteceu alguma coisa que mudou nossa relação de um jeito com que nenhum dos dois consegue lidar no momento. Primeiro, essa química sexual ridícula entre nós que, às vezes, parece que vai literalmente me fazer pegar fogo. Segundo, temos uma conexão emocional. Amizade. Essa combinação parece absolutamente letal.

Então, sem dizer nada, demos um passo para trás. Passei a tarde na varanda, lendo o livro de fantasia que ele me emprestou, e mesmo que não trabalhe às segundas-feiras, ele foi para a loja e ficou lá quase o dia inteiro. Agora, Noah está indo encontrar James enquanto as irmãs Walker e eu tomamos conta da casa.

— Não! — respondo, imitando uma pessoa normal que não está nervosa por passar a noite com várias mulheres.

Mas estou nervosa, sim. Não quero que a situação do bar se repita. Estou decidida a mostrar a elas que sou completamente normal. N.O.R.M.A.L. Ou pelo menos fazer com que elas acreditem nisso.

Noah percebe. Ele consegue sentir meu nervosismo a quilômetros. Não paro de bater o pé. Estou piscando demais. Sou uma panela de pressão.

Ele vira a cabeça um pouco para o lado, os olhos verdes focados em mim, e basta erguer a sobrancelha de um jeito convidativo para que eu desande a falar.

— Tá beeeem. Sim! Estou nervosa! Não sei se consigo fazer isso. Você tem ideia de quanto tempo faz desde que tive uma noite de garotas? Foi no ensino médio, Noah! ENSINO MÉDIO! A gente ainda falava de Backstreet Boys e usava camisetas polo da Hollister!

Ele dá um sorrisinho e se aproxima de onde estou, parada no batente da porta.

— Vai dar tudo certo — garante.

Ele dá mais um passo. *Mais perto, mais perto, mais perto.* É por isso que a gente tem se evitado. É isso que acontece quando estamos próximos um do outro, e não tenho certeza de que somos capazes de parar. Nossos corpos estão numa frequência que nossa mente não acessa.

Tenho que levantar o queixo quando ele se aproxima. Amo que ele seja mais alto do que eu.

— Você não tem nenhum conselho melhor pra me dar?

— Não.

— Nenhuma dica pra fazer suas irmãs me amarem?

Ele dá de ombros.

— Não deixe marcas de copo na mesa de centro — diz.

— Isso vai fazer com que elas me amem?

Agora ele está tão perto que nossos peitos quase se tocam.

— Vai ficar tudo bem.

— Noah?

— Oi.

— O que você está fazendo? — pergunto baixinho. Como se alguém fosse ouvir nosso segredo.

— E eu sei lá? Acho que ia abraçar você.

Mordo os lábios para não sorrir e digo:

— Ia?

— É, agora que estou aqui, acho que talvez não seja uma boa ideia.

Concordo com a cabeça, sem conseguir evitar o sorriso. Ele não precisa explicar mais nada. Nós dois sentimos a mudança na pressão do ar. Não preciso ficar pensando se ele gosta ou não de mim; sei que gosta. Ele me quer, eu o quero, mas não podemos deixar isso acontecer. Porque, por qualquer que seja a razão, ele não está interessado em nada romântico comigo. *Esperto*. Um relacionamento entre nós complicaria a vida dele muito mais do que ele precisa.

— Pode ser que eu faça mesmo assim — diz Noah, com um toque de hesitação ou nervosismo na voz.

A honestidade entre nós é bem real.

— Quero que você faça — digo.

Um sorriso doce toma conta dos seus lábios.

— Ok, vou fazer — responde. — Pronto. Vou te abraçar agora.

Nunca me avisaram antes que me dariam um abraço. Isso aumenta consideravelmente o clima de expectativa para o ato.

Ele levanta os braços devagar, e fico bem paradinha quando os dedos dele tocam meu bíceps. Os dedos de Noah deixam um rastro de calor onde tocam minha pele, e sinto como se estivesse derretendo. Me movo um pouco. Ele se aproxima um pouco. O resultado acaba sendo que estou indo lentamente para os braços dele, e um pouco antes do que eu tenho certeza de que seria um abraço que mudaria a minha vida, a porta da frente se abre.

— Oiiiii! Ah, *meeeerda*!

É Madison, com uma bandeja coberta de filme plástico. Ela assobia e para na entrada. Noah e eu tomamos um susto e parecemos culpados, feito adolescentes saindo de um quarto escuro. As outras irmãs aparecem logo depois.

— Mais um dólar no pote — diz Annie, a cabeça surgindo por cima do ombro da irmã.

Emily aparece do outro lado.

— O que foi? O que eu perdi?

Meu rosto está pegando fogo. Noah passa a mão no queixo.

— Acho que acabei de interromper um momento sensual — diz Madison, com uma sobrancelha levantada.

Noah pega um boné que estava pendurado no cabideiro e arruma o cabelo para trás antes de colocá-lo na sua cabeça sexy. *Sexy? Não... para com isso, Amelia.*

— Não foi... isso — diz ele, quase como se estivesse sentindo dor. — Tá bom, estou indo.

Noah não faz contato visual comigo. Acho que está envergonhado demais.

As irmãs abrem caminho quando ele passa. Nunca vi alguém entrar em uma caminhonete e dar partida tão rápido.

Assim que ele sai, elas me encaram. Podia morrer de vergonha agorinha mesmo. Parece quase que as três pegaram a gente sem roupa jogando Twister. Mas, Deus, ia ser um abraço e tanto. Um abraço tão poderoso que me faria até engravidar.

Levanto as mãos.

— Não era nada sensual — minto.

Madison bufa.

— Aham, sei, aquilo era sexy, sim. Sei disso porque sempre fico com nojinho de ver meu irmão em qualquer situação sexy.

— Era um abraço! Só isso — retruco, na defensiva.

— Um abraço erótico — diz Madison, com um brilho perverso no olhar ao fechar a porta com o pé, nos deixando todas ali juntas.

Nós quatro estamos chorando quando FIM aparece na tela.

— Eu amo ela — diz Annie, voz embargada.

— Eu disse que ela era ótima.

Uso um lenço para secar os olhos. Não importa que seja a vigésima vez que eu esteja assistindo a esse filme, *A Princesa e o Plebeu* sempre me faz chorar no final. Como um bebê.

— Mas... — Emily precisa fazer uma pausa para respirar antes de continuar. — Por que ela teve que ir embora no final?

Madison assoa o nariz.

— Porque ela precisava! — responde. — Tinha um dever a cumprir, pelo país. Ela não podia ficar em Roma com ele para sempre. Ela precisava ir, Em.

Estamos todas jogadas pela sala de Noah, cada uma em uma posição. Estou no sofá com Annie, Emily está na poltrona e Madison está em uma pilha de cobertores e almofadas no chão. Estamos todas descabeladas e com roupas confortáveis. Tenho que assoprar minha franja de minuto em minuto, porque ainda não me acostumei com ela, mas valeu a pena. Eu amei. Eu amo o que ela representa para mim.

As garotas veem que estou brincando com a franja e me olham.

— O que foi? — pergunto, baixando a mão do cabelo recém-cortado.

— Você cortou o cabelo — diz Madison.

Os olhos de Emily vão de mim para a TV e depois voltam para mim.

— Que nem a Audrey no filme.

— E você está em Roma — comenta Annie.

Eu arfo e levo as mãos à cabeça.

— Vocês têm razão. Mas, olha, gente, eu juro que não estou sendo doida e tentando copiar o filme. Só... bem, no começo eu copiei mesmo, saindo no meio da noite e vindo pra Roma e tal... mas a cópia parou por aí!

Emily toca meu joelho com o pé.

— Não é com isso que estamos preocupadas — diz. — *É porque*... Audrey vai embora no final. Não tem um felizes para sempre.

Ah. Isso.

Engulo em seco antes de responder.

— Bem, não é exatamente assim. — Estou andando na corda bamba. A sensação de liberdade do começo agora parece uma sentença de morte. — Acho que Audrey conseguiu o final feliz dela. Só que... não era com o Gregory Peck. Ela teve um final feliz sozinha. E isso foi suficiente pra ela. Acho que todo mundo tem um pouco a aprender com isso.

Tenho três filhotinhos de cachorro me olhando como se eu tivesse acabado de chutá-las sem piedade. Madison é a primeira a tentar aliviar o clima, mas a voz dela parece forçada.

— É verdade. E... não é como se a gente esperasse que você... quer dizer, Audrey, ficasse em Roma pra sempre. Isso não funcionaria pra você... quer dizer, pra Audrey, ficar em Roma. Atrapalharia a carreira... da AUDREY.

— Mas agora a gente conhece você... ela, ou... afff. Esquece. Estamos falando de você, quem estamos tentando enganar? — diz Annie, baixinho, trazendo a tristeza de volta. — E vai ser difícil dizer tchau.

— E Noah... — continua Emily, colocando o clima pra baixo de vez. — Ele vai ter que deixar você ir... como o Gregory Peck fez com a Audrey.

Com os olhos marejados, todas nós olhamos para a TV pausada no rosto do ator.

Ah, Gregory. Como eu nunca tinha percebido que esse filme é uma tragédia? Podia ser Shakespeare! MEU DEUS! Como a Audrey conseguiu ir embora?

Pisco para a TV.

— Talvez eles tenham mantido contato — digo.

— Aham — resmunga Emily, nitidamente projetando quando acrescenta: — Ele tem dificuldade em confiar nas pessoas. Nunca vai conseguir ter um relacionamento a distância.

— Você conhece o passado do personagem do Gregory Peck? — pergunto, sarcástica.

Emily me olha.

— Conheço tudinho. Sei o que ele passou. Sei que merece uma mulher que vai ficar por perto e amá-lo como ele precisa. E sei que abraços eróticos no corredor não vão ajudar a situação se Audrey sabe que vai acabar indo embora.

É aí que Madison joga uma almofada na cara de Emily.

— Cuida da sua vida, Em! Gregory não ia querer que você se intrometesse. Ele é capaz de tomar as próprias decisões.

— *Gregory* passou por coisas demais, e não quero que ele passe por isso de novo, porque da última vez que uma mulher veio aqui e roubou o coração dele, ele largou a própria vida pra ir atrás dela. E quando ele teve que voltar pra casa porque não tinha escolha, ela pisoteou o coração dele, fazendo com que ele perdesse qualquer esperança nas mulheres! — Ela se vira para mim, a expressão muito mais calma do que quando olhou para a irmã. — Sem ofensas, Amelia.

— Não me senti ofendida — respondo, balançando a cabeça.

E eu realmente não me sinto, porque tudo que eu não quero é magoar Noah. Ou qualquer pessoa. E acho que ela tem razão. Estou prestes a começar uma turnê mundial de nove meses, pelo amor de Deus. Noah parece ser um cara que gosta de cadeiras combinando e vários filhos.

De repente, minha cabeça se lembra de um detalhe que Emily deixou escapar.

— Por que o Noah não teve escolha?

— Tá beeeem! — Annie se levanta do sofá, pega mais um dos minicalzones de frango picante que Madison fez e volta. — Acho que estamos ignorando o mais importante aqui. *Gregory* não ia querer que a gente falasse sobre as bolas do passado dele.

Madison mal consegue segurar a risada.

— Você não pode falar *bolas do passado* sobre um homem, Annie.

— Por que não?

— Testículos... bolas...
Annie prende a respiração.
— *Não.* Que nojo.
Madison olha para Emily.
— É por isso que a gente precisa viajar mais — diz —, ela precisa ter experiências de vida.
— Pra eu saber como me referir à genitália masculina? Não, obrigada — responde Annie, se fechando ainda mais no cobertor e mordendo o calzone.
Emily levanta uma sobrancelha e encara Madison.
— Você não teve experiências fora daqui e parece estar lidando muito bem com a anatomia masculina.
— Mas eu podia aprender mais! Pensa só. Podia aprender a falar sobre bolas em francês! Italiano! Espanhol!
Annie solta um murmúrio de reprovação, comentando:
— Audrey Hepburn jamais diria uma coisa tão vulgar.
— Na verdade — interrompo —, Audrey fez uma garota de programa em outro filme. Isso que é ótimo nela. Ela é imprevisível. Está de vestido de gala em um filme, e depois com uma camisa masculina grande e sem calças em outro. E na vida pessoal, o animal de estimação dela era um filhote de veado.
— É isso. Quero ser que nem ela. — Madison levanta a mão e começa a enumerar com os dedos. — Ela viaja. Se veste superbem. E com certeza saberia falar "bolas" em francês.
— Por que você acha que eu sempre vejo os filmes dela quando estou meio perdida? — pergunto. Não menciono o fato de que assistir a esses filmes faz com que eu me sinta mais próxima da minha mãe quando sinto falta dela.
Madison aponta para mim.
— ISSO. Vou começar a fazer a mesma coisa de agora em diante. Preciso de um guia pra vida, e ela parece perfeita.
— Achei que eu era sua guia? — caçoa Emily.
— Você que acha que é.

— Mas eu sou — diz Emily, sorrindo.
Madison não está sorrindo.
— Você me fez ser professora — rebate.
— E daí?
— Odeio ser professora.
— Ah, você vai se acostumar.

As três irmãs continuam brincando entre si e isso basta para aliviar a tensão que se formou após o final do filme. Pelo menos para elas. Elas estão rindo, e meu coração está apertado. Tão apertado que caberia no dedinho do meu pé, que está querendo criar raízes. Por um momento, esqueci que ia embora. Esta cidade parece uma câmara antigravidade. Aqui, me sinto leve e esperançosa. Mas agora sei que quando chegar a hora de ir embora, eu vou. Como Audrey.

O que quer que esteja surgindo entre mim e Noah precisa parar. Além de eu ir embora em breve, ele deixou claro desde o começo que qualquer tipo de relacionamento romântico estava fora dos planos. Queria que sua linguagem corporal e seus olhos não dissessem o contrário. Preciso tomar cuidado com ele. Como sou eu quem vai embora quando o carro ficar pronto, preciso ser a responsável por reforçar os limites que ele colocou para se proteger.

Annie, a irmã sempre mais ligada em todas as questões emocionais, deve ter lido meus pensamentos. Estou começando a achar que ela tem algum tipo de superpoder.

— Você vai dar um jeito... e você vai fazer o que for melhor pra você no final das contas, e o que quer que seja, está tudo bem. Somos suas amigas e vamos te apoiar. Assim como Noah.

25

— Você dormiu aqui? — pergunta James, a cabeça vindo de trás do sofá com uma expressão acusatória.

Solto um grunhido e me sento no sofá. Meu corpo inteiro dói, e pressiono a palma da mão nos olhos, desejando mais umas sete horas de sono. Dormir no sofá quando se tem trinta e poucos anos não é tão fácil quanto parecia aos vinte.

— Dormi. Você precisa de um sofá novo.

— Sério? É só isso que você vai dizer? — James ri, dá a volta e se senta na poltrona, um café fumegante nas mãos.

Dou de ombros. É cedo demais para falar disso. Mas James não compartilha dos mesmos sentimentos. O dia dele começa por volta de cinco da manhã. Tenho quase certeza de que é a segunda caneca de café dele. Talvez a terceira.

— Eu te deixei aqui vendo TV nove da noite, achando que você iria pra casa depois que as garotas fossem embora. E aí saio e vejo você se escondendo no meu sofá, roncando.

— Eu não ronco. — Pego minha camiseta no chão e visto. — E não estou me escondendo.

James está com um sorrisinho no rosto.

— É mesmo? Como você chama isso?

Pressiono a língua na parte interna da bochecha antes de responder.

— Estou evitando.

Ele ri.

— Bem, pelo menos isso você assume.

Está na hora do café. Na verdade, sempre está na hora do café. Me levanto e vou para a cozinha de James, onde encontro um bule cheio e uma caneca. O café de James é que nem petróleo. Posso jogar uma sola de sapato aqui que ia se dissolver. Bebo um gole e faço careta.

— Como você consegue beber desse jeito?

— Bebo assim desde pequeno. Acho que acabei com tudo dentro de mim e nem percebo mais.

— Tommy também bebe assim?

Tommy é o irmão mais novo de James. Quando os pais ficaram velhos e quiseram passar a fazenda adiante, James ficou com ela de herança, mas Tommy nunca se interessou pela vida de fazendeiro. Ele é um empresário bem-sucedido, sempre viajando e abrindo novas empresas, restaurantes e hotéis mundo afora. E é bom no que faz. Mas também é um babaca. Não suporto ele, para ser sincero.

James ri.

— Claro que não. Tommy não chega nem perto de café se não for um *latte* com algum tipo de xarope muito doce.

— Isso é a cara dele.

Tomo mais um gole, agradecido por James parecer ter desistido de conversar sobre Amelia. Preciso de mais alguns miligramas de cafeína antes de estar pronto para falar, ou mesmo pensar, naquela mulher.

— Onde ele está? — pergunto.

— Acho que em Nova York. Trabalhando em um restaurante italiano chique, saindo com modelos.

— Que vida.

Ele resmunga.

— Até parece, você sabe que escolheria a nossa vida se tivesse a chance. E, na verdade, você escolheu.

— Bom, sendo sincero, na minha chance não tinham modelos. Talvez eu tivesse feito uma escolha diferente nesse caso.

James balança a cabeça e sorri.

— Mentira, você nem curte modelos. — O sorriso dele fica mais inquisidor. — Você gosta de cantoras de cabelo escuro, sorriso bonito e curvas perigosas.

— Opa, calma lá — digo, antes de perceber que estou ficando com ciúme ao pensar em James admirando as curvas de Amelia. O que diabos está acontecendo comigo? Ela não é nada minha para eu ficar com ciúme. Se James quisesse dar em cima de Amelia, isso seria totalmente... inaceitável. Quem estou querendo enganar? Eu acabaria com ele. Arrancaria membro por membro, da forma mais dolorosa possível.

James levanta as sobrancelhas, feliz por ter conseguido me tirar do sério.

— Eu sabia. Droga, você está completamente apaixonado por ela. Está rendido mesmo.

Ele balança a cabeça. Deixo a caneca de petróleo que James chama de café na pia e vou até a despensa.

— Para de ser dramático, eu não estou apaixonado por ela. Sinto atração, é diferente. — Pego uma fatia de pão caseiro que sei que é da Cesta de Pães da Jenna e coloco na torradeira. Quer saber, vamos de duas. — E é por isso, se quer saber, que passei a noite aqui. Porque tenho noção suficiente para ficar longe daquela mulher durante a noite.

Ele faz uma careta para mim.

— Isso significa que você vai vir dormir no meu sofá todo dia?

— Lógico que não. Acho que torci o pescoço dormindo aqui. — Passo a mão onde parece que alguém enfiou um saca-rolhas no meu pescoço e torceu. — Só precisava de uma noite pra colocar a cabeça no lugar. Estou bem agora.

— Aham, sei. — James me olha como se não acreditasse. — Uma noite longe e já está curado.

As torradas ficam prontas e é minha deixa para sair. Passo manteiga nas duas e pego um pedaço de papel-toalha. Dois, na verdade, um para cada torrada. James observa, porque ele está interessadíssimo na minha vida agora.

— Por que você pegou dois papéis?

— E qual é o problema? Você é o fiscal do guardanapo?

— Só quero saber por que você está gastando meu precioso papel quando podia colocar as duas fatias no mesmo.

Ele está de gracinha. Não se importa com o precioso papel. Ele quer é me irritar.

Somos interrompidos por uma batidinha na porta. James e eu ficamos preocupados, porque ninguém nesta cidade visita os outros tão cedo. Quando ele abre a porta, lá está a mulher que tenho evitado. A franja recém-cortada funciona como uma moldura para o rosto bonito, o restante do cabelo está preso em um coque bagunçado e... ela está usando o *meu* casaco. Essa garota não trouxe as próprias roupas, não?

A casa de James é pequena como a minha, então mesmo da cozinha consigo fazer contato visual com Amelia lá fora. Ela me vê fazer uma careta assim que olho o casaco e ruboriza. É uma ladra pega em flagrante. Arregala os olhos azuis e cruza os braços como se eu fosse tomar o casaco de volta.

— Eu estava com frio. A sua casa é gelada. E eu não trouxe casaco. — Ela faz uma pausa quando pareço ainda mais descrente e continua: — Estava pendurado na entrada!

James dá uma risadinha e olha para trás, para mim, antes de se voltar para Amelia.

— Bom dia, Amelia, como posso ajudar?

Ela sorri mostrando as covinhas para James, e gostaria de tapar aquelas bochechas para ele não ver nada. Como se as covinhas dela fossem uma coisa íntima, apenas para os meus olhos. *Merda, eu estou perdido.*

— Na verdade, estava procurando o Noah.

James dá um passo para o lado e a convida para entrar. Ela faz isso, e percebo que está de short. Bem curto. Ele só aparece um pouquinho embaixo do casaco, e James percebe quando ela passa. Mas como ele é um bom amigo, desvia rapidamente o olhar. E me encara na mesma hora.

Amelia para na minha frente na cozinha. Sou atropelado por lembranças da noite anterior, de nós dois parados na minha casa. Eu toquei nela. *Com carinho*. Sóbrio. Tem muito tempo que não toco em uma mulher dessa forma. É, foi sexy, mas também foi algo além disso. Assim que minha pele tocou a dela, o que senti só pode ser explicado como um carinho especial. Como eu sentiria com alguém com quem me importo. Fico tentando me convencer de que é só atração, mas não sei se consigo continuar acreditando nisso. Não quando ela sorri para mim e me sinto cheio de luz. Quando estou morrendo de curiosidade para saber como foi a noite dela com as minhas irmãs. Quando quero cancelar todos os meus planos e passar o dia apenas a ouvindo falar. Estou apavorado.

Quando Amelia está bem próxima, entrego uma torrada a ela. Primeiro, ela hesita.

— Não quero roubar sua torrada.

— Fiz pra você — digo, dando de ombros. — Eu estava indo pra casa.

Acidentalmente faço contato visual com James. Ele balança a cabeça e diz um *sabia* sem som. E então imita alguém desmaiando.

— Obrigada! — Amelia faz uma pausa, constrangida, e olha para James. Ele está lá, parado, sorrindo como um idiota, sem se tocar que ela quer falar comigo a sós.

— Você quer uma carona de volta comigo? — pergunto.

— Não! — diz ela, com uma firmeza exagerada. — Desculpa. É... na verdade eu vim pra dizer que não vou te atrapalhar hoje. Annie me convidou pra passar o dia trabalhando com ela na floricultura.

— Acho que nunca ouvi alguém dizer *convidar* pra se referir a ter que trabalhar. Não se sinta obrigada a aceitar, tá? Você está aqui pra descansar, não para trabalhar de graça na loja da minha irmã.

Ela mexe na franja e responde:

— Eu sei! Eu quero ir. Vai ser divertido. Faz milênios que não trabalho em nada que não envolva um palco. Estou animada pra ver como vai ser.

Ela assopra a franja para mudá-la de posição. E antes que eu consiga me controlar, acabo passando os dedos pela franja dela, tirando o cabelo da frente de seus olhos. Amelia dá um sorriso doce, parecendo ter achado curioso. Eu poderia inventar uma desculpa, mas não acho que tenho uma boa. Então apenas dou de ombros com um sorriso de "fazer o quê". E ainda pioro as coisas.

— Você pode trabalhar comigo na Loja das Tortas — comento.

As palavras saem da minha boca antes que eu consiga me segurar. Por que diabos eu disse isso? Tinha acabado de decidir passar menos tempo com Amelia e agora a estou convidando para passar o dia comigo?

— Por que você nunca me convidou pra trabalhar lá com você? — pergunta James, visivelmente querendo diminuir seu tempo de vida.

Olho para Amelia e depois para meu amigo idiota.

— Você não tem nada melhor para fazer? Algum milho pra colher? Vacas pra ordenhar? — pergunto a ele.

James balança a cabeça e se senta na poltrona para nos observar.

— Não, não tenho nadinha pra fazer.

Amelia olha para James.

— Na verdade — diz —, eu queria fazer um tour pela sua fazenda um dia desses enquanto estiver na cidade.

Não estou irritado. Não estou nem um pouco irritado por ela ter ignorado a minha oferta de passar o dia na Loja das Tortas e pedido um tour com James pela fazenda. *Nem um pouco irritado.*

— Sem problema. Quer trabalhar comigo um pouco amanhã?

O rosto de Amelia se ilumina.

— Quero! A gente pode ir almoçar na lanchonete? Estou tentando absorver o máximo possível da cidade enquanto ainda estou por aqui.

— Lógico — responde James, e a ideia de sair correndo e empurrá-lo pela janela passa pela minha cabeça.

Amelia me olha e dá um empurrãozinho de leve no meu peito.

— Viu só? Agora você não precisa se preocupar com a minha presença atrapalhando sua vida por dois dias inteiros. Está feliz?

— Nas nuvens. — Tomo mais um gole do café com gosto de pilha só para sentir a queimação, depois pego as chaves e digo: — Estou indo...

— ESPERA! — grita Amelia, pressionando a mão no meu peito.

Ela arregala os olhos, os cílios quase tocando as sobrancelhas, e quando vê minha expressão, desencosta de mim. Devagar, vai recuando até a janela, com o braço ainda esticado, como se eu fosse um cavalo arredio.

— Só... espera um pouco. — Ela chega perto da janela, espia lá fora na direção da minha casa e diz: — Pronto, pode ir pra casa agora!

O tom animado dela me deixa automaticamente preocupado.

— O que você fez com a minha casa, Amelia?

— Nada.

— *Amelia*.

Ela faz uma careta e começa a andar em direção à porta, acelerando a cada passo.

— Sério, não foi nada. Só... um pequeno incêndio no fogão! Mas os-bombeiros-já-apagaram-e-eu-estou-indo-vejo-você-depois! — grita ela, com pressa, antes de sair correndo segurando a torrada.

A porta bate atrás dela. Depois de um minuto de silêncio, olho para James e digo:

— Não diga uma p...

— Com quem será? Com quem será? Com quem será que o Noah vai casar?

— Espero que seu dia seja péssimo, James! — respondo, grosseiro, jogando nele a primeira coisa que encontro.

— Pode dizer pra sua namorada que mal posso esperar pelo nosso almoço! Amo você!

Pego a caminhonete e demoro um minuto exato para chegar na minha casa. Ao sair, bato a porta do carro com força. Eu *não* vou me importar com quem Amelia escolhe passar o tempo. Eu *não* vou ficar com ciúme por ela passar o dia com James amanhã. Na verdade, não vou pensar nela pelo resto do dia. Vou curtir meu momento sozinho na loja, como sempre faço.

26
Amelia

Estou na floricultura com Annie há algumas horas quando a porta se abre e Noah entra. A porta bate, quase derrubando tudo da vitrine. Annie e eu levamos um susto, e Mabel (que está pegando buquês para a pousada) solta um gritinho.

Noah faz uma careta.

— Desculpem. — Um vermelho inusitado surge mas bochechas dele. — Não era a minha intenção fazer uma entrada tão dramática.

Mabel aponta o dedo para ele.

— Você quer me matar do coração? Nem adianta tentar me mandar pra cova mais cedo, porque, por mais que te ame, estou deixando a pousada pra minha sobrinha no testamento.

Noah fecha a porta com cuidado.

— Não estou de olho na sua pousada, Mabel — responde.

Ela bufa.

— Pois deveria, se soubesse o que é bom pra você! Meu bem, tem muito dinheiro naquele lugar. E não digo pelo patrimônio em si, digo escondido no assoalho mesmo!

Noah franze a testa.

— Isso não é nada bom. Não é um bom lugar pra guardar dinheiro, Mabel. E se acontecer um incêndio? — pergunta Noah.

Não gosto de como ele olha para mim quando diz isso. Foi um microincêndio, tá? Minúsculo, na verdade. Eu já tinha apagado tudo quando os bombeiros chegaram. Eles só me ajudaram a dispersar a fumaça da casa. Mas, enfim, aprendi a lição. Não deixe uma panqueca na panela enquanto estiver misturando mais massa.

Mabel coloca as mãos nos quadris largos.
— E quem vai fazer isso? — questiona. — Você está pensando em começar um incêndio, Noah? Se precisar de dinheiro, é só me dizer. Podemos combinar de você lavar algumas janelas, assim evitamos a necessidade de atos nefastos pra chamar a atenção.
Noah parece perplexo. E depois perturbado. E depois volta para perplexo.
— Não... Mabel... Não preciso de dinheiro. E como eu começaria um incêndio...? — Ele balança a cabeça e levanta as mãos.
— Quer saber? Deixa pra lá.
Noah lança um olhar para Annie, e, em uma fração de segundo, ela está ao lado da senhora intrometida dizendo:
— Mabel, vamos terminar esses buquês. Eu ajudo.
As duas continuam escolhendo flores pela loja e Noah finalmente caminha até onde estou (atrás do balcão, como uma funcionária de verdade).
— Oi — cumprimenta, em sua voz baixa e impactante.
A voz dele não é necessariamente grossa, mas é *boa* de ouvir. Preciso tapar meus ouvidos. Estou tentando me distanciar de Noah, e não o imaginar sussurrando no meu ouvido enquanto estou mergulhada em um banho de espuma com suas mãos traçando linhas imaginárias na minha pele, ainda mais suave do que o tom carinhoso presente na sua voz. *Droga*, agora estou imaginando isso. E não ajuda que ele esteja sem o boné hoje, lançando todo o poder de seus olhos. Estou me afogando em uma floresta exuberante.
— Olá — respondo, afastando minha mente daquele banho de espuma. — Veio comprar flores?
Ele desvia os olhos, os fartos cílios piscando.
— Não.
Observo ele passar delicadamente o dedo sobre a pétala aveludada de uma flor de caule longo ao lado do balcão, e isso me faz estremecer, considerando a fantasia de um instante atrás.

— Você precisava falar com a Annie?

Mais uma vez, um não.

— Está indo para o mercado?

Ele se move, inquieto, e balança a cabeça.

— A despensa está cheia — diz.

Meu Deus, Noah adora um mistério, mas isso é demais. E estranho. Ele está parado aqui, quase tremendo de tanta ansiedade, e isso está *me* deixando nervosa. Começo a suar. Estou a ponto de formar pizzas embaixo dos braços de nervoso.

Por que ele está aqui? Por que não fala nada?

Não sou a única que percebe isso. Mabel suspira profundamente do outro lado da loja e praticamente grita:

— Minha nossa senhora, menina! Ele veio te ver! Agora vai logo e chama a garota pra sair, Noah, pra gente acabar com esse clima estranho de uma vez.

Meu rosto pega fogo. Tenho certeza de que parece que passei molho de tomate na cara. Noah dá uma risadinha, os olhos semicerrados.

— Vou sair mais cedo pra pescar. Estava na sua lista, então pensei em passar aqui e ver se você não gostaria de ir comigo.

Passar a tarde com Noah? Não sei. Minha intenção era ficar longe dele hoje na esperança de que esse sentimento pulsando entre nós diminuísse. É por isso que também estava planejando passar o dia com James amanhã. Achei que eu e Noah pensávamos do mesmo jeito, que ele também queria ficar longe de mim, já que dormiu na casa de James. Mas, ao encará-lo, fico dividida. Eu posso até estar confusa, mas não conseguiria dizer não para ele mesmo que tentasse muito.

Mas é lógico que preciso irritá-lo primeiro.

Apoio os cotovelos no balcão e me inclino, com o queixo nas mãos.

— Por quê? Sentiu minha falta?

Ele revira os olhos, o canto dos lábios o denunciando.

— Claro que não. Só estou tentando fazer jus ao meu apelido de sr. Hospitalidade.

— Você sentiu saudade. Estava todo cabisbaixo lá na loja porque não sabe mais o que fazer da sua vida sem mim.

— Você quer vir ou não?

Vou para a frente do balcão e paro perto dele, piscando os olhos como se fosse uma princesa da Disney.

— Foi muito solitário sem a minha presença?

Noah começa a me empurrar pelas costas até a porta. Parece que vou com ele.

— Foi bem mais tranquilo do que está sendo agora.

— Admite logo que sentiu a minha falta!

Estou oferecendo uma oportunidade para ele mudar de ideia, mas ele continua me empurrando, tocando minhas costas como se já tivesse feito isso milhares de vezes. Como se o calor da sua mão passando pela minha camiseta não me deixasse arrepiada. Como se eu não estivesse disposta a ir com ele para qualquer lugar.

— Annie, estou tirando essa celebridade mimada do seu pé pelo restante do dia.

— Annabel! Faz ele confessar que sentiu minha falta! — digo, olhando para trás.

Vejo de relance que Annie está sorrindo e Mabel também traz um sorriso malicioso estampado no rosto. Noah fecha a porta depois de sairmos.

— Fica quieta — diz ele quando me olha já na calçada.

Estou rindo e não conseguiria me controlar nem se quisesse. É o tipo de risada tão plena que faz você parar e apoiar as mãos nos joelhos para não cair.

Os olhos de Noah se concentram nos meus lábios. Eles ficam lá enquanto inspiro e expiro devagar, depois ele volta a focar nos meus olhos e diz:

— Fiquei com saudade.

Minha risada morre.

Meu coração para.

Meus lábios se abrem.

Mas antes que eu consiga responder, ele continua:

— Mas você ainda é irritante pra cacete.

Como ele pode fazer uma frase dessas parecer um sonho? Sinto como se estivesse de volta ao banho de espuma imaginário.

Quando eu era mais nova, tinha um carvalho na frente da minha casa. Era enorme. No verão, minha atividade favorita era me sentar nas raízes, encostar no tronco e ouvir música. Às vezes levava meu violão e tocava alguma coisa, aproveitava para compor até começar a anoitecer. Nada de ruim podia acontecer comigo quando estava naquele carvalho sentindo o sol. Nenhum lugar do mundo foi capaz de recriar essa sensação de paz absoluta.

Até agora.

Meus braços estão para fora da caminhonete de Noah, e meu antigo amante, o sol, está beijando e aquecendo minha pele, relembrando nosso amor. O vento está fazendo com que meu cabelo bata no meu rosto, e Noah está ao meu lado, a mão apoiada no volante de forma casual. Um sorriso adorna seu rosto perfeito. E quando digo perfeito, não quero dizer perfeito de um jeito padrão. Noah não é um cara bonitinho, de jeito nenhum. Seu rosto é bronzeado e descuidado. Tem algumas sardas no nariz, provavelmente por falta de protetor solar, uma cicatriz acima da sobrancelha e outra acima do lábio. Suspeito que ambas por causa de brigas na infância. Alguém xingou o melhor amigo e ele entrou no meio. Mas a combinação única dessas marcas com os longos cílios que envolvem seus olhos verdes... devia ser ilegal. Uma droga nível anfetamina.

Tirando o barulho do vento, estamos dirigindo em silêncio, e observo Noah apenas de canto de olho, quando tenho certeza de que ele não está olhando. Normalmente gosto quando ficamos em silêncio. Mas agora me sinto ansiosa... e isso poderia estragar a paz que estou sentindo, mas não estraga. As duas emoções caminham lado a lado. É exatamente a sensação de calma e tranquilidade que me permite pensar que o que está acontecendo é *diferente*. Noah mexeu com alguma coisa dentro de mim. Preciso balançar as pernas. Prender meu cabelo bem no alto. Olhar meu celular, ver que não tem sinal, desligar de novo.

Noah percebe, mas sua única reação é levantar as sobrancelhas. Ele sabe que se eu quiser falar sobre isso, eu vou. Ele não é o tipo de cara que precisa ficar sendo reconfortado. Eu achava que isso era mau humor, mas é sua maneira de expressar carinho.

E é por isso que estou aqui, morrendo, com meu corpo tão perto do dele, e apenas dele. Meu corpo quer que Noah pare o carro no acostamento para que eu possa pular em cima dele. Ontem à noite mesmo eu não estava dizendo que ia parar de sentir isso por ele? Para não ficar obcecada por cada palavra dele, decidi ficar longe. Bem, bem longe. Colocar uma barreira entre nós. Mas agora estou aqui, olhando seus traços como se fossem um mapa que preciso decorar.

Precisamos de música para acabar com esse silêncio.

Me inclino para a frente e ligo o rádio. Estática (o que me leva a questionar se ele sequer ouve música), então movo o botão até finalmente encontrar algo. Música country. Uma música antiga de George Strait preenche o ambiente e se mistura perfeitamente com o vento. Não sou a maior fã de country, mas preciso admitir que alguma coisa ali combina muito bem com sol e dias quentes. Fecho os olhos e apoio as mãos atrás da cabeça, aproveitando o momento.

Nos últimos dias, sinto como se partes adormecidas de mim estivessem voltando à vida. Como quando você fica sentada com as pernas cruzadas por muito tempo e finalmente começa a andar de novo. No começo, sente o pé todo formigando, mas depois o sangue volta e você consegue se mover com naturalidade.

Nosso confortável momento de silêncio é cortado quando outra música começa a tocar, mudando completamente a vibe. É uma música de Faith Hill e Tim McGraw. Tão sexy que quero morrer. *"Let's make love / All night long / Until all our strength is gone..."* Sexo a noite inteira? Até ficar sem forças? Abro meus olhos e encaro Noah. A mão dele está segurando o volante com firmeza, mas, além disso, nada demonstra que ele esteja se sentindo como eu. Fico me perguntando se vai mudar de estação, mas ele não faz nada. Não sei se é porque não quer que eu perceba que está desconfortável, ou se quer saber se eu também estou sendo afetada pela música. Ou talvez só ache isso engraçado.

De todo modo, me inclino e mudo de rádio.

— Ufa! — digo bem alto, tentando esconder o fato de que quase quebrei o botão do rádio de tão forte que virei. — Você não se importa se eu der uma olhada nas outras estações, né? Não estou no clima pra country hoje.

Ele sorri um pouquinho.

— Que pena — diz. — É uma das minhas músicas favoritas.

Dou uma olhadinha para ele com o canto dos olhos e continuo mexendo no botão, e ele ri.

— Desculpa te decepcionar.

Finalmente encontro o anúncio de um produto para calvície. Perfeito. Zero tensão sexual. E a cada comentário que o radialista faz dou uma olhadela zombeteira para Noah.

— Olha só! — Dou um tapinha em seu braço, querendo fazer de tudo para recuperarmos o clima de leveza de antes. — Ainda há esperança pra sua calvície. — Ele se controla, então eu continuo. — Aposto que você nem sabia que estava ficando calvo. Mas está. Bem aqui atrás. Um pedacinho brilhante de careca. E sabe o que mais? Sou uma boa amiga, então, se você quiser, posso comprar esse creme e passar em você. Não vou esperar nada em troca além de panquecas diárias com chantilly e gotas de chocolate.

— Eu faço panqueca todos os dias se você parar de tentar incendiar minha casa.

Estou prestes a responder com alguma tirada espertinha quando minha própria voz sai do som. É meu sucesso mais recente. Fico imóvel. Minha alegria diminui, e sinto como se uma pedra tivesse caído em cima do meu peito. É um lembrete do mundo real, e não preciso nem quero uma coisa dessas.

— Sua próxima turnê é desse álbum, né?

Concordo e engulo em seco, tentando desfazer o nó na minha garganta.

Noah também assente. Depois de uma pausa, pergunta:

— Quanto tempo você vai... quanto tempo vai durar a turnê?

A voz dele é leve, mas eu sei. É como se estivesse tentando muito me convencer de que não se importa com a resposta e está só jogando conversa fora. Mas eu sei.

— Nove meses — respondo, brincando com a barra do short. — Vou ter uma pausa entre a turnê dos Estados Unidos e a internacional, mas vai ser rápida.

Noah assente de novo. Agora, é ele quem corta a música abruptamente.

— Muito bem, chega de rádio. Além disso, ouvi dizer que essa cantora é muito mimada. Ela quer que todo mundo goste de iogurte, não sei por quê — diz ele, antes de sorrir e apertar o botão de CD.

— Mas é lógico que você tem um tocador de CD. Quem ainda usa CD? — pergunto.

Isso vindo da mulher que tem e assiste a vários DVDs.

— Fique feliz por não ser um toca-fitas — retruca ele, me olhando.

Encosto novamente no banco e olho pela janela, animada para conhecer o gosto musical de Noah. Não sei o que esperava ouvir, mas posso dizer que não era Frank Sinatra. A versão dele de "Love Me Tender", do Elvis, ressoa na caminhonete antiga, e é tão lindo que até o sol suspira. Claro que ele teria esse CD. Claro, ele é um homem clássico. *Meu* homem clássico, é o que minha mente quer dizer, mas jogo esse pensamento para escanteio. Eu me viro e olho para Noah.

— Me diz que esse CD *não* é seu.

— Por quê?

— Porque você é um homem de trinta anos que mora em Roma, Kentucky.

— Trinta e dois.

— Ok, trinta e dois. Você devia ouvir... sei lá, algum rock estranho da sua juventude. Ou, já que gosta de coisas clássicas, talvez Hank Williams. Johnny Cash! Não sei... alguma coisa que não fosse *isso*!

— Você não gosta do Frank? — Ele olha para mim e depois para a estrada.

Frank. Ele se sente tão íntimo que usa o primeiro nome do cara. Que nem eu faço com a Audrey. Estou tão encantada por Noah que é difícil de aguentar. Não dá mais.

— Eu *amo* o Frank Sinatra — digo no mesmo tom que uma pessoa sendo torturada internamente usaria. — E também todos os grandes nomes daquela época, Ella Fitzgerald, Bing Crosby e...

— Estão todos nesse CD também — comenta Noah, tranquilamente, como se isso não me deixasse no chão. Ele sorri quando percebe meu silêncio. — É uma coletânea. Minha avó comprou pra mim há um tempão. — Ele dá uma risadinha e volta a olhar para a estrada. — Comprou justamente porque eu estava ouvindo demais desse rock estranho que você comentou. Ela disse que eu precisava conhecer os clássicos se quisesse me tornar um homem de verdade.

Missão cumprida, queria sussurrar alto o suficiente para ele ouvir, mas, em vez disso, fico quieta, e deixamos a música nos envolver. A situação já era perfeita, e agora parece um sonho. Quando a música termina, olho para Noah e digo:

— Amo a sua avó. Queria ter conhecido ela.

Um sorriso sincero toma conta do seu rosto como se fosse o sol, mas ele não diz nada.

Noah para em um pequeno estacionamento que dá para um deque que se estende em um lago de visual cinematográfico. O espaço é rodeado por árvores, fazendo com que pareça seguro e discreto. Saímos do carro e ele pega as varas de pesca e uma caixa na caçamba. Andamos juntos até o final do deque, onde tiro meus tênis brancos e me sento para passar os pés pela água. A plataforma onde estamos é alta o suficiente para que eu consiga sentir a água logo abaixo dos pés, mas sem molhá-los. Noah se senta ao meu lado, e nossos ombros se tocam. Fico corada, sentindo um prazer inocente que não vivenciava há anos.

As orelhas de Noah ficam um pouco vermelhas na ponta (já aprendi que isso acontece quando ele está envergonhado), e ele se afasta. Se tivesse uma janela entre nós, sinto que ambos a levantaríamos devagar, dramaticamente. Estamos agindo como se nunca tivéssemos tocado alguém do gênero oposto. É completamente ridículo. E maravilhoso. E confuso. E incrível.

— Como ela era? — Estou desesperada para descobrir qualquer pedacinho da imagem que ele vai construir, mas também quero aliviar a tensão entre nós.

— Minha avó? — pergunta enquanto abre a caixa e coloca uma isca na vara. Eu faço que sim com a cabeça. — Ela era... doce e enérgica ao mesmo tempo. Aquela mulher adorava amar as pessoas. Juro que ninguém saía da Loja das Tortas sem um abraço. Até desconhecidos. Era o jeito dela.

— Como ela se chamava?

— Silvie Walker. Acredite ou não, ela e Mabel eram melhores amigas desde a adolescência. Aquelas duas aprontaram muito juntas. E como meu avô já tinha morrido quando minha avó se tornou nossa guardiã legal, Mabel virou tipo família. Nos víamos quase todos os dias.

— E... é por isso que Mabel ama tanto você.

— É por isso que ela *enche tanto o meu saco*. — Ele sorri, seu tom de voz todo carinhoso. — Posso ter perdido meus pais, mas tive muita sorte de ser amado por tantas pessoas que trataram minhas irmãs e a mim como família. É por isso que não pensei duas vezes na hora de voltar quando precisaram de mim.

Abro a boca para perguntar o que tinha acontecido, mas ele continua.

— Falando em nomes... — Depois de colocar o negocinho nojento no anzol, ele deixa a vara de lado e me olha. — Estava curioso pra saber como você escolheu seu nome artístico.

— Rae é meu segundo nome. — Dou de ombros. — Minha mãe costumava me chamar de Rae-Rae quando eu era pequena, então pareceu uma boa escolha de nome artístico. E achei que ouvir as pessoas me chamarem de Rae em vez de Amelia poderia me ajudar a separar a vida profissional da pessoal.

— E ajudou? — pergunta ele, e isso é o que mais difere Noah dos outros seres humanos.

A maioria das pessoas apenas concordaria e seguiria a conversa. Mas ele se interessa em saber a resposta. *Ajudou?*

— Não. Na verdade, Rae Rose acabou me engolindo. Sinto como se não tivesse sido Amelia durante anos. Tirando quando estou com você e suas irmãs, todo mundo me chama de Rae agora. Até minha mãe. É... — Procuro palavras educadas para dizer o que sinto, mas acabo me contentando com uma ideia básica e direta. — Eu *odeio* isso. Eu me sinto bem confusa e insegura sobre quem sou.

— Deve ser muito difícil — diz Noah.

Não existe nenhum resquício de acusação ou surpresa na frase. Ele nem oferece algum conselho ou começa a fazer uma lista do que eu *deveria* fazer. Não parece esperar que eu chegue a alguma solução agora. Eu posso apenas expressar o que estou sentindo, e se isso não for libertador, não sei o que é.

— É a solidão que geralmente dificulta as coisas — comento. — Assim que fiquei famosa, todo mundo parou de ver quem eu sou de verdade. Tudo o que eles veem é Rae Rose e o que ela pode fazer por eles ou dar pra eles. Sabia que a minha mãe era a minha melhor amiga? *Até ela* agora só me vê como um caixa eletrônico. É um saco. E o estranho é que eu quase nunca estou sozinha, mas posso estar em uma sala cheia de gente, rodeada por centenas de pessoas que supostamente me amam, e mesmo assim eu me sinto solitária.

— Você está se sentindo solitária agora?

A pergunta de Noah faz meu coração ficar apertado.

— Não — respondo.

Seria tão mais fácil se a resposta fosse sim. Uma parte de mim gostaria que eu tivesse vindo para esta droga de cidade, reencontrado meu amor pela música e *só*.

— Que bom, fico contente. — Ele parece sincero. Noah é sincero. — E talvez depois desse tempo fora você consiga voltar a ver o brilho na sua carreira profissional.

— Mabel disse exatamente isso.

— E ela nunca erra. Ou, pelo menos, é o que faz com que você acredite. — Ele sorri e volta a olhar a caixa. Pega outro verme nojento que é cem por cento um balde de água fria para o clima intimista. Ótimo. Precisamos mesmo de uma coisa assim agora. — Você quer colocar a isca no seu anzol?

— Sou medrosa se disser não?

— Definitivamente.

Faço cara de quem está pensando antes de responder.

— Cheguei à conclusão de que estou confortável com essa alcunha.

— Você que sabe, mas está perdendo toda a diversão.

Dou uma risada e encosto rapidinho no ombro dele.

— Essa é *mesmo* a sua ideia de diversão.

— O que isso quer dizer? — pergunta ele, mas é nítido que está brincando.

— Você não é o tipo de cara que parece ir atrás de *diversão*. Então uma coisa calma e pacífica como essa combina com você.

— Eu sou muito divertido — replica ele, depressa. — Pode esquecer o sr. Hospitalidade. Todo mundo me chama de sr. Diversão. Você só não ouviu ainda porque está aqui há pouco tempo.

— Aham, sei.

Ele levanta as sobrancelhas, os lábios se curvando em um sorriso.

— Quer que eu prove? — diz.

— Quero — respondo e faço um aceno firme com a cabeça, tendo que assoprar a franja de novo. — Eu daria bastante dinheiro pra ver isso.

— Bem, hoje é seu dia de sorte. Não vou nem cobrar nada.

Noah deixa as varas de lado, se levanta rápido e estica o braço para me ajudar a levantar. Meu coração dispara quando nossas mãos se tocam. Ele me puxa até estarmos quase grudados. Olho para ele com expectativa.

— Ok, sr. Diversão — digo. — O que vamos fazer?

Observo fascinada quando o sorriso dele se alarga, olhos semicerrados. Ele coloca a mão macia na minha barriga e eu prendo a respiração, o que é bom, porque logo em seguida ele me empurra direto na água.

27
Amelia

Eu me encontro em um estado de incredulidade quando coloco a cabeça para fora da água. Noah realmente me empurrou no lago. Respiro fundo e olho para ele, todo orgulhoso no deque, sorriso largo e mãos na cintura.

Aponto em sua direção enquanto nado, tirando o cabelo do rosto.

— E se eu não soubesse nadar? — pergunto.
— Mas você sabe.
— Mas não tinha como você saber disso!
Ele faz um gesto como se isso não importasse.
— Eu teria salvado você. Fui salva-vidas no ensino médio.
Claro que ele foi. Tão confiável. E aposto que ficava ótimo naquela sunga vermelha.

— Espero que você saiba a encrenca em que se meteu. Espera até eu... — Paro de falar assim que percebo que Noah pega a gola da camiseta pelas costas e tira. — Hã... O que você está fazendo?

— pergunto, completamente sem reação pelo bronzeado, o peito esculpido, tão perto, bem ali na minha frente.

Queria estar no deque mais do que qualquer coisa, para poder passar a mão naquele corpo. Primeiro, eu tocaria cuidadosamente a tatuagem em suas costas, porque algo nela me passa a sensação de que deve ser reverenciada. Depois, tocaria cada centímetro disponível de pele. (Porque nessa fantasia não há barreiras entre nós e eu sou a namorada de Noah, então ele está completamente apaixonado por mim.)

Mas, ao que parece, Noah quer que eu veja mais. Ele dá uma risadinha travessa enquanto desabotoa a calça jeans e a abaixa, ficando apenas de cueca boxer preta.

— O que você acha que eu vou fazer? Vou pular também.

O que eu acho é que esse homem lindo, alto e bronzeado está tirando a roupa em plena luz do dia! Fico boquiaberta, com as bochechas pegando fogo. Ainda bem que ele foi salva-vidas, porque estou correndo perigo real de morrer afogada enquanto tento nadar e olhar ao mesmo tempo para esse corpo maravilhoso e forte. Não me importo, vou afundar e morrer feliz, porque agora encontrei a perfeição.

O corpo de Noah é composto por linhas e músculos definidos, tudo bem proporcional. São músculos naturais. Não do tipo meticulosamente criado em academias, mas do tipo injusto que nasce de uma mistura de genética boa e flexões na sala de estar. Seus ombros são largos e fortes, a barriga sarada terminando em um V no elástico da cueca. Ele também não tem muitos pelos, só uma penugem dourada em alguns lugares. Mas não olho para onde essa trilha está apontando, ou minhas pupilas vão ficar tão dilatadas que vou acabar me cegando e Noah vai saber exatamente o que estou pensando. E o que estou pensando é em avançar nesse homem. Essa semana, só de olhar o pulso dele já me deixou com água na boca, agora imagina o que esse corpo magnífico está fazendo comigo.

Não preciso mais confiar apenas na minha força de vontade para parar de encarar, pois Noah corre pelo deque e pula na água. Ele reaparece com um sorriso no rosto e balança a cabeça para tirar a água do rosto.

— Não acredito que você acabou de tirar a roupa e pular na água.

Noah, o dono rabugento da loja de tortas, todo sério e reclamão, acabou de se despir e mergulhar, sorrindo que nem criança. Isso acrescenta mais uma camada a ele. Um tipo de empolgação que se alia à tranquilidade confortável. Infelizmente, isso também faz o nível de sensualidade dele disparar.

Os ombros e as clavículas de Noah estão acima da superfície da água, e agora vou ter que arrumar um jeito de esquecer como o cabelo dele escurece dois tons quando está molhado. A forma como as gotículas de água ficam presas nos seus cílios e na sua pele.

— Você colocou à prova a minha capacidade de ser divertido.

Tinha que me garantir.

— Mas por que você teve a oportunidade de tirar a roupa e deixar tudo sequinho antes de pular e eu não?

Os olhos dele ficam mais intensos quando ele responde.

— Acho que você já sabe a resposta.

Porque ele não ia conseguir tirar as mãos de mim. Porque esse calor que ando sentindo entre nós não é coisa da minha cabeça.

Pelo jeito que ele me olha, eu me sinto nua. Observo satisfeita Noah levantar a mão e passá-la pelo cabelo, tirando o excesso de água e me mostrando seus bíceps. *Pelo amor de Deus, bíceps, estou a seu dispor.*

— Noah! Você não pode falar essas coisas! — digo, brava, enquanto jogo água nele.

— Por que não? — Ele ri e desvia.

— Porque você mesmo disse que precisávamos parar de flertar. E... você está flertando! E está quase pelado! Na água!

Queria que ele não sorrisse desse jeito quando me olha. Queria que ele não nadasse para mais perto. Queria poder pensar direito a ponto de conseguir me afastar. Mas não consigo. Continuo jogando água nele, sem muita força, até que Noah chega perto o suficiente para colocar a mão em volta do meu pulso. Sinto vontade de gemer ao vê-lo. Maxilar forte, boca séria, olhos verdes, cabelo molhado. E a sensação da pele dele é... *surreal.*

Agora ele não está mais sorrindo. Nenhum de nós está achando graça. Eu o observo engolir em seco, sobrancelhas franzidas como se estivesse com dor.

— Estou me esforçando tanto para ficar longe... — diz ele em voz baixa. Seus olhos percorrem meu rosto, e agora a atração entre nós parece esmagadora. Insuportável. — E fracassando.

Minha frequência cardíaca está nas alturas, e não tem nada a ver com o fato de eu ter nadado. É porque Noah me puxa para mais perto e minhas curvas suaves são pressionadas contra seu corpo firme. Ele passa um braço em volta da minha cintura, determinado. Suspeitei que todos aqueles músculos não eram apenas para olhar, e estava certa. Ele pega minhas pernas e as guia para envolvê-lo, enquanto passo os braços pelo pescoço dele e Noah nada por *nós dois*. *Salva-vidas*, de verdade. Ele empurra delicadamente minha franja para o lado com uma das mãos, e aqueles olhos, do mesmo verde brilhante das árvores que cercam o lago, se fixam nos meus lábios.

Lentamente, Noah nada em direção ao banco de areia. Eu sei por que estamos indo para lá e todo o meu corpo clama para que eu fique parada. Para ficar de boca fechada e não estragar este momento. Mas não posso fazer isso com ele.

— Noah — sussurro, usando toda a minha força de vontade para me obrigar a dizer isso. — Nada mudou. Eu ainda vou ter que ir embora.

Ele não para de nadar.

— Eu sei. Eu estou ok com isso, se você estiver.

Eu assinto silenciosamente e me seguro até que os pés dele cheguem ao banco de areia, dando o apoio necessário para que Noah me segure sem nadar. A luz do sol aliada ao olhar dele na minha pele é escaldante. Ele me puxa com força contra seu corpo e eu seguro mais forte em seu pescoço. É o paraíso e a tortura no mesmo lugar. Sua boca paira sobre a minha, sua respiração sussurrando promessas contra meus lábios. Eu me ajusto com impaciência e pressiono meus dedos nas curvas dos seus ombros. Ele ainda *não* está me beijando, e eu quero muito isso. O sorriso dele é suave e provocador, e é evidente que Noah gosta de prolongar as coisas, provando que não apenas mostra moderação com suas palavras, mas também com seu corpo.

Eu, no entanto, não me contenho, porque já faz tempo demais que não nos beijamos. Também não tenho certeza se já fui beijada ou estive nos braços de um homem de quem gostei tanto. Aperto as pernas em torno do corpo dele, fazendo-o dar uma risada rouca. Inclino meu rosto para o beijo. *Se você vai fazer isso, faça logo.* Os olhos dele estão escuros agora. Uma das mãos fica nas minhas costas e a outra sobe para segurar meu rosto. O jeito que ele me toca é tão possessivo quanto o meu.

Prendo a respiração quando os seus lábios encostam nos meus. *Maravilhoso. Fantástico. Mágico.* O arranhar leve da barba dele é a fagulha que faltava. Meu coração dispara e minha pele arde de prazer e desejo. Como se fosse possível, eu o seguro com ainda mais força. As mãos dele estão nas minhas costas, no meu quadril, nas minhas coxas. Não é frenético, mas deliberado e calculado — bem ao estilo de *Noah*. Nossas bocas exploram essa nova intimidade sem pressa. A língua dele provoca meus lábios e eu me rendo. Solto um barulho entre um gemido e um sussurro, e isso faz com que as mãos dele explorem ainda mais meu corpo, me deixando toda arrepiada. Encontramos o ritmo perfeito de beijo, que é como se render à correnteza. É perigoso e não há nada que possamos fazer além de nos deixar levar.

Ele inclina a cabeça e eu faço o mesmo. Ele se distancia e eu sigo. Eu me distancio e ele segue. O toque dele me marca, deixando o seu nome em todos os lugares do meu corpo, e me seguro a ele como se minha vida dependesse disso. Beijar Noah é mais do que eu pedi. Mais do que eu podia esperar. E isso me faz pensar uma coisa que não deveria: nós combinamos.

As mãos dele, maravilhosas e calejadas, sobem pelas minhas costas macias enquanto ele levanta minha camiseta, e eu ergo os braços para ajudá-lo. Estou usando um sutiã simples, azul-marinho, e mesmo que sempre tenha sido insegura por ter seios pequenos, Noah me olha como se eu fosse a resposta para todos os mistérios. Como se eu fosse preciosa e tudo o que ele mais deseja, e estivesse com medo de me tocar.

— Tão linda — sussurra ele enquanto beija com suavidade meu pescoço e meu colo.

Ele treme ao me segurar, e não acho que seja por estar ficando cansado. Então, de repente, tudo parece intenso demais. Solto Noah. Um de nós precisa pensar com clareza, e fico irritada comigo mesma por ser essa pessoa. Mas não vou deixar que isso saia do controle e se transforme em um coração partido. Um beijo é uma coisa, só que *mais do que isso* está fora de cogitação.

Quando nossas bocas se separam, observo seu rosto franzido e os lábios úmidos. Percorro a linha de sua mandíbula, pescoço e clavícula com meu dedo. Ele deve ver a dor no meu rosto, a força de vontade que estou precisando ter, porque a deliciosa pressão de seus dedos suaviza. Seu domínio sobre mim afrouxa e ele fecha os olhos com vontade, respirando profundamente antes de abri-los.

— Não foi uma boa ideia, né?

Seu olhar permanece nos meus lábios como se ele estivesse a uma fração de segundo de continuar o que começamos. O olhar de Noah diz que ele me carregaria até aquela margem e faria amor comigo aqui e agora se eu dissesse que tudo bem.

Eu nado para trás para nos distanciar um pouco, levando minha camisa comigo.

— Foi uma ideia muito boa, mas agora temos que esquecer isso. *De novo.*

Ele assente e observa enquanto eu torço minha camiseta e a coloco de volta.

Passando as mãos pelo cabelo, Noah se levanta um pouco na água, e tenho o privilégio de ver seu peito e abdômen, músculos se expandindo e se movendo. Suas costelas estão marcadas contra a pele, gotas de água lambem seu corpo tenso e eu tenho medo de que minha língua esteja pendurada para fora da boca. A imagem do emoji cheio de calor. Rosto vermelho e ofegante.

Nós dois levamos alguns minutos para nos acalmar e depois nos secamos ao sol enquanto finalmente retomamos nosso objetivo inicial: pescar. Mas quer saber? Pescar é chato, e chego à conclusão de que preferia ficar beijando Noah. É por isso que precisamos ficar longe um do outro. Olho para ele de lado, abrindo a boca para perguntar se ele pode me levar de volta para casa, onde pretendo me trancar no quarto pelo resto do dia, mas, antes que eu possa falar, ele comenta:

— Tenho que ir encontrar uma pessoa. Mas... estava pensando em talvez te levar junto, o que você acha?

Isso é o contrário de distância. O contrário de esquecer. E definitivamente o contrário de me trancar no quarto.

Ainda assim...

— Claro! — respondo na mesma hora.

28
Amélia

Noah para no estacionamento de uma clínica para idosos e desliga o carro. Ele parece preocupado, e, se eu tivesse que adivinhar, diria que está começando a se arrepender da decisão de me trazer aqui.

Olho com calma para o prédio e depois volto a atenção a Noah.

— Quem viemos visitar?

Depois de nossa aventura no lago, demos um pulo em casa para trocar de roupa. Só que acabei demorando mais do que esperava, porque, enquanto desembaraçava o cabelo, uma nova letra de música apareceu na minha mente. Havia muitos meses que não me sentia inspirada para compor, então depois de correr para o quarto e pegar o celular para anotar a ideia no bloco de notas, caí na cama rindo com uma felicidade imensa. Queria ligar para minha mãe e contar a novidade, já que ela era a primeira pessoa com quem eu dividia minhas canções, mas não temos uma relação desse tipo há anos. Seria estranho e inusitado ligar para ela e contar que tive minha primeira fagulha de inspiração em um bom tempo, então guardei isso comigo.

Agora, na caminhonete, Noah tira o boné que usou o dia todo e o coloca de lado.

— Minha avó.

— Sua... — Estou surpresa. Minha cabeça, girando. Achei que a avó de Noah havia falecido, pelo jeito que ele fala dela. — A avó que criou vocês?

Ele confirma com a cabeça, olhando para a entrada da clínica.

— Eu sei que você achava que ela tinha morrido, e eu deixei que pensasse isso, porque, sinceramente, é mais fácil do que explicar tudo. E eu detesto quando conto pras pessoas e elas acham que eu sou um santo ou me olham com pena por ter que cuidar da minha avó. Então agora parei de contar quando conheço alguém novo. Ou... pelo menos até eu confiar plenamente na pessoa.

Minha cabeça foca com tudo na última parte da fala dele.

— E agora você confia em mim?

Ele sorri e confirma.

— Confio. E, se você quiser, gostaria que conhecesse minha avó. Mas... ela não é mais a pessoa que me criou. Ela foi diagnosticada com Alzheimer há três anos. Então eu e minhas irmãs a colocamos aqui na clínica. Foi uma decisão bastante difícil, mas ela está mais segura aqui, e eles cuidam muito bem de pacientes com Alzheimer.

A última peça se encaixa e completa o quebra-cabeça.

— Foi por isso que você voltou de Nova York?

— Foi. A memória dela começou a ficar muito ruim no ano que me mudei, e minhas irmãs me ligavam quase todos os dias pra dizer como estavam preocupadas. Ela dirigia até o mercado e não se lembrava de como tinha chegado lá, ou como fazia pra voltar pra casa. Por sorte, todo mundo na cidade conhece e ama ela, então tudo normalmente acabava bem. Mas estava ficando perigoso. E depois que a Emily a levou ao médico e tivemos a confirmação do diagnóstico, não pude mais ficar longe. — Ele franze a testa, como se estivesse de volta aquele momento. — Merritt, minha ex-noiva... — explica ele, como se fosse necessário. Já guardei esse nome na minha lista de *extra super ódio*. — Ela não entendia por que eu tinha que voltar pra casa. Eu deveria deixar minhas irmãs *lidarem* com ela e viver minha própria vida. — Ele bufa. — Ainda não acredito que ela usou essa palavra. Que humilhante. Como se a mulher que sacrificou a vida pra me criar e cuidar de mim depois que meus pais morreram merecesse ser reduzida a algo com que se deve ser *lidado*.

Ele fecha as mãos em punhos. E, como não sei o que falar, coloco minhas mãos nas dele e aperto. Noah olha para nossas mãos e relaxa. Consigo perceber o exato momento em que ele deixa um pouco daquela dor ir embora.

— Enfim, foi o melhor. Merritt não era a mulher certa pra mim. Nunca foi, pra ser sincero.

A história tem mais camadas. Lembro de Jeanine, do salão, dizendo que Merritt traiu Noah, mas não vou falar disso agora. Parece um pouco demais.

— Obrigada por me contar — digo, e estou falando sério. — Então é aqui que você sempre vem almoçar?

— É. Minhas irmãs e eu nos revezamos pra que tenha alguém aqui quase todo dia. E Mabel vem toda noite. No verão, conseguimos fazer um esquema bem legal, mas quando as aulas voltam, Emily e Madison não podem vir de tarde, então eu e Annie acabamos vindo com mais frequência. — Ele indica a clínica. — Os funcionários são ótimos com a minha avó. Mas... a gente ainda quer ter certeza de que ela está bem. Que não está se sentindo sozinha.

Eu poderia dizer muitas coisas agora. Na verdade, quero pular nele e abraçá-lo. Mas sei que não é o que Noah quer. Ele não é sentimental. E acho que ficar falando o quanto ele é maravilhoso apenas o deixaria irritado.

— Fico feliz que ela tenha vocês — digo olhando nos olhos dele com um sorriso sincero, me certificando de que nada na minha expressão indique pena.

— Se quiser, seria maravilhoso se você entrasse pra conhecer minha avó. Mas você precisa saber que nem sempre ela vive no presente. E é melhor pra ela se a gente não corrigir quando se enganar sobre alguma coisa. Tento ir pra qualquer lugar no tempo e espaço em que ela está.

— Vou fazer o que você fizer — respondo, esperando que isso o acalme e prove que ele pode confiar em mim.

Noah está com um sorriso tenso no rosto, como se quisesse me dar mais instruções e fazer mais ressalvas, mas acaba abrindo a porta e saindo. Faço o mesmo e andamos juntos até a entrada da clínica. Queria poder segurar a mão dele, mas permaneço com as mãos cruzadas às costas.

Paramos na mesa da recepção e Noah dá um sorriso simpático para a enfermeira atrás do balcão.

— Oi, Mary — cumprimenta enquanto pega uma caneta e assina nossos nomes na folha de visitantes. *Noah e Amelia*. Lado a lado. Na letra cursiva bonita dele. Por um momento, me pergunto se perceberiam se eu roubasse essa folha quando fosse embora, só para ter uma lembrança.

— Noah! Estava mesmo me perguntando que horas você ia aparecer. — Ela arregala os olhos quando se vira na minha direção. Eu devia estar usando o boné de Noah aqui, mas esqueci completamente. — Você trouxe... uma amiga hoje — diz ela, parecendo atordoada.

Conheço esse olhar. É o olhar de fã, e fico preocupada que isso vá deixar as coisas mais complicadas para Noah. Ele vai se arrepender de ter me trazido aqui, e a bolha de confiança que conquistamos vai se romper. Fim.

— Trouxe — diz, com calma, e se inclina um pouco em cima do balcão, continuando com a voz mais baixa. — Mas agradeceria se você não contasse a ninguém que ela está aqui. Não seria bom pra minha avó se surgisse do nada uma horda de enfermeiros no quarto dela.

Ele dá uma piscadinha para Mary e... olha só. Quem diria? Funciona.

Mary volta a prestar atenção em Noah e o olhar de fã desaparece com a mesma rapidez com que surgiu.

— Claro. Podem entrar pra visita. Ela está com um humor ótimo hoje, e superdesperta.

— Que boa notícia. Obrigado, Mary.

Ao andarmos pela clínica, Noah para e conversa com pelo menos vinte pessoas. Todas as senhorinhas são apaixonadas por ele. Sempre se abaixa para que elas possam dar tapinhas em suas bochechas e distribui abraços como se fossem doces no Halloween. Ele é uma fofura aqui. Terno e amoroso com todas essas pessoas que precisam desesperadamente de ambas as coisas. É natural para Noah cuidar dos outros. E quando percebo isso, meu coração dá um duplo *twist* carpado para dentro da piscina dos sentimentos.

Por fim, chegamos na porta do quarto da avó dele, envoltos pelo cheiro de uns vinte perfumes diferentes. Dou risada quando percebo que alguém deixou uma marca de batom vermelho na bochecha dele, então limpo. Ele revira os olhos de leve, como se fosse perdoar aquelas senhoras por qualquer coisa.

— Uma vez, uma senhora de oitenta anos beliscou minha bunda quando me abaixei.

Dou risada e olho exageradamente para a parte do corpo em questão.

— Não tenho como culpar a senhora. Você tem uma bunda ótima.

— Para com isso — resmunga ele antes de bater de leve na porta e abrir.

Ele me olha mais uma vez por cima do ombro, e noto sua hesitação. Está preocupado em me mostrar essa parte da vida. Sorrio e faço um gesto de beliscão com meus dedos, bem na direção da bunda dele, para que ande logo. Noah pega meu pulso antes que meus dedos consigam chegar perto do seu traseiro, e então escorrega a mão e entrelaça nossos dedos. Fico até aérea com essa conexão emocional. Mais íntima do que o beijo no lago.

Ele me puxa para dentro de um quarto bonito e iluminado pelo sol. Passamos por uma parede cheia de fotografias de Noah e das irmãs em diferentes idades. Minha vontade é ficar ali e olhar cada uma delas, mas ele se aproxima da doce senhora sentada na cadeira, que olha para o jardim da clínica por uma janela grande.

— Ei, oi, meu bem — diz Noah, e o tom de voz dele é tão doce que faz cada célula minha se derreter.

A avó, Silvie, olha para ele, e fica nítido que ela não sabe imediatamente como responder, mas está tentando entender. Seu cabelo é branco, cacheado e curto, no mesmo estilo fofo que muitas senhoras usam, e ela tem a pele branca como porcelana, tão fina que é quase transparente. Mas Silvie não está de moletom, como uma senhorinha. De jeito nenhum. É evidente que essa mulher foi e segue sendo uma beldade sulista. Há um colar de pérolas em seu pescoço, e ela está usando um cardigã rosa-pink e uma bela calça capri preta.

— Bem, é, oi... — responde, educada, com um leve franzir de sobrancelhas. É visível que não tem ideia de quem seja Noah, e meu coração fica apertado.

Ele não espera que ela faça perguntas. Noah me puxa para perto dele e passa os braços pelos meus ombros, como se meu lugar fosse aqui, com ele.

— Sinto muito pelo atraso para o nosso almoço — diz ele, com um sorriso enorme. — Espero que não se importe, mas eu trouxe companhia hoje. Sra. Walker, essa é minha amiga Amelia. Amelia, essa é Silvie Walker. Essa graciosa senhora almoça comigo algumas vezes na semana para me fazer companhia. — Sei que ele está explicando isso para Silvie, e não para mim.

— É ótimo conhecê-la, sra. Walker. A senhora se importa se eu ficar por aqui e almoçar com vocês?

Os olhos de Silvie, verdes como os de Noah mas mais enevoados, se dividem entre nós, revelando certo nervosismo.

— Claro... podem se sentar. Mas vou logo avisando, não posso receber visitas por muito tempo. Meus netos vão chegar logo da escola e preciso terminar de fazer os biscoitos deles. — Ela pisca para mim. — Porque os pequenos precisam de um biscoitinho quando chegam em casa depois de estudar.

Noah aperta meu ombro de leve e depois me solta, fazendo um gesto para que eu me sente na cadeira ao lado dele.

— Que crianças sortudas. Adoro biscoitos — diz ele, com uma risadinha.

Os olhos dela se iluminam, e é impressionante ver como Noah a conhece bem. Como sabe desarmá-la de imediato e afastar suas preocupações.

— É mesmo? Eu prefiro tortas, mas gosto de biscoitos de vez em quando. Só faço biscoitos porque meu neto não gosta de tortas, o danadinho.

Ela sorri, e consigo ver pela expressão dela como Noah foi uma criança amada. Ainda é amado... *só que de um jeito diferente*.

Se ele fica triste por Silvie não perceber que é ele o neto dela, não demonstra nem um pouco. Noah cruza as pernas e olha para mim.

— E você, Amelia? Gosta de biscoito ou torta?

Eu faço uma pequena cena para demonstrar que estou pensando, antes de sorrir.

— Quer saber? Sou mais fã de panquecas, na verdade.

Silvie ergue as sobrancelhas, surpresa.

— É mesmo? Panquecas também são boas... — diz ela com um jeito de avó que me faz sentir validada e importante.

A conversa continua assim pelos minutos seguintes, e quando se torna evidente que Silvie está começando a se cansar da nossa visita e parece mais distante, Noah dá uma desculpa, dizendo que precisa voltar ao trabalho. Ele pergunta se pode abraçá-la antes de ir embora e ela abre bem os braços para recebê-lo. E deixa nós dois chocados ao fazer o mesmo comigo.

E é nesse momento, dentro do abraço caloroso de Silvie, que olho para cima e vejo Noah olhando para mim — e posso jurar que seus olhos estão marejados. O rosto abatido de Gregory Peck surge em um flash na minha mente, e meu coração despenca. Eu não deveria ter beijado esse homem. Eu não deveria ter deixado que ele me apresentasse a esta parte importante de sua vida. Vai ser muito mais doloroso quando eu for embora.

29
Noah

— Precisamos conversar — declara Amelia, virando-se abruptamente para me encurralar na porta assim que entramos em casa. Não é um momento bom e sexy. Há um peso em seus olhos e ela está mordendo o lábio inferior. Estico as mãos para esfregar os lados de seus braços, mas ela balança a cabeça bruscamente.

— Não, não faz isso — diz ela, e seu olhar faz com que meus braços despenquem.

Começo a entrar em pânico. Será que fiz algo de errado? Aquele beijo no lago foi demais? Talvez ela não estivesse pronta para isso e eu interpretei mal todos os sinais.

Amelia inspira profundamente e solta o ar em uma expiração lenta.

— Noah...

— Desculpa — deixo escapar, incapaz de suportar a ideia de tê-la pressionado demais ou a chateado. — Fui imprudente no lago e deveria ter perguntado explicitamente sobre o que te deixaria mais confortável e...

Ela ri, interrompendo meu pedido de desculpas. Seus olhos são de quem está achando graça, com talvez uma pontinha de tristeza.

— Você acha que estou chateada com o beijo? Noah, estou chateada porque... Eu gosto de você. — Ela sorri, indecisa. — E eu não deveria ter te deixado me beijar, porque, pra mim, não foi só uma coisa física. Eu... bem, eu realmente gosto de você, mesmo que tenha me dito que não era uma opção.

Agora é minha vez de soltar o ar todo de uma vez. Passo a mão pelo cabelo e resisto à vontade de me apoiar na porta. *Droga*. Isso é ruim. Não deveríamos ter nos beijado. Tudo bem quando não passava de desejo físico, mas saber que ela sente algo por mim muda tudo.

É um problema porque eu também sinto algo por ela. Algo bem grande. Inconveniente, até, e não quero fazer nada a respeito. Duas pessoas não podem morar na mesma casa por semanas sabendo que ambas estão sentindo algo e não começarem um relacionamento. E é por isso que não posso admitir para ela que sou louco por ela. Que quase não consigo dormir à noite porque acordo atormentado pelo fato de ela estar dormindo do outro lado do corredor. Que eu nunca conheci ninguém que me fizesse sentir dessa maneira.

— Ameli...

Ela pressiona a mão contra meus lábios.

— Não. Não fala nada! Você foi bem claro quando tudo isso começou, e não espero nada de você. As coisas não vão mudar. Somos amigos, e vamos permanecer assim. — Ela abaixa a mão quando percebe que eu não vou interromper. — Só estou contando pra você porque preciso que a gente estabeleça algumas regras de agora em diante pra que eu não me sinta tentada e a gente não cruze a linha de novo.

— Regras... — digo, sem gostar do som da palavra nos meus lábios. — Tipo quais? — pergunto enquanto vou até a cozinha pegar algo para beber, porque sinto que será necessário.

Amelia me segue e se senta no banquinho da ilha enquanto pego duas cervejas na geladeira. Ela aceita a dela e toma uma golada antes de apoiá-la no balcão, fazendo careta quando percebe que aplicou força demais no movimento e quase quebrou a garrafa.

Ela sorri de um jeito fofo, pedindo desculpas, antes de ficar séria de novo.

— Bem, pra começo de conversa, sem beijos. Mas essa é bem óbvia.

Óbvia ou não, odeio isso. Quero beijá-la todos os dias o dia todo até que eu morra por falta de oxigênio.

— Tá bom, continua — digo, apoiando a cerveja no balcão e cruzando os braços.

Ela observa meus movimentos, com um sorrisinho, e depois pigarreia de leve.

— Também acho que seria melhor se a gente não se tocasse. Nunca.

A complementação do *nunca* parece um soco desnecessário em uma luta de boxe que ela já ganhou. Nunca mais tocar em Amelia depois de saber o que significa tê-la nos meus braços? Sabendo qual é a sensação quando ela suspira satisfeita nos meus lábios? Tortura. Vai ser exatamente isso, mas eu sei que ela tem razão. Tem que ser assim.

— Sem toques, entendi. Tem uma distância mínima que preciso manter? Vou parar na loja de material de construção e comprar duas trenas, pra gente ter sempre à mão.

Amelia semicerra os olhos, me provocando.

— Vamos dizer que 1,5 metro é uma boa distância. Além disso, acho que não deveríamos mais ficar só nós dois sozinhos.

Respiro fundo porque, de alguma forma, essa última bateu com mais força do que as outras. Quero contra-argumentar, mas não seria justo tentar ir contra as regras dela quando ela está se esforçando tanto para respeitar as minhas.

Levo a cerveja aos lábios e tomo um longo gole antes de responder. Os olhos azuis de Amelia me encaram como se ela estivesse apenas esperando minha resposta. Por fim, abaixo a garrafa e abro o jogo.

— Com a Merritt, achei que eu poderia dar um jeito nas coisas, mesmo que desde o início eu soubesse o quanto éramos diferentes.

É óbvio que essa não é a resposta que ela esperava. Amelia arregala os olhos e levanta as sobrancelhas. Sinto um ribombar no meu peito que sempre vem antes de eu compartilhar alguma coisa íntima, mas preciso que ela saiba.

— Nossos mundos sempre foram completamente diferentes, mas eu escolhi ignorar isso, e foi o que levou ao fim do relacionamento. Ela era uma garota da cidade que curtia o estresse e a agitação de Nova York, e eu gostava de ficar com a minha família, de jogos de tabuleiro no sábado à noite e saber o nome de todo mundo que eu encontro na rua. Quando pedi Merritt em casamento, ela aceitou, mas falou com todas as letras que não ia morar aqui, e que eu teria que ir com ela pra Nova York. Penso nos meses que passei lá e no quanto eu odiava esbarrar em estranhos por todo canto. Era tão cheio de gente. E tão barulhento. Todo mundo tinha alguma coisa para fazer o tempo inteiro. Não conseguia entender de jeito nenhum como aquele lugar fazia bem a Merritt. Como ela amava o metrô e as viagens. Quanto mais tempo eu passava lá, mais odiava. Além disso, o trabalho no banco não ajudava. Sentia falta da delicadeza da minha cidade, mesmo que as pessoas daqui me tirem do sério.

— Você realmente não precisa me explicar nada, Noah.

— Obrigado, mas eu gostaria de contar o motivo do meu pé atrás em relação a começar algo entre nós... se quiser saber.

— Quero — diz ela, assentindo.

Então, continuo.

— Eu achei de verdade que o que sentíamos um pelo outro poderia superar as diferenças. Mas não foi suficiente. No fim das contas, nós dois nos apaixonamos pela ideia do outro, não pela pessoa em si. — Olho para baixo só para ter um descanso de Amelia e bato com os dedos no balcão. — Ainda assim, passei um ano horrível lá, quase sem ver Merritt por conta do trabalho dela, e brigando praticamente o tempo todo em que estávamos juntos. E depois eu tive que voltar pra cuidar da minha avó... Bem, foi aí que tudo veio abaixo e ficou óbvio que não servíamos um pro outro. Éramos como óleo e água. — Olho para Amelia de novo e balanço a cabeça. — Dei muito de mim quando estava tentando fazer a relação funcionar, e não posso passar por isso de novo. Não sei nem se estou num momento da minha vida em que *consigo* fazer isso, mesmo se quisesse.

Infelizmente, muito do que aconteceu entre Amelia e eu é parecido com o que houve com Merritt. Um turbilhão de romance com uma mulher que está de passagem pela cidade e não tem planos de ficar. Mas agora é pior, porque, além de tudo, Amelia ainda é famosa e tem uma carreira que exige muito. Ela vai precisar de alguém que esteja confortável com um relacionamento a distância, que pode largar tudo e viajar quando necessário. E, por mais que eu queira, não posso ser essa pessoa. Eu seria só um peso na vida dela, assim como fui para Merritt.

Ficamos em silêncio por um minuto, até que Amelia se levanta e pega a própria cerveja.

— Obrigada por me contar. Ajuda saber o motivo. — E sei que ela está sendo sincera. Seu tom de voz é suave e seu sorriso, gentil. Ela é tão compreensiva que meu coração dói. — Essas regras são o suficiente. Vamos segui-las, tudo bem?

Encaro Amelia e concordo com a cabeça, devagar. Ela se vira em direção ao quarto, mas aí para e me olha mais uma vez.

— E, Noah?

— Hum?

— Ela não merecia você. Sei que às vezes os opostos não combinam... como picles e brownie. — Ela treme de nojo, me fazendo rir. — Mas, às vezes... acho que eles podem melhorar a outra pessoa. Como xarope de bordo e bacon.

Amelia me lança mais um sorriso de parar o quarteirão e se recolhe no quarto pelo restante da noite. Vou para o meu quarto e tento ler, mas não sou capaz de me concentrar, porque tudo o que consigo pensar é em como amo xarope de bordo com bacon.

* * *

"Oi, Noah, sou eu. Amelia. Ha ha, provavelmente você já sabia. Estou ligando da casa do James... e... você provavelmente também já sabe, já que não estou na sua casa e estou deixando essa mensagem na secretária eletrônica. Enfiiiiiiim. Só pra avisar que James achou uma boa ideia a gente fazer uma festinha à noite pra você e suas irmãs. Então vou passar o dia aqui e ajudar com o jantar. Se notar alguma fumaça, mande ajuda. Se não reparar em nada, venha às seis. As suas irmãs já confirmaram presença. Entãããão, tá bem, vou deslig..." BIP.

Minhas mãos estão em punhos, os nós dos dedos brancos de tanta força. Estou apoiado no balcão, encarando a secretária eletrônica que nunca quis tanto jogar pela janela como agora. Qual é o meu problema? Nunca fui de ficar de ciuminho antes, mas ouvir que Amelia e James planejaram passar o dia inteiro juntos na fazenda dele e agora vão organizar uma festa como se fossem um casal de comercial de margarina me faz começar a tramar o assassinato do meu melhor amigo. Não é justo que James possa passar quanto tempo quiser com ela e eu tenha que seguir essas regras.

Malditas regras.

Suspiro e passo as mãos no rosto para tentar controlar o ciúme. Mas não consigo.

Em vez disso, minha mente volta ao beijo de ontem, que me abalou até a alma. Parecia tão certo estarmos juntos, Amelia, doce e suave, se segurando no meu corpo como se *precisasse* de mim. Lógico que foi um erro. Um erro sexy e inesquecível. Mas o que mais poderia ser?

Por que tinha que ser o melhor beijo da droga da minha vida e tudo que consigo pensar enquanto trabalho hoje? Comecei a divagar pelo menos três vezes enquanto sovava a massa. Quando voltei a prestar atenção na loja e não pensar no lago com Amelia, a manteiga já tinha derretido e precisei começar de novo. Todo mundo percebeu. Harriet veio comprar uma torta enquanto Mabel estava na loja e foi o caos. Confundi as tortas e, quando percebi, Harriet estava me dando um sermão.

— Viu? É aquela mulher que está mexendo com a cabeça dele! — disse em tom acusatório.

— Mas é lógico que é. Ele está apaixonado, tá na cara pra qualquer um ver. E qual é o problema nisso? Ele merece ser feliz — replicou Mabel.

Todo mundo está acostumado a falar como se eu não estivesse presente. Quase nunca precisam que eu participe da conversa, e por mim tudo ótimo.

Harriet fez uma cara feia.

— Mas a que custo? Vou te contar, está consumindo a alma dele! Aquela mulher está dormindo na casa dele e é pura tentação.

Mabel bufou e revirou os olhos.

— Deixe a alma dele em paz, Harriet, e cuida da sua vida. Acho que um pouquinho de tentação cairia bem pra você... quem sabe não fizesse você ser menos amarga.

Mas Harriet não estava errada... pelo menos em relação a Amelia estar mexendo com a minha cabeça. A coisa da minha alma ainda está aberta a discussão. E o problema é que eu não posso me dar ao luxo de mexerem com a minha cabeça agora. Preciso dela no lugar para não me apaixonar por Amelia Rose. Só que... não. Acho que já me apaixonei.

Estou na porta de James às 17h58. Dois minutos antes da hora. E para que Amelia não pense que estou desesperado para vê-la depois de passarmos o dia separados e que tomei banho voando e praticamente corri até aqui para garantir que chegaria às seis, fico parado e espero em silêncio até que o relógio marque seis horas, então bato na porta.

Mas assim que levanto o braço, a porta se abre, e sou imediatamente recebido pelo sorriso bonito dela. Bem, primeiro Amelia parece surpresa, depois sorri, mas então para, como se não devesse sorrir. Ela parece um caça-níqueis de emoções.

— Oi! Desculpa. Não sabia que você estava aqui fora. Eu estava indo na sua casa pra pegar um casaco.

Ela quer dizer o *meu* casaco. Não ficaria surpreso se minhas coisas sumissem depois que ela fosse embora da cidade.

— Ah. Tá bem... e eu estava prestes a bater aqui. Não estava simplesmente parado nem nada.

Faço um gesto indicando a porta aberta para o caso de ela ter ficado tentada a pensar que eu bateria na parede da casa.

Ela sorri novamente e eu perco tudo.

— Aham. Imaginei.

Nós nos encaramos por um minuto, e parece difícil respirar. Difícil pensar. Difícil fazer qualquer coisa a não ser imaginar meus braços em torno dela e Amelia contra o meu peito. Eu beijaria o cabelo dela. A testa. Iria beijando até sua têmpora, a bochecha, o canto da boca...

— Seu dia foi bom?

— Não — digo rapidamente antes que consiga controlar. E quando ela sorri e franze a testa, eu me retrato: — Quer dizer, foi.

Amelia está confusa agora. *E com razão*. Voltamos a cair em um silêncio constrangedor. Eu nunca fui bom em conversa fiada. Meu cérebro simplesmente não consegue. Em vez disso, estou morrendo de vontade de dizer tudo o que estou pensando: *Você está linda. Bonito esse short jeans, nunca vi você com ele. Essa blusa branca é fofa. Sua agente te perturbou hoje? Não quero que você vá embora. Tenho sonhado em te beijar de novo. Não confio em mim perto de você. Quero ouvir cada detalhe do seu dia do começo ao fim, não deixe nada de fora.* Eu sei que ela me contaria. Ela falaria de tudo, e seus olhos brilhariam como acontece quando está feliz.

Mas não digo nada disso, porque sou um viciado tentando controlar minha crise de abstinência.

— E você? Como foi o seu dia?

— Bom. Foi bom.

— Que bom.

Nós dois assentimos. Somos robôs fazendo uma péssima imitação de humanos. Daqui a pouco vou fazer uma reverência, depois ela vai fazer uma reverência. Isso é *péssimo*. Um beijo incrível e não sabemos mais como interagir.

— Bem, então vou pegar aquele casaco — diz ela, alegre.

— Vai lá.

Eu me afasto para que ela possa passar, mas Amelia dá um passo à frente na mesma direção. Quase nos trombamos e ela para. Dá uma risada rápida e constrangida, e eu recuo. Por um breve momento, quando Amelia olha para mim, vejo seus ombros relaxarem um pouco. Seu sorriso se torna autodepreciativo, mas fofo. É aquele momento de filme em que ambos levantamos nossas máscaras humanas e revelamos que somos os mesmos velhos robôs de sempre, presos dentro do papel que fomos forçados a desempenhar.

Quando passa por mim, sinto um pouco do seu cheiro doce. Uma imagem me atinge: minha mão emaranhada no seu cabelo. A boca dela explorando avidamente a minha. As pernas dela em volta da minha cintura. O gosto dos seus lábios, do seu pescoço, e...

— Bem, foi estranho ver isso.

James está parado com uma cerveja na mão, na cozinha, obviamente tendo presenciado o desenrolar daquela cena. Resmungo e fecho a porta com a bota.

Ele quer que eu comente sobre a situação, mas me recuso. Em vez disso, vou até a cozinha e vejo o que andaram fazendo. Surpresa: é comida de café da manhã. Há ovos mexidos fumegando no fogão, biscoitos no forno, bacon cozido em um prato e molho fervendo em uma frigideira. Reconheço-a como uma das antigas panelas da minha avó. Ela deu a James uma noite, vários anos atrás, quando ele apareceu para jantar e confessou a ela que não tinha frigideira de ferro.

Bloqueio as imagens intrusivas de James ensinando Amelia a fazer molho com a frigideira de ferro da minha avó. Juro que se ele colocar os braços em volta dela para ensiná-la a misturar a farinha no leite e na gordura do bacon, vou dar um soco nele. Não sou violento, mas nunca é tarde para mudar.

— Você tem que ver isso — diz James, completamente alheio ao meu novo ódio em relação à sua pessoa.

Ele anda até um prato coberto com papel alumínio e, antes mesmo de levantá-lo, eu sei o que está embaixo. Reconheço a altura e o cheiro, porque é o mesmo cheiro que tem permanecido em minha casa nos últimos dias.

Panquecas.

Panquecas horríveis.

Consigo sentir James me observando atentamente à espera de uma resposta, então sigo com a mesma expressão. Assinto de leve, sério.

— Panquecas — digo.

— É só isso que você tem pra falar?

— O que mais você esperava?

James coloca a cerveja na mesa e cruza os braços.

— Quero que você me explique, qual é o encanto que essa comida tem sobre ela? Aquela mulher ficou obcecada com panquecas por uma hora e não me deixou dar nenhuma dica. Quase não olhou pra mim nem respondeu a nada que eu perguntava enquanto estava cozinhando. Só ficava provando as panquecas e se irritando porque elas *não tinham o mesmo gosto que as dele*.

Ele continua analisando meu rosto em busca de alguma reação, mas não cedo, porque estou praticando. Veja, esse é o treinamento de base, a coisa vai ficar complicada mesmo quando minhas irmãs chegarem. E se eu não quiser que ninguém saiba o que aconteceu no lago ontem, preciso me certificar de que vou ser capaz de manter meu estoicismo habitual.

Dou de ombros e me viro para abrir a geladeira e pegar uma cerveja. Encontro a garrafa, abro e continuo resistindo ao desejo de inspecionar cada uma das panquecas. Ver se ela está melhorando. Elas não parecem tão crocantes quanto da última vez, então acho que pelo menos aprendeu que não é necessário untar a frigideira toda vez que acrescenta mais uma porção de massa.

— Ela gosta de panquecas. É só isso.

Não digo para James que isso faz parte da lista de Amelia, porque, francamente, não quero que ele saiba. Ele passou o dia todo com ela e pode ter descoberto algumas coisas de Amelia que eu nunca vou saber. A ideia me deixa ensandecido de ciúme, e agora quero guardar tudo o que sei, só de raiva.

— Ela gostou da fazenda? — pergunto com o mesmo tom que alguém usaria para dizer *Você chegou a tirar aquela pinta estranha?*

Mas esse cara é meu melhor amigo desde sempre. O que quer que eu ache que estou escondendo dele, é perceptível. Ele ri.

— Pergunta logo, seu babaca.

— Perguntar o quê?

— Pergunta se ela flertou comigo hoje.

Travo o maxilar e olho para baixo, engolindo o nó na minha garganta, antes de dizer:

— Não.

James resmunga alto e de forma dramática, jogando a cabeça para trás e encarando o teto.

— É um saco esse seu estoicismo. Você não merece, mas quer saber? Vou contar de qualquer jeito, porque espero que quando eu estiver apaixonado nesse nível algum idiota me ajude.

Não sei o que ele está prestes a falar, mas meu coração dispara. Acho que sem querer acabei me inclinando um pouco para a frente. Graças a Deus ele está mexendo o molho e não percebe, porque se percebesse *com certeza* ia falar.

— Não tenho interesse nela, primeiro porque sou um ótimo amigo e notei desde o primeiro dia que você tinha uma queda pela garota. Segundo, eu teria que ser idiota pra tentar competir com você depois de ouvir ela falar seu nome umas mil vezes hoje. Tenho que pressionar a língua na bochecha para evitar sorrir.

— Ela falou de mim?

James revira os olhos.

— Falou. Tudo tinha alguma coisa a ver com como ela achava que você teria comentado tal coisa em tal hora. Perguntou se você já me ajudou na fazenda. Há quanto tempo eu conheço você. O Noah não acharia isso engraçado? Tudo era sobre Noah Walker. Agora, o que eu quero saber é o que você está sentindo por ela, porque parece que ela está mesmo na sua.

Tomo um gole de cerveja e preparo a mentira.

— Acho que ela está na cidade tem apenas uma semana e não pode estar sentindo nada sério tão rápido.

— Bobagem.

— Acho que ela é encrenca.

— Bobagem dupla.

Suspiro e olho para a pilha de panquecas.

— Acho que estou encrencado — respondo, por fim.

— Bingo. Isso mesmo. Então você acha que vocês dois...

O que quer que James fosse me perguntar é interrompido quando Amelia passa correndo pela porta da frente, um pouco sem ar, e voa até a cozinha.

— Esqueci de tirar os biscoitos do forno! — Ela puxa a porta do forno, o cabelo voando atrás dela, bochechas vermelhas pela corrida que deve ter dado da minha casa até aqui. Os olhos se iluminam quando vê os biscoitos. — Saiam daí, meus anjinhos, biscoitinhos bebês. Vocês são preciosos demais pra queimar como suas primas panquecas. — Amelia olha para trás com um sorriso travesso na minha direção. — E, sim, eu estraguei mais uma porção de panquecas e não preciso da opinião de ninguém, entendido? Eu posso cantar e dançar no palco por três horas inteiras de salto alto na frente de milhares de pessoas, mas não consigo fazer uma maldita panqueca. Sei que é um absurdo. Indefensável. Mas tudo bem, porque agora eu consigo fazer BISCOITOS E MOLHO.

— Ela sorri de orelha a orelha. — Estou tão country que nem escuto mais minha própria voz, escuto apenas Reese Witherspoon e Dolly Parton na minha cabeça.

Amelia continua a falar sozinha, como já percebi que costuma fazer, mas não estou prestando muita atenção. Estou focado no fato de ela estar usando o meu casaco de novo. Em como a imagem de qualquer outra mulher usando esse casaco nunca vai se comparar a como o tecido abraça Amelia. Ela definitivamente precisa levá-lo consigo quando for embora. Ou vou ter que queimar isso. Fazer um funeral viking para ele e construir um barco para que percorra o rio enquanto é consumido pelas chamas.

Quando finalmente levanto os olhos, James está me olhando com um sorrisinho. Ele passa o dedo pelo pescoço no sinal universal de *você já era*.

30
Amelia

— Para com isso, não está tão ruim!
Apoio os cotovelos na mesa e aponto o garfo para Madison, do outro lado.
Ela passa a mão pelo pescoço e se engasga depois de comer um pedaço da minha panqueca. Enuncia a palavra "água" como se estivesse andando pelo deserto do Saara há trinta e cinco anos.
Jogo um biscoito na cabeça dela.
Ela pega e dá uma mordida.
— Os biscoitos estão gostosos. Já suas panquecas são intragáveis. — Ela dá um sorriso largo com a boca cheia.
— É porque os biscoitos são de lata — diz James, sem ajudar em nada.
Solto um suspiro falso e olho revoltada para ele.
— Você não pode desmascarar meus biscoitos assim!
Emily ri.
— Detesto estragar sua festa, mas todo mundo aqui que deu uma mordida no biscoito soube na hora que não tinha sido você quem fez.
— Que grosseria! Annie, diz pra eles que minhas panquecas não são tão ruins.
Minha preciosa Annie me dá um sorrisinho de desculpas, sem falar nada. Apoio o rosto nas mãos e solto uma risada, sentindo o calor nas bochechas. Tomei duas taças de vinho, e vinho tinto sempre me deixa corada. Bem, isso e todo mundo me sacaneando. Mas eu adoro. Estamos sentados no quintal de James, bebendo e

comendo. Aqui, rodeada por essas pessoas, me sinto livre e solta. Passei o dia todo com vontade de cantar, coisa que não sentia há muito tempo.

O sol se foi há uma hora, depois de pintar o céu com um poente em tons de rosa e laranja, e agora as luzes ao redor da varanda telada emprestam um brilho temático à noite. Para além dessa varanda existem centenas de acres de plantações, celeiros e estufas. Sei disso porque James fez o tour completo comigo, e, embora eu preferisse ter passado o dia com Noah, aproveitei cada segundo com meu novo amigo.

Ainda não acredito que estou aqui com essas pessoas. Gente que gosta o suficiente de mim para brincar comigo. Para admitir que sou ruim em alguma coisa. Para me deixar falhar e viver cada minuto disso.

E o outro motivo pelo qual estou corada está sentado na cabeceira da mesa. *Noah*. É difícil pensar no nome dele sem ficar arrepiada. Só de estar perto dele depois daquele beijo, minha pele fica tão quente que daria para fritar um ovo nela. Estou evitando olhar para ele hoje porque não confio em mim mesma. Não posso encarar aqueles olhos verdes e não pensar nas mãos dele no meu corpo. Ou no sorriso dele. Ou até na sua risada.

Vou contar para todo mundo que me apaixonei, e as irmãs dele vão ficar chateadas porque *acabamos* de conversar sobre como seria melhor se eu não me envolvesse romanticamente com ele. Mas agora eu já estou apaixonada e tudo que consigo ver é a cena de Gregory Peck triste no final de *A Princesa e o Plebeu*. É assim que Noah vai ficar quando eu for embora? Talvez eu esteja sendo presunçosa. Talvez a vida dele continue como se nada tivesse acontecido. Talvez não tenha passado de um beijo para ele, e Noah não acabe completamente arrasado e vazio como eu vou ficar.

Sinto que ele está me olhando agora, e é horrível não olhar de volta. Preciso de um motivo para sair daqui, então deixo a taça vazia na mesa e me levanto.

— James, o piano da sala está funcionando?

Meu coração está disparado. Porque a verdade é que passei o dia todo querendo tocar piano, desde que cheguei e percebi que James tinha um. Também estou um pouco nervosa porque tocar vai ser como andar depois de remover um gesso da perna. Quando eu firmar meu corpo, vou sentir dor ou estarei curada?

— Claro — responde ele, animado.

— Ótimo! Quem quer jogar um jogo comigo?

Dez minutos depois, estamos todos na sala de James, aos risos. Eles ficaram um pouco inseguros quando sugeri um jogo musical, mas assim que aprenderam as regras, todo mundo curtiu.

O jogo é o seguinte: uma pessoa sugere um gênero (pop dos anos 1990, grunge, rock, R&B etc.), outra sugere uma música infantil, e então um de nós precisa cantá-la no estilo escolhido enquanto eu toco piano. Conheci o jogo quando fui convidada para o *The Tonight Show com Jimmy Fallon*, e gostei tanto que se tornou um dos meus favoritos quando estou no estúdio compondo e sentindo um bloqueio criativo. Mas faz muito tempo que não jogo.

Para minha surpresa, todo mundo participa. Começou com "Brilha, brilha estrelinha" em estilo funk dos anos 1980. Não conte para ninguém, mas toquei a melodia de "She's a Bad Mama Jama" e só troquei a letra. Funcionou até bem demais. James foi o seguinte, me surpreendendo com sua habilidade no piano, e cantou "A dona Aranha" em estilo blues. Nós dois nos revezamos no piano quando era a vez dos outros.

Estamos jogando há cerca de uma hora, e quanto mais tarde fica, mais divertido parece o jogo. Até Noah canta, entoando com ardor uma versão pop dos anos 1990 de "Borboletinha tá na cozinha". Parece que eu estava errada sobre Noah. Ele é muito divertido, e quanto mais vislumbres tenho dele com os olhos semicerrados e um sorriso largo, mais me apaixono.

A noite inteira está maravilhosa. É gostoso demais tocar e cantar sem qualquer objetivo além da diversão. Faz com que eu sinta muita vontade de criar algo novo. Usar ao máximo a minha voz e me desafiar com novos riffs. Minha mente vai direto para a próxima turnê e me sinto agitada, ansiosa para voltar para a música e as apresentações.

Mas então penso em ter que deixar todas as pessoas que aprendi a amar nesta cidade, e meu coração fica pesado novamente. Quero encontrar uma maneira de fazer tudo funcionar, mas não sei se é possível. Se eu continuar visitando todo mundo de vez em quando (ou, digamos, só uma ideia, me mudar para cá depois da turnê), em algum momento a notícia iria se espalhar e acabar com a privacidade da cidade. Não só os paparazzi ocupariam tudo, mas também os fãs. Este lugar doce e tranquilo pode virar de cabeça para baixo. Não tenho certeza se seria capaz de fazer isso com eles.

De repente, preciso largar o piano um pouco e deixar de ser o foco da atenção de todos na sala. Levanto e vou em direção à cozinha. É claro que Noah faz o mesmo e, assim como hoje na porta, paramos um de frente para o outro.

— Desculpa.

Mesmo essa única palavra saindo da boca dele me faz sentir um formigamento no corpo.

— Não, eu que peço desculpa. — Olho para o peito largo de Noah. — Pode ir primeiro.

— Não, você primeiro. Eu que atrapalhei você.

Estamos sendo tão educados um com o outro que beira o ridículo. Se não conseguimos interagir numa situação como essa, como vamos conseguir conviver sob o mesmo teto por mais uma semana? Vamos ter que fazer turnos. Com planilha e cronograma. Vou usar cores diferentes de fita adesiva para marcar faixas no chão e garantir que nunca mais tropeçaremos um no outro.

Quando digo a mim mesma para deixar de ser covarde, levanto os olhos. O calor naquele olhar sufoca meu coração. *Ele vai fazer a mesma cara do Gregory Peck*, eu penso. *Ele também gosta de mim.*

Aqueles olhos verdes vão se voltar para baixo, as mãos nos bolsos enquanto se distancia, e não sei se consigo aguentar.

— Opa, opa, opa! — Madison chama nossa atenção.

Noah e eu voltamos o olhar para o grupo, ainda parados um de frente para o outro. Estão todos nos encarando com uma expressão preocupada. Madison aponta para nós, indo de um para o outro.

— O que está rolando aí?

— Como assim? — Tento passar uma impressão normal e despreocupada, mas suspeito que a frase tenha saído um pouco forçada.

As irmãs e James trocam olhares e a mesa toda chega a uma conclusão unânime e silenciosa.

— Vocês dormiram juntos, não foi? — pergunta Emily, direta.

Noah e eu imediatamente começamos a tentar responder.

— Não! — digo, honesta, porque não foi o que aconteceu. Não foi. Não vai!

— Não mesmo! — Noah tem a audácia de conseguir falar com a voz firme e não parecer todo atrapalhado que nem eu.

— A gente *nunca* faria isso. — Falo o *nunca* com muita ênfase e Noah me olha com uma expressão intrigada de *Nunca?*.

— Que caralhos, gente? — pergunta Madison, e se vira de imediato para Annie com uma expressão de reprimenda. — Agora não é hora para fazer drama, Annie Santinha.

James balança a cabeça devagar, encarando Noah com um sorrisinho.

— Sabia. Era só uma questão de tempo.

— Para com isso. — Noah está de novo com a pose brava e mal-humorada. Do jeito que eu gosto. — Você não sabe de nada. Nós não dormimos juntos. Não que isso seja da conta de vocês.

Sinto que poderia entrar em combustão de tanta vergonha. E o fato de que parece que Noah percebe isso e vem para mais perto de mim não ajuda em nada. Como se ele fosse usar o próprio corpo para me proteger dos olhares curiosos.

— Ok, é isso. Sentem e expliquem a situação. Porque tá na cara que tem alguma coisa rolando. — Emily está parecendo assustadoramente uma mãe. — Vocês não se olharam a noite toda, quase não se falaram, e agora esse climão aí foi a cereja do bolo. Vocês fizeram *alguma coisa*.

— Desembuchem. — Madison cruza os braços, como um chefão da máfia. Falta só uma jaqueta de couro.

Annie é a única que não parece preocupada.

Noah e eu nos sentamos mais uma vez, com um olhar culpado, feito duas crianças com os dedos sujos de pó laranja e que disseram que não comeram Cheetos.

— A gente se beijou — responde ele, direto.

Vejo um mar branco de dentes quando todas as bocas (inclusive a minha) se abrem. Não achei que ele fosse admitir. A gente seguiria feliz pelo restante da semana como se nada tivesse acontecido, eu implementaria nossa divisão de linhas coloridas e ponto final. Mas não. Ele acabou de jogar uma granada na conversa e ficou para assistir à destruição.

— Vocês se beijaram? Isso é pior ainda! — Emily não parece nada feliz.

A ruga na testa de Noah fica mais profunda.

— Como pode ser pior?

— Não sei, mas não é melhor.

— Por que você se importa tanto? — retruca ele.

O olhar de Noah se concentra em Emily com uma intensidade e uma força que revelam como funciona a dinâmica do relacionamento deles. Emily fala alto e quase sempre está no comando, mas Noah é o mais velho, e todas recorrem a ele para conselhos no fim das contas. Ele carrega muita responsabilidade nos ombros.

— Ela vai *embora*, Noah — diz Emily, apenas.

Suas palavras são como adagas nas minhas costas. Emily olha para James, nitidamente à espera de apoio, mas ele balança a cabeça e olha para baixo, não oferecendo a ajuda aguardada. Madison coloca a mão no braço de Emily, mas ela se afasta com firmeza. A leveza do jogo musical desapareceu e o clima agora é pesado.

Percebo que a atitude de Noah muda. Os ombros largos vão um pouco para a frente, os olhos ficam serenos e o sorriso, tranquilizante. Ele coloca a mão no joelho da irmã.

— Em, eu não vou embora de novo — diz. — E eu prometo que, se um dia eu for, vou te avisar antes. Não vai ser como da última vez.

Uma conversa completa acontece na silenciosa troca de olhares entre os dois. Emily cede, o corpo relaxando, e então assente. Não sei o que acabou de acontecer, mas a tensão no ar dá a entender que é uma coisa importante. Ela parece uma pessoa ficando sóbria e assume uma expressão envergonhada.

Emily se afasta da briga, saindo graciosamente da sala em direção à cozinha. Depois, volta com uma panqueca fria e dura em um prato, sentando-se, equilibrando o prato no colo e dando uma garfada. Acho que é o jeito dela de me pedir desculpas.

— Você não precisa fazer isso. Sério, está tudo bem entre a gente — digo, com sinceridade, porque não faria nem meu pior inimigo comer aquela panqueca.

Ainda assim, ela leva o garfo à boca, e todos olhamos em silêncio quando ela morde. E mastiga. E mastiga. E mastiga. E por fim consegue empurrar a comida com um gole de cerveja. Ela então balança a cabeça com firmeza em minha direção e eu sorrio. Isso foi mais que um pedido de desculpas, foi uma troca de juras.

Uma risadinha se espalha pela sala e depois de um tempo a conversa volta ao normal. Os irmãos estão falando sobre o cronograma da semana, decidindo que dia cada um vai visitar a avó. Todo mundo brinca e xinga demais, e Annie continua a fazer a marcação de cada palavrão dito para que possamos pagar no fim da noite. Ela não me perguntou se poderia colocar meu nome na lista, apenas foi e fez. Dei uma espiada no caderninho dela um pouco mais cedo e lá estava: *Amelia*. Bem ao lado do restante do grupo, e meu coração explodiu como uma bomba de confete.

Agora Emily está de pé, recolhendo as garrafas vazias e os pratos da sala. O grupo começa a se desfazer, falando sobre como estão cansados etc. Mas não importa o cansaço, eles não podem nos deixar sozinhos.

— Esperem! — Seguro a camiseta de Annie com pressa para impedir que ela vá embora. — Vocês não podem ir. Ainda está cedo!

— Já passou das dez. — Parece que agora Madison é um relógio ambulante.

— Exatamente, está cedo. Fiquem. Vamos jogar outro jogo. Banco Imobiliário ou algo do tipo.

James ri.

— Não vamos, *não*. A gente levaria a noite inteira pra terminar Banco Imobiliário. E alguns de nós têm coisas pra fazer de manhã. É melhor mesmo irmos todos pra casa agora.

— Não se preocupa — diz Annie com seu doce sotaque sulista. — Vamos fazer mais um jantar desses antes de você ir embora.

Ela não está entendendo o motivo pelo qual quero que eles fiquem. E é uma batalha perdida. Estão todos se espalhando como bolinhas de gude pela sala, e só eu e Noah permanecemos sentados. Olho para ele, o que é um erro. Ele sorri, desconfortável, e parece estar sentindo o mesmo que eu. Estamos apavorados com a ideia de ir para casa sozinhos. Ambos duvidando de que o outro tenha força de vontade suficiente para manter a distância.

31
Amelia

Já passou da meia-noite, mas ainda estou acordada encarando o teto. Noah e eu não dissemos nada um para o outro quando chegamos em casa. Ele destrancou a porta, ligou as luzes e eu fui correndo para o meu quarto, como um rato fugindo com o queijo que roubou. Noah não tentou me impedir, então sinto que foi a decisão certa.

Para evitar que minha mente comece a criar cenários de *E se a gente só...*, fico me lembrando do rosto de Gregory Peck. Mas, depois de um tempo, isso começa a me irritar, então uso uma caneta imaginária para desenhar um bigodinho na imagem. O rosto de Gregory se transforma no rosto de Noah, e ele está sorrindo, porque Noah com certeza acharia o bigode engraçado. É possível que ele apenas demonstrasse isso daquele jeito típico, quieto e quase imperceptível, mas com certeza iria sorrir. E depois reviraria os olhos e faria panquecas para mim.

Meu coração se enche de tristeza, porque quero muito explorar essa relação com Noah, mais do que qualquer coisa. Quero seguir meus instintos. Meu coração diz: *Isso pode ser bom. Muito bom.* Mas fico listando todos os motivos pelos quais não podemos fazer uma coisa dessas. Porque Noah não quer isso.

Estou me sentindo tão animada quanto uma barra de chocolate colada no asfalto depois de um caminhão passar por cima dela. Quando estou nesse estado de espírito, costumo assistir a um filme da Audrey. Ela me envolveria naquela familiaridade confortável, e no fim eu me sentiria muito mais esperançosa. Mas hoje não vou fazer isso, porque o único filme que trouxe foi *A Princesa e o Plebeu*. E por razões óbvias, não vou vê-lo agora. Talvez nunca mais. Estou com raiva da Audrey. E estou com raiva de mim por segui-la e vir parar aqui, pra começo de conversa, por conhecer Noah e seus olhos rabugentos, e sua cidade absurdamente maravilhosa, e suas irmãs gentis e engraçadas. Chuto as cobertas, irritada. E então paro. E aí chuto de novo. Desta vez, adiciono um pequeno redemoinho corporal com o qual bagunço por completo todas as roupas de cama. É tão bom me permitir ficar com raiva. Fecho os punhos e bato no colchão, porque estou realmente perdendo o controle e não quero parar. Adiciono um guincho agudo baixinho enquanto cravo meus calcanhares nos lençóis e no edredom, porque ESTOU BRAVA.

Brava, brava, brava.

Estou brava porque meu carro vai ficar pronto do conserto e estarei longe daqui em uma semana. Estou brava por não querer desistir da minha carreira. Estou brava porque ir para casa significa voltar para a solidão. Estou brava porque minha mãe não é mais minha amiga e porque meu pai nunca quis me conhecer. Estou brava porque, ao longo dos anos, deixei que me transformassem em um robô que serve apenas para agradar as pessoas e tem medo de incomodar alguém. E estou furiosa porque aqui, nesta cidade, nesta casa, nesta cama, é a primeira vez em anos que consigo liberar meus sentimentos e ser apenas eu, sem medo das repercussões.

Mas, acima de tudo, estou brava por ter me apaixonado por Noah e porque nunca terei a possibilidade de uma vida com ele.

Como se o planeta também estivesse zangado comigo, um forte estrondo de trovão sacode a casa. Quero socar o ar, porque é bom demais me deixar ficar chateada por um minuto. Um dilúvio começa a cair e o vento aumenta. Acho que devo ser o próximo vilão da Marvel, porque não tenho dúvidas de que foi a minha atitude que causou isso. Quero ficar na cama, estender os braços e deixar a tempestade me levar. Gritar alto com meus punhos em riste.

Em vez disso, começo a soluçar.

É o tipo de choro que você segura o máximo que pode, fingindo que não há necessidade para tanto, mesmo que seja óbvio que ele precisa sair, sim. E então, um dia, suas emoções se intensificam e a raiva se dissolve em lágrimas de frustração que não param até que seu travesseiro esteja encharcado. Não há nada a fazer, nenhuma resposta mágica ou conclusão revolucionária a ser encontrada. Tudo o que me resta é me abraçar e deixar meu corpo se livrar de todo esse sofrimento, até que não doa mais tanto.

Ouço uma batida na porta e me sento, os olhos inchados e as bochechas molhadas de lágrimas.

— Noah?

A porta se abre e lá está ele, no escuro. Meu coração bate descontroladamente, e quando um súbito raio cai, enchendo o quarto com uma luz forte por apenas uma fração de segundo, vejo a agonia no seu rosto. Ele não veio atrás de uma pegação fácil. Tem alguma coisa errada. Seco os olhos com as costas da mão.

Ele vem até a lateral da minha cama sem dizer nada, e, quando olha para os lençóis e o edredom todos emaranhados, sinto uma pontada de vergonha.

— Eu estava tendo um ataque de raiva — confesso, porque não sei ser outra coisa com Noah que não sincera.

Ele assente, aquela carranca ainda ali. Ele me olha, e instintivamente estendo o braço e seguro sua mão. A bainha de seu pijama de manga comprida roça os nós dos meus dedos. Noah está no meu quarto, no meio da noite, com seu pijama favorito. Este é o auge da vulnerabilidade para ele. Noah percebe que estive chorando, mas não me pergunta o que houve. Acho que ele já sabe. Em vez disso, passa o polegar pela minha bochecha, pegando uma lágrima.

— Posso dormir com você hoje? Só... dormir.

A maneira como ele diz isso me faz ter certeza de que está falando *sério*. Nada em mim hesita.

— Claro.

Noah arruma meus lençóis e o edredom, alisando-os na cama antes de colocar os cantos embaixo do colchão, que afunda com seu peso — e essa pequena ação não deveria me fazer engolir em seco, mas faz.

Ele entra debaixo das cobertas, nossas cabeças nos travesseiros, e olhamos para o teto. Outro relâmpago ilumina o quarto, e o vento bate na janela. Parece sério. Noah rola de lado para ficar de frente para mim, coloca o braço em cima da minha barriga e me puxa para perto, fazendo com que as minhas costas fiquem pressionadas contra o peito dele. É um aperto firme. Como o de alguém à deriva no oceano, cara a cara com a morte, e encontrasse milagrosamente algo que o ajudasse a flutuar.

Um pulsar quente se instala na minha barriga. A sensação do corpo dele contra o meu é forte e firme, e Noah tem um cheiro fresco, limpo. Consigo sentir sua respiração na lateral do meu pescoço, me deixando tonta.

Percebo que ele respira fundo antes de falar.

— Eu... não gosto de tempestades. — Noah faz uma pausa, e me pergunto se ele acha que vou rir. Eu bateria em qualquer um que ousasse rir desse homem. — Tenho pavor, na verdade.

Ele parece abalado, então passo a mão em torno do antebraço que está me segurando daquele jeito aconchegante.

— A gente... — retoma ele. — Bem, depois que meus pais morreram, nunca mais consegui dormir durante uma tempestade. Costumo ficar acordado e andar até que acabe. Às vezes, fico olhando obsessivamente os canais de notícias. Ligo para as minhas irmãs quando acaba, só para ter certeza de que elas estão bem. Provavelmente é uma reação ridícula, já que eu nem estava lá quando meus pais sofreram o acidente.

Outra pausa, e eu espero.

— Minhas irmãs não parecem ter tanto medo de tempestades quanto eu, mas cada uma lida com as coisas da própria maneira.

Tipo hoje à noite, o surto da Emily não era realmente por sua causa. Foi porque ela tem medo de ser abandonada. E da última vez que estive em um relacionamento, fiz as malas e fui para Nova York sem avisar ninguém antes, e fiquei fora durante um ano. Ela tem medo de que isso aconteça de novo, e toda tempestade tenho medo de perder outra pessoa que eu amo.

Nada que eu possa falar parece suficiente. Essa declaração foi pessoal demais, quase como sangue derramado. Queria achar um jeito de expressar que sinto o seu sofrimento. Mas não consigo, então trago a mão de Noah aos meus lábios e beijo a palma. Sinto o peito dele se mover com um barulho suave, e quando meus lábios saem de sua mão, ele me puxa para perto de novo. Não quero nunca mais não estar cercada pelo corpo dele. Nossos corpos se encaixam perfeitamente, e não é só porque nossos pijamas provavelmente foram comprados juntos.

Outro raio cai, e um trovão barulhento sacode a casa.

— Me distrai — pede Noah, e consigo sentir o coração dele disparado. — Diz alguma coisa.

Ele não precisa me segurar tão forte quanto está fazendo — eu me aninharia nele de qualquer maneira. Noah pode não perceber, mas não tem mais como se livrar de mim. Passo meus dedos pelo braço dele, sentindo os pelos. Não sei se já me senti tão confortável assim com outra pessoa.

— Suas irmãs já sabem, mas eu sou obcecada pela Audrey Hepburn.

Solto a informação, sem saber ao certo por que estou nervosa em contar isso para ele. Mas estou. Minha confissão é um corte no dedo, comparada à cirurgia cardíaca dele.

— A atriz? — pergunta, e fico feliz por Noah saber quem ela é, ao contrário das irmãs.

— Aham. A atriz. — Trovões por todos os lados fazem as paredes tremerem. Noah continua a me segurar apertado. — Eu e minha mãe víamos os filmes dela juntas. Era uma coisa só nossa.

Mas depois que eu fiquei famosa, nos distanciamos, e agora me sinto tão distante dela que nem sei por onde começar a consertar nosso relacionamento. — Ao dizer isso, me dou conta de que realmente queria encontrar uma forma de voltar a conviver com a minha mãe. Só não sei como. — Enfim, eu ainda vejo os filmes da Audrey Hepburn quando preciso de conselhos ou de conforto. É por isso que estou aqui nesta cidade com você. — Quando falo em voz alta, minha atitude parece ainda mais imprudente. — Fiz uni-duni-tê pra saber qual filme ia assistir, cheguei em *A Princesa e o Plebeu* e vi isso como um sinal de que deveria fugir pra Roma, do mesmo jeito que a personagem da Audrey fez em um momento de desespero. Mas já que a Itália ficava longe demais pra ir de carro...

— Você veio pra cá.

— Isso. Mas não era pra te encontrar aqui... e agora, você é o Gregory Peck, mesmo que não saiba.

Noah me dá um beijo na cabeça como se eu não estivesse falando um monte de bobagem.

— Eu gosto do Gregory Peck. Ele é um cara classudo.

— É a sua cara pensar uma coisa dessas — respondo.

Viro e encaro os botões da camisa dele. Estou perigosamente perto de chorar de novo, então me distraio contando cada um. Ele passa a mão na minha bochecha e depois no meu cabelo.

— Eu menti pra você — diz Noah.

Paro de contar no botão cinco.

— Você é mesmo o *Serial Killer* da Floresta, no fim das contas? — pergunto.

— Você tem muitos apelidos pra mim, não é?

— Muitos além dos que falei pra você.

Ele alisa meu cabelo até as pontas, e de novo.

— Eu *quero* me envolver com você. Quero isso desde que te vi pela primeira vez. E você não é a única com sentimentos. — Meu coração para. — Mas eu ainda não estou pronto pra um relacionamento. Não vejo como isso poderia dar certo sendo que eu não posso deixar minha família até que minha avó... bem, eu não posso ir embora. E você não pode ficar.

— E se...

Ele sabe o que eu vou dizer. Mas me interrompe, colocando a mão no meu queixo como se isso fosse suavizar o golpe de suas palavras.

— Eu não consigo namorar à distância, Amelia. — Odeio o tom dele, como se aquilo encerrasse o assunto. Como se ele já tivesse pensado nisso centenas de vezes e nunca encontrado uma solução. — Quando eu tive que me mudar pra cuidar da minha avó e a Merritt não veio comigo, eu disse pra ela que voltaria pra cidade depois que arrumasse tudo por aqui. Mas, no meu primeiro mês aqui, recebi uma mensagem dela que visivelmente era pro cara com quem estava me traindo fazia meses, que trabalhava com ela. Era uma mensagem comprometedora, pra dizer o mínimo. E desde então não consigo confiar totalmente nas pessoas. Não acho que um relacionamento a distância seja o melhor jeito de voltar a namorar.

Uma parte de mim quer implorar. Passaria a noite toda convencendo Noah, com uma apresentação de PowerPoint mostrando como eu nunca o trairia. Mas, no fim das contas, fico em silêncio, porque não quero forçar nada, não quero manipular ou persuadir Noah a fazer algo que ele não se sente confortável para fazer. Ele já sofreu demais, e não o culpo por querer evitar que isso aconteça de novo.

Além disso, não estou completamente convencida de que ele não ficaria mais feliz com uma mulher comum que pudesse estabelecer raízes aqui. Ela trabalharia na Loja das Tortas com ele. Os dois plantariam uma horta. Ela provavelmente adoraria pescar. E, o principal, ela não precisaria passar os próximos nove meses viajando o mundo. Noah merece um bom final feliz, e não o conheço há tempo suficiente para me certificar de que conseguiria oferecer isso a ele. São muitos pontos a se considerar, ainda mais quando o coração de alguém está em jogo.

— Se as coisas fossem diferentes... — começa ele. — Se você não fosse uma celebridade, e eu não tivesse...

— Tudo bem, Noah. Eu entendo. De verdade. — Termino de contar os botões, porque sinto que as lágrimas podem surgir a qualquer momento. — Você tem oito. Oito botões.

Ele continua a passar os dedos languidamente pelo meu rosto, cabelo, pescoço e braço, e depois sobe. Ele me toca como se eu fosse algo precioso. Isso me faz sofrer ainda mais.

— Me distrai. — Sou eu que peço dessa vez.

Os dedos dele param por um segundo, depois retomam o mesmo padrão.

— Eu colei numa prova de biologia no ensino médio. James me deixou ver as respostas dele. — Isso me faz rir. Ele também ri, depois de um suspiro dramático. — É bom tirar isso do meu peito.

Eu me encolho perto do corpo dele e digo:

— Eu matei meu peixinho-dourado sem querer. — Noah ri, um som delicioso. Eu belisco o braço dele de leve. — Não é pra rir! Sempre me senti péssima por isso. Saí pra minha última turnê e esqueci de pedir pra alguém cuidar dele. Quando cheguei em casa, ele estava boiando de barriga pra cima. É uma imagem que ainda me persegue.

— Me lembre de nunca te deixar ter um cachorro. — As mãos de Noah se movem devagar para a parte de baixo das minhas costas. Ele me puxa para mais perto e coloca a cabeça ao lado do meu ouvido para que possa sussurrar sua próxima confissão. — Eu amo a sua voz.

Amo. Ai. A palavra cria vida própria e fica pairando no ar. Sei que não nos conhecemos há muito tempo, e o fato de que nunca teremos uma chance de estar juntos me machuca, porque eu acho que estou apaixonada.

— Mas não o suficiente pra comprar meus álbuns, pelo visto.

— É uma provocação, porque preciso desesperadamente aliviar o clima entre nós.

— É melhor assim. Imagina como seria bizarro se você ligasse o rádio da caminhonete e ouvisse um CD seu.

— Eu me sentiria lisonjeada.

— Mentirosa.

Enfio a cara no pescoço dele na maior cara de pau. Porque eu sei que hoje, aqui no escuro, tudo está em pausa. Posso ser doida o quanto quiser. Poderia cheirar a pele dele e ele apenas riria.

— Você é o único homem que poderia ser obcecado por mim e eu não ficaria assustada.

— Desculpa — diz ele, e a palavra fica entre nós por um momento. — Guardo minhas obsessões para as flores, estrela da sorte.

De estrelas da sorte eu gosto, ele disse naquele dia na Loja das Tortas.

E lá vamos nós. Meu coração se prende a um monte de balões e sai flutuando. Indo ao encontro dos céus. Outro trovão soa, mas Noah nem percebe. Ele está fascinado pelo meu cabelo e pela minha orelha.

— Amelia... — diz ele, de um jeito tão intenso que me faz perceber que nós dois estamos pensando a mesma coisa. Voltando à ideia dos *e se*, procurando soluções que não existem.

— Quero muito deixar as coisas acontecerem, mas não acho que sou o tipo de cara que vai lidar bem se ficar longe de você por nove meses.

Quase digo para ele que na verdade seriam uns três meses de cada vez, porque tenho algumas folgas. Poderia usar esse tempo para vir para cá, e arranjar passagens para ele me visitar durante a turnê. Mas não acho que seria o suficiente.

— Noah, você não precisa se explicar. Eu realmente entendo e sei de onde vem seu medo. É difícil namorar uma celebridade, e é por isso que a maioria dos meus relacionamentos não dura. Eu entendo. E não ia querer colocar você nessa situação.

Ele ri, só que parece mais por autodepreciação do que por ser engraçado.

— As coisas seriam bem mais fáceis se você fosse um pouco mais egoísta e irritante. Pode começar a ser uma pessoa pior?

— Vou tentar.

Uma lágrima que estava presa nos meus cílios escorre pela minha bochecha. Isso está sendo mais doloroso do que deveria. É horrível ser madura e ter que tomar esse tipo de decisão ainda no começo de uma possível relação, e não no fim. Por que eu tinha que me apaixonar por alguém que vive em um mundo tão diferente do meu?

— Então, o que vamos fazer agora? — pergunto, enquanto a camisa de algodão de Noah absorve a lágrima que eu realmente não queria ter derramado.

— Não sei — responde ele, sendo sincero, os dedos ainda brincando com meu cabelo. Enrolando mechas. Deixando cair e enrolando de novo, como se estivesse querendo fazer aquilo por dias e finalmente conseguisse. — O que acontece no final de *A Princesa e o Plebeu*?

O rosto de Gregory Peck surge de novo na minha mente.

— Audrey... A princesa Ann volta pra vida dela. E o Gregory Peck... Joe Bradley fica na vida dele.

Ele pressiona os dedos nas minhas costas. Não é um gesto de esperança, está mais perto do desespero.

— E antes disso?

Dou uma risada triste ao pensar em Audrey e Gregory tomando sorvete e andando de moto por Roma.

— Eles se divertem juntos.

Noah pressiona os lábios na minha testa, mantendo essa posição enquanto inspira e expira, e em seguida se afasta.

— E se a gente fizesse isso? É uma ideia egoísta? E se eu sugerisse que a gente esquecesse as regras e...

— Aceitasse o tempo que tem juntos? Pode funcionar, se a gente tomar cuidado com as nossas expectativas logo de cara.

Concluo a frase por ele, na esperança de que fosse o que estava prestes a sugerir. Porque se existe uma opção em que eu fico perto de Noah pelo maior tempo possível, sendo egoísta e guardando cada momento na lembrança, eu vou querer. Tenho a sensação de que mesmo uma coisa temporária com Noah seria melhor do que um ano inteiro com outro homem.

Ele suspira depois de uma pausa pensativa.

— Sim. É uma péssima ideia? — Mas seus dedos já estão percorrendo a minha clavícula. O toque dele é hipnotizante.

— Com certeza. — Tenho dificuldade para respirar. — E bem dramática. Mas estou disposta a fazer isso, se você estiver.

Ele se inclina para a frente, lábios no meu pescoço, logo abaixo da orelha.

— Uhum. Eu amo drama. Você pode me chamar de sr. Dramático de agora em diante.

Dou risada e o empurro para trás, até que suas costas se apoiem no colchão. Subo em cima dele, com um joelho de cada lado do quadril de Noah, me sentindo muito lasciva (como as heroínas dos romances de época, que não existem na estante de Noah, mas que eu amo ler).

— Fique longe dos meus apelidos. Eu que mando neles. E sr. Clássico funciona muito bem. Olha só pra você, com sua *roupa de dormir* de botões. — Meus dedos passam por cada botão como se estivessem pulando obstáculos.

Quase não dá para vê-lo no escuro, mas consigo sentir que ele está sorrindo. Suas mãos pressionam de leve minhas coxas.

— Elas são assim. Você não gosta da camisa?

— Gosto mais do que está por baixo. Posso? — pergunto, as mãos pairando em cima da gola. Meus dedos tremem, denunciando meu nervosismo por trás do exterior descontraído.

— Pode.

Sinal verde.

Meu coração está batendo forte quando abro o primeiro botão. Passo os dedos pelo pedaço de pele exposta em seu peito e quase queimo de tanto calor. A cada botão que abro, o nervosismo revira meu estômago e sinto o sangue pulsar. Pareço um tambor. Tenho dificuldade com o quarto botão e acho que prendeu em alguma linha, porque não está abrindo. Meus movimentos são atrapalhados e nada graciosos.

Noah cobre minha mão com a dele e ri.

— Você está tremendo.

— É, e não é muito cavalheiro da sua parte comentar isso. — Minha voz atesta meu nervosismo.

— Você quer parar? Foi demais?

Ele está segurando minha mão entre as dele. Não quer me largar... não que eu esteja tentando obrigá-lo a fazer isso.

— Não, não quero parar. É que... — Suspiro e me abaixo, apoiando a testa no peito de Noah. — As pessoas já tiveram certas expectativas de mim antes. Como eu sou... uma celebridade e tal, alguns caras acharam que eu seria de um determinado jeito na cama e depois pareceram ficar decepcionados quando não fui. — Pisco, envergonhada. — Não sei. Às vezes não consigo aproveitar o momento.

Noah solta um murmúrio de concordância tão profundo que sinto reverberar no seu peito e na minha cabeça. Ele me empurra para cima de novo, depois arranca a linha que estava prendendo o botão e termina de abrir a camisa. Ele se senta, e então ficamos com o peito colado um no outro, minhas pernas ao redor dele. Noah puxa a camisa. *Ah... pele.* A pele de Noah. Tem o toque perfeito.

Ele pega meu queixo, e sinto a intensidade do seu olhar. Acho que Noah consegue ler a minha mente.

— Pra mim, você é a Amelia — diz. — Faz péssimas panquecas e tem um sorriso que parece o sol. Eu só quero *você*.

E, simples assim, me sinto segura.

Dou um beijo leve na boca dele antes de recuar. Passo as mãos pelos ombros largos e bíceps fortes, seu peito firme e então pelos lábios de Noah. Sinto o sorriso se formando. Vou decorar cada pedaço dele, nem que seja a última coisa que eu faça. Vou carregar a sensação desse sorriso no meu bolso pelo resto da vida.

Em um movimento rápido, Noah me vira e fica por cima. O peso dele em mim faz a terra tremer. Euforia. Prazer. Finalmente me sinto ancorada depois de navegar sem rumo por tanto tempo, e em algum lugar da minha mente percebo que as mãos dele são as únicas que quero sentir no meu corpo pelo resto da vida.

Os lábios de Noah acariciam os meus devagar, com beijos demorados, gostosos. As mãos largas passam por cada centímetro do meu corpo com uma confiança tranquila, até que meu coração volta ao seu ritmo normal e eu me sinto derreter. Ele sussurra palavras na minha pele e me sinto mimada e segura, como se eu fosse a coisa mais preciosa da vida dele. *Quero isso para sempre*, penso.

Lá fora, a tempestade continua a todo vapor, mas nenhum de nós percebe. Pelo restante da noite, estamos perdidos, só nós dois, enquanto Noah me mostra que eu sou tudo o que ele quer.

32
Noah

— Está pronta? — pergunto para Amelia ao contornarmos a caminhonete e olharmos juntos a cidade.

Hoje ela está usando calça capri xadrez com uma blusinha branca (e eu fui sortudo de vê-la se vestir de manhã). Seu cabelo está preso em uma trança longa que ela puxou para a frente dos ombros. O tecido da blusa é macio e a abraça como uma segunda pele. Preciso deixar as mãos nos bolsos para me segurar para não tocá-la em plena luz do dia.

— Eu deveria estar preocupada com alguma coisa? — O tom de voz dela e seu olhar cético me dizem que acha que essa cidade é inocente e inofensiva. *Quanta ingenuidade.*

Puxo o seu queixo um pouco para cima, para que ela me olhe, em vez de encarar a cidade. Ela está com olheiras leves, o que me faz sorrir, porque tenho culpa nisso. Mas não posso pensar na noite passada. Hoje de manhã, depois do banho (que tomamos juntos, hein, hein), ambos tomamos café na varanda enquanto líamos nossos livros até que fosse hora de vir trabalhar. Claro que ela tentou me fazer ler para ela em voz alta, mas eu me recusei, porque é divertido demais ver Amelia fazendo biquinho. E também porque fiz tudo que falei que não faria, então quero manter pelo menos isso por enquanto.

— Nunca subestime o poder da fofoca nesta cidade — respondo.

Ela arregala os olhos.

— O que isso quer dizer?

— Quer dizer que eles vão estar prontos pra gente. Vão sentir que tem alguma coisa diferente entre nós.

Ela me encara, agora achando graça. Tem certeza de que estou exagerando.

— Acho que você precisa sair mais desta cidade. — Ela bate na aba do meu boné e continua: — Você está ficando doidinho.

Pego o dedo dela e abaixo sua mão, para que possamos entrelaçar nossos dedos. Isso não deveria ser tão bom. Eu *nunca* me senti assim com nenhuma mulher. Nunca quis segurar a mão de alguém sem motivo algum. Não percebi que era uma pessoa afetuosa até conhecer Amelia, e agora só quero ficar perto dela, colado, beijando e tocando. Quase não me reconheço.

— Talvez você tenha razão. — Esta cidade acaba sendo a desculpa perfeita para qualquer coisa. — Mas pode ir tirando esse sorriso do rosto e trate de parecer um pouco menos acessível — digo quando começamos a andar em direção à loja de material de construção.

— Assim? — pergunta Amelia.

Ela para de sorrir e faz uma cara triste, como se fosse uma palhaça. É tão exagerado que ficou assustadora.

— Perfeito.

Quando chegamos perto da loja, Phil e Todd estão do lado de fora, como esperado. Um deles está varrendo e o outro, escrevendo na placa com giz: DESCONTO DE 50% NOS MARTELOS!

— Parece bastante inofensivo pra mim — comenta Amelia com um tom de ironia.

Sorrio e continuamos andando.

Phil levanta o olhar e nota nossas mãos entrelaçadas. Ele quase brilha de felicidade.

— Bom dia pra vocês dois! Que dia bonito hoje, não é mesmo?

— Uma maravilha — respondo, sarcástico, apressando o passo.

— Calma — diz Amelia, baixinho. — Não estou usando tênis de corrida. — Eu vou pegá-la no colo e carregar no ombro, se pre-

cisar. Ela vê o que está passando pela minha cabeça quando a analiso de cima a baixo, então arremata: — Nem pense nisso.
Phil está tentando fazer uma barreira com o próprio corpo para que a gente não consiga passar.
— Ah, sim, maravilha é uma boa palavra pra ele. O sol... é...
— Quanto mais nos aproximamos, mais rápido Phil fala, e quando estamos quase passando ele segura a vassoura pra cima, como se fosse uma cancela. — Opa, esperem aí. Vamos bater um papo. Falar da vida! Quais são as novidades?
Amelia enche os pulmões de ar (um ar que pode produzir muita fofoca e fazer da vida dela um inferno), então digo antes dela:
— Estou pensando em colocar uma torta nova no cardápio.
Pela cara de Phil, é óbvio que não era esse o tipo de informação que ele estava esperando, mas não parece desinteressado. Levanta uma das sobrancelhas espessas.
— Ah, é? Qual vai ser?
— Alguma coisa à base de mel. Vou chamar de Cuide da sua Própria Colmeia.
Amelia segura uma risada depois que solto isso, sério. O rosto de Phil assume uma expressão de reprimenda. Eu levanto o cabo da vassoura como se fosse a porta de uma carruagem e faço um gesto para que Amelia passe na minha frente.
— Mas... mas... — Atrás de nós, Phil gagueja, tentando pensar em algo para nos manter ali. — Esperem! Já viram a nossa superpromoção? Fala pra eles, Todd!
Pobre Todd. Ele treme um pouco para dizer:
— É mesmo! Estamos com uma promoção. Das grandes. Nos martelos!
Amelia me encara, aqueles olhos de filhote de cachorro me dizendo que ela está a um passo de ceder.
— Tenho que comprar um martelo. Eu *preciso*, Noah. Olha só pra eles.
Seguro a mão dela com ainda mais força e respondo:

— Aguenta firme. Esse é o obstáculo mais fácil.

Ela coloca o queixo para a frente e continua andando, mas não está feliz com isso. Bem antes de chegarmos à próxima loja, faço um movimento brusco para atravessarmos a rua.

— O que foi isso? — pergunta Amelia, um pouco sem ar. A vontade de carregá-la no colo aparece de novo.

— Fugindo da Harriet.

— Por quê?

— Porque ela é assustadora, e não vai parar de falar da sua fruta.

— Da minha fruta...? Esquece. Não quero saber.

— Melhor assim — respondo enquanto passamos por outra loja. A porta se abre atrás de nós, e escuto o barulho do sininho. — Merda, vamos mais rápido.

— NOAH! — Ah, cara, é a Gemma.

A cabeça de Amelia começa a se virar, mas me aproximo e colo nossos ombros para que ela não consiga se mexer.

— Não olha pra trás, sério Ela vai prender você com o olhar dela.

Gemma fala mais alto:

— NOAH WALKER, EU SEI QUE VOCÊ ESTÁ ME OUVINDO!

— Quem é ela? — sussurra Amelia.

— Gemma.

Amelia suspira.

— São tantos fofoqueiros na cidade que fica difícil me lembrar de todos.

— Ela é dona do armarinho. É amiga da Harriet, então não é confiável.

— Mas, Noah, você não pode simplesmente ignorar a mulher. É grosseria.

— Depois eu mando uma torta de presente. Ela vai superar.

Amelia passa o braço pelo meu quando atravessamos a rua para chegar na loja.

— Que mal-humorado — diz, doce, passando o nariz na parte externa do meu braço.

Abro a porta e começo a fazer as coisas de sempre do início do dia. Pego o banquinho debaixo da mesa. Entro e ligo os fornos. E então percebo que Amelia não está mais ao meu lado. Olho em volta e vejo que ela está no meio da loja, parecendo muito abalada. Os olhos estão um pouco marejados, e sinto que ela está tomada pela emoção.

— Amelia? — pergunto, cauteloso.

— Não quero voltar — diz ela, me encarando. — Vou morar aqui agora. Chega de vida de celebridade. Vou cancelar a turnê. Acabou a música pra mim.

33
Amelia

Noah se aproxima de mim até estarmos bem perto. Ele para e cruza os braços, os ombros esticando o tecido da camiseta e parecendo duros como rochas. *A pose rabugenta.*

A verdade é que eu não pretendo abandonar minha carreira, e ele sabe. Não posso cancelar a turnê nem se eu quisesse. Os contratos me algemam. Mas estou *sentindo* coisas. Coisas tão fortes que nem sei direito como lidar. Amo estar aqui com Noah. Amo andar por esta cidade experimentando a vibração própria que ela tem. Não acredito que vou precisar ir embora. E como não posso chorar agora e não tem nada que eu possa fazer em relação ao dia cada vez mais próximo em que terei que voltar ao mundo real, o que me resta é brigar com Noah. Porque eu sei que ele vai deixar, e que vai ajudar.

Seus olhos estão semicerrados, como se ele olhasse minha alma.

— Fala isso de novo — diz ele, em um tom tão cortante que fico arrepiada. — Preciso te ver falando isso.

Demoro um momento para conjurar minhas melhores habilidades de mentirosa para passar no teste. Preciso que ele ache que é sério. *Briga comigo, Noah. Me distrai do que estou sentindo.* Levanto o queixo e repito:

— Eu disse que acabou a música pra mim.

Infelizmente, acho que acabei me denunciando quando falei "música". Minha voz tremeu. Além disso, provavelmente não ajuda que hoje de manhã, enquanto estava deitada na cama com Noah, eu tenha cantado para ele os poucos versos em que tenho trabalhado esses dias, comentando sobre como estava animada com eles.

Algo brilha nos olhos verdes de Noah. Ele sabe que estou mentindo, já consegue reconhecer os sinais.

— Você não pode desistir. Eu não vou deixar — replica, bruscamente.

Ele entrou no meu jogo, mas de um jeito diferente. Exala certo calor, a julgar pela maneira como o canto de sua boca mal-humorada se contorce levemente. *Você quer jogar, eu jogo*, diz aquela cara rabugenta e bonita.

— Eu posso parar se eu quiser. — Dou um passo na direção dele, me sentindo desafiadora. Com as outras pessoas, sou graça e elegância, sou a Audrey. *Educada, educada, educada*. Mas com Noah, falo o que penso. Não tenho medo de parecer boba. Posso brigar, discutir e não fazer sentido. Olho a loja à minha volta. — Na verdade, acho que vou trabalhar aqui... com você.

— Não estou contratando. — Ele faz uma pausa. — Além disso, eu já te vi cozinhando.

— Isso é só porque você se recusa a me ensinar. Mas eu posso aprender.

Noah dá um passo à frente, e o espaço entre nós vai desaparecendo, sendo substituído pelo calor.

— Não. Não vou deixar você trabalhar aqui.

— Ah! — Empino o nariz. — Eu sou a Rae Rose. Construí um império musical e uma legião de fãs fiéis que arriscariam a própria vida se eu pedisse. Gostaria de ver você tentar me impedir de fazer qualquer coisa.

Queria eu estar tão confiante assim.

— Se você desistir, não vou mais falar com você — rebate ele.

Isso me faz sorrir.

— Sério?

— Sim.

— Você acha que consegue aguentar?
Noah resmunga um sim, mas suas ações são outra história. Não sei como, mas as mãos dele foram parar na minha cintura, e ele está me puxando devagar, até que eu esteja perto o suficiente para ele me levantar e me colocar no balcão. Sou atropelada por lembranças da noite anterior, e meu coração bate desesperado.

— Calma — diz ele.

Noah está muito convencido, com esse boné encobrindo seus olhos. Taciturno e mandão. Tiro o boné, deixando seu rosto exposto à luz, e depois passo a mão pelo seu cabelo bagunçado e perfeito. Quase precisando de um corte, mas ainda tem um tempo.

— Então vamos supor que eu desista da música e venha morar aqui. Estou na casa das suas irmãs fazendo panquecas e você está lá também. Você me vê pegar o sal no lugar do açúcar pra colocar na massa. Ainda assim não falaria nada comigo?

Ele sorri, irônico. *Amadora*, dizem aqueles olhos.

— Eu não como suas panquecas, então isso não me afetaria.

Primeiro, que grosseria. Segundo, nunca mais quero parar de brincar com Noah.

— Tá bem. Vamos além, então. — Minhas mãos passeiam pelo peito dele e se agarram ao pescoço, o puxando-o mais para perto entre minhas pernas, mexendo no seu cabelo. Os dedos dele pressionam meus quadris. — Estou atravessando a rua e não vejo um carro que está vindo. Você ainda assim não falaria comigo?

Os olhos dele focam nos meus lábios.

— Isso não é justo — diz ele.

— Não estou tentando jogar de maneira justa.

— E eu estou tentando não ser o motivo pelo qual você vai desistir dos seus sonhos.

Pow. A verdade cai entre nós e é fim de jogo.

Ficamos em silêncio por alguns instantes, nos comunicando apenas com a tensão dos nossos corpos, nossos dedos formando palavras que nossas bocas nunca vão dizer. Seguro mais forte no pescoço dele. Ele passa as mãos em volta de mim para trazer nossos quadris mais para perto.

E como ele sabe que eu preciso que ele desanuvie o clima, Noah sorri e diz:

— Já desistiu, estrela da sorte?

Pressiono logo meus lábios nos dele. Faço isso com tanta força que Noah recua um pouco e eu quase caio. Mas ele consegue se equilibrar e me beija de volta com a mesma intensidade. Ainda estamos brigando, mas em um terreno diferente, cheio de percalços que nos fazem balançar e machuca nossa boca. Mordo o lábio dele e Noah aperta minhas costas. Nada disso está ajudando. Piora tudo, na verdade. Solto um gemido por conta da nova onda de emoções, e Noah se afasta.

Ele segura meu rosto e me encara.

— Machuquei você?

Balanço a cabeça e tento sorrir, mas sai fraco e patético.

— Noah. Não vou te pedir pra vir comigo quando eu for embora, mas preciso que saiba que se um dia você mudar de ideia, sempre será bem-vindo onde eu estiver. Sempre.

Ele me encara com as sobrancelhas franzidas e suspira. Então se inclina um pouco para a frente e me beija de novo. Dessa vez com calma, de lábios fechados. Não exploramos um ao outro. Ficamos juntos e tranquilos.

O sininho da porta balança e a voz de uma mulher ecoa pela loja.

— Abre essa porta, menino!

É Mabel. E ela não está sozinha.

— Ah, meu Jesus, Maria e José.

— Harriet, deixa de ser chata um pouquinho. Não é hora.

Noah e eu nos separamos e olhamos para trás, onde Mabel e Harriet estão recuperando o fôlego. Arrumo minha blusa rápido e com certeza estaria envergonhada pensando no que elas viram, se tivéssemos tempo. Mas as duas senhoras estão com as bochechas vermelhas e bufando de tanto tentar andar rápido, como se estivessem em uma competição e só faltasse a faixa de vencedora.

— Não venha mandar em mim, Mabel, sou mais velha que você.

— E mais chata também. Nunca viu um casal apaixonado se beijar?

Harriet empina o nariz.

— Eles deveriam esperar o casamento antes de fazer isso.

Mabel revira os olhos.

— Ah, que nem você e Tom? — replica de um jeito debochado, fazendo Harriet levar um susto. — É, não finja surpresa, sua Santíssima Santidade. Não vem me dizer que o casamento às pressas naquela época foi por amor. Foi porque vocês estavam *fazendo amor* e um bebê! Você casou rápido como uma bala. — Mabel bufa. — "Bebê concebido na lua de mel", sei...

— Senhoras! — diz Noah, conseguindo de alguma forma não rir das duas senhorinhas briguentas. Espero que eu seja exatamente assim quando ficar mais velha. — Tem algum motivo pra terem vindo aqui?

— Droga! Tem! — responde Mabel.

Harriet começa a falar antes que a outra consiga continuar, dando um delicado mas decidido passo na frente dela.

— Você precisa se esconder! — anuncia, me encarando com seus olhos de águia.

Mabel quase empurra Harriet para o lado, assumindo a dianteira. E agora fica nítido que não vieram aqui juntas; estavam correndo para ver quem chegava primeiro.

— Aquele sujeitinho que ficou bisbilhotando a semana inteira com a câmera voltou pra cidade.

— O fotógrafo? — pergunta Noah.

— Não, o novo hobby do entregador de pizza agora é tirar foto. É, Noah, o fotógrafo! Mas agora é pior, são vários!

Coitado do Noah. Ele até que leva numa boa, mas Mabel está impossível hoje. Na verdade, acho que no fundo Noah gosta disso, porque ele dá um sorriso bem de leve.

— Phil e Todd viram ele chegando e ficaram enrolando o sujeito, falando sobre martelos. Mas não sei quanto tempo isso vai durar, e os outros estão rondando por aí — diz Harriet, enquanto tenta levantar a tampa do balcão. Digo "tenta" porque Mabel está tentando fazer o mesmo, e as duas senhoras estão quase presas no espaço estreito.

— Mabel! Dá pra você...

— Eu poderia, Harriet, se você...

Noah sai de perto de mim para ajudá-las a passarem pelo balcão.

— Olha só o que vocês aprontaram — diz ele com carinho. — Mabel, prende a respiração e vira um pouco pra lá.

— São quantos, Mabel? — pergunto, já tensa.

Noah puxa o braço dela de leve e as duas passam para o outro lado.

— Ah, querida, pelo menos uns vinte. Um monte mesmo. Você precisa sair daqui agora.

Olho para Noah e nós dois sabemos: *Game over*. Nosso tempo acabou.

34
Amelia

Noah e eu corremos pelo beco como da última vez, mas agora estou apavorada. Se vieram tantos paparazzi como Mabel disse, quer dizer que eles têm algum tipo de informação que confirma minha presença aqui, e não vão embora até conseguirem as fotos que querem. E isso me lembra que...

— Noah — chamo, fazendo com que ele pare. — Não podemos ser vistos juntos. Preciso pegar sua caminhonete e você volta com a Annie.

Ele franze a testa e trava o maxilar.

— Por quê?

Olho para baixo, para nossas mãos unidas.

— Por isso. Se você não quer que a sua vida mude, eles não podem nos ver juntos. — Minha voz está embargada. — Eles vão tirar fotos de centenas de ângulos diferentes, e amanhã de manhã você vai estar em todas as redes sociais e tabloides.

Fico esperando que ele solte a minha mão. Estou preparada para isso. Mas ele apenas aperta com mais força.

— Eu vou com você.

— Noah!

Ele solta minha mão e me encara, segurando meu queixo e olhando direto nos meus olhos.

— Não vou te deixar. Achei que podíamos ter algo temporário, mas... — Ele se interrompe, balança a cabeça e me dá um beijo rápido. É uma dor quase física. Uma tortura maravilhosa. — Não quero que isso entre nós acabe. Não *posso* deixar que acabe.

Estou sem ar de tanta esperança.

— O que você está querendo dizer?

— Estou dizendo que se dane o medo. Quero um relacionamento com você, se for o que você quiser também.

— Eu quero! — respondo tão rápido que ele quase não termina a frase.

— Mas você precisa ter paciência comigo...

— Eu vou ter!

— ... porque vai levar um tempo pra eu me acostumar com essa coisa de relacionamento a distância. E eu ainda preciso estar aqui pra cuidar da minha avó, então não vou poder te visitar com frequência.

Fico na ponta dos pés e envolvo o pescoço dele com os braços.

— Vamos dar um jeito. E eu vou ser muito paciente, você vai ficar impressionado com o nível da minha benevolência. Mas, Noah, você tem certeza? Ontem à noite você...

Agora é ele quem me interrompe.

— Ontem eu tive você nos meus braços e percebi que seria um idiota se te deixasse escapar. Não só um idiota, mas eu ficaria no fundo do poço. Nunca ia me perdoar se perdesse você.

Balanço a cabeça freneticamente, sorrindo e tentando não chorar.

— Sr. Romântico.

— Sr. Absurdamente Sortudo.

— Shhh. Já falei pra você não se intrometer nos meus apelidos.

Ele sorri e encara meus lábios.

— Então isso é um sim? — pergunta. — Você vai realmente namorar um mero dono de loja de tortas?

— Contanto que você nunca mais fale de você mesmo desse jeito, sim. Mil vezes sim.

Ele me beija de novo e faz carinho no meu braço antes de entrelaçar nossos dedos mais uma vez para que continuemos nossa fuga pelo beco.

— Vamos ajeitar os detalhes quando chegarmos em casa.

Em *casa*. A sensação de alegria que tenho ao escutar isso quase me faz tropeçar.

Mas quando saímos do beco, logo percebemos nosso erro. De alguma forma, eles sabiam onde estaríamos, e todos os paparazzi e jornalistas estão reunidos no estacionamento, nos esperando. Meu coração dispara, e tento voltar antes que nos vejam, mas não sou rápida o suficiente.

— Ela está ali!
— Rae Rose!
— Rae, aqui! Quem é esse cara?
— É verdade que você está tendo um caso com um dono de loja de tortas?

Todos estão correndo, vindo na nossa direção. Noah segura forte minha mão e olha para mim.

— O que você quer fazer? A gente tenta correr?

Engulo em seco e me permito um momento de raiva antes de moldar meu rosto em uma expressão impassível ao olhar para as câmeras. Cubro a boca e viro meu rosto para Noah, para que ninguém consiga ler meus lábios.

— Precisamos chegar na sua caminhonete. Não diga nada, só peça licença enquanto passamos.

Queria ter tido mais tempo para prepará-lo para interagir com jornalistas, mas não existe jeito melhor de aprender do que na prática, certo?

Seguimos até a caminhonete de mãos dadas e olhando para baixo. Mas os paparazzi estão famintos e formam uma barreira à nossa volta, aproveitando-se do fato de estarmos sem seguranças.

— Com licença, saiam do caminho, queremos passar — diz Noah.

Ele está fazendo um ótimo trabalho tentando nos ajudar a passar pelo turbilhão de pessoas, mas elas não se mexem. Fico puxando a mão dele, porque sinto a raiva se acumulando e tenho medo de que ele tome alguma atitude drástica, como empurrar o sujeito que está enfiando a câmera na minha cara e gritando perguntas.

— Com quem você está agora, Rae? — Ele está tão perto que posso dizer o que comeu no almoço.

— Se afaste — grita Noah, mas não adianta.

— Ele é seu novo brinquedinho? Você finalmente cansou do tipo ricaço e bem-sucedido? — Ele está tentando nos provocar para que respondamos, e sinto que Noah está prestes a estourar.

Noah coloca o ombro na minha frente, para conseguir encarar melhor o fotógrafo.

— Eu falei pra você se afastar.

Os outros também estão se aproximando de nós, gritando suas perguntas e implorando por algum comentário meu, mas não estão tão *enfiados na minha cara* como esse sujeito.

— Valeu, grandão. Só responde algumas perguntinhas e eu meto o pé. O que te faz pensar que um cara qualquer como você é bom o suficiente pra uma celebridade mundialmente famosa como ela? Gostaria de comentar sobre isso?

Entro em pânico ao ouvir essa pergunta. Já fui cercada assim antes, e nunca deixa de ser assustador, mas nunca ouvi um paparazzi falar uma coisa tão cruel e ofensiva de propósito. Além disso, essa pergunta me deixa com uma pulga atrás da orelha. Como se eu já tivesse ouvido algo parecido antes.

É assim que vai ser a vida de Noah? Os jornalistas sempre o lembrarão de que ele é de outro mundo? Agora sou eu quem está prestes a surtar. Fecho meus punhos... para quê? Bater no sujeito? Acho que sim, porque logo depois Noah está cobrindo minha mão com a dele, e quando o encaro ele balança a cabeça bem de leve. *Não faça isso.*

Para piorar a situação, escuto mais vozes.

— Ei! Sai de perto deles. Deixa nossa garota em paz!

Olho para trás e vejo Mabel e Harriet, junto de Phil e Todd, gritando para os paparazzi com raiva. *Não, não, não.* Eles têm que entrar. Ninguém mais precisa ser arrastado para essa invasão de privacidade, porém eles insistem até chamarem a atenção e metade das câmeras estar virada para eles. Essa história está ficando melhor para os abutres a cada segundo.

Mas conheço as duas SUV com insulfilm que estão estacionando agora, buzinas a todo volume. Assim que elas param, vejo meus guarda-costas saírem correndo em direção aos paparazzi, seguidos de Susan. Em um segundo, eles estão do meu lado.

— Você está bem? Vamos sair daqui! — diz ela, e meus guarda-costas nos ajudam a passar pela multidão, empurrando qualquer um pelo caminho.

Nunca fiquei tão feliz em ver Susan e seu cabelo curtinho preto em toda a minha vida. Poderia beijar o conjuntinho de paletó e calça que ela está usando.

— Saiam da frente — diz Will, o chefe dos guarda-costas, e todos obedecem porque Will tem uma cara de lutador, do tipo com quem você não quer se meter. Ele também faz os melhores biscoitos de gengibre que já comi, e é ótimo com um minikit de costura, mas fico feliz que essa horda de paparazzi não saiba disso.

Entro na SUV primeiro e Noah vem logo depois. Ele se senta ao meu lado e passa o braço em volta de mim. Sinto seu cheiro reconfortante.

— Você está bem? — pergunta, pertinho do meu ouvido.

— Mais importante, a gente está bem? — pergunto, porque estou apavorada com a possibilidade de Noah estar reavaliando sua decisão. Que nosso relacionamento entre para a história como o mais curto de todos os tempos. Sei que ele já tem várias ressalvas em relação a confiar nas pessoas, então tenho medo de que o que aquele sujeito disse agora pouco possa fazer com que mude de ideia.

Para minha surpresa, ele solta uma risadinha e beija minha testa.

— Vai ser preciso mais do que isso pra se livrar de mim. A única opinião que importa é a sua. Se você ainda quiser namorar "um cara qualquer", estou dentro.

Suspiro aliviada e me apoio nele, na mesma hora em que Susan entra no carro e se senta no banco de frente para nós.

— Vocês dois estão bem? Sorte sua que a gente chegou bem na hora. — Logo depois a porta se fecha e o barulho dos paparazzi é abafado.

Mas quando meu olhar cruza com o de Susan, percebo uma coisa. De repente, lembro de quando foi que ouvi uma pergunta muito parecida com aquela do fotógrafo.

— Susan, onde está a Claire? Ela costuma estar sempre com você.

— Ah. — Ela faz uma careta. — Infelizmente precisei demitir a Claire. Ela não estava mais fazendo bem o próprio trabalho.

Susan dá de ombros, e sinto um calafrio. Tem alguma coisa errada.

Voltamos para casa em silêncio, tentando processar o que aconteceu. A outra SUV bloqueou a saída do estacionamento, então conseguimos chegar até a casa de Noah sem que ninguém nos siga. Will nos deixou na porta, depois saiu e estacionou o carro de um jeito que ninguém mais conseguiria parar na entrada da casa, caso fôssemos encontrados. Eu deveria me sentir mais segura com a minha equipe por perto, mas não é o que ocorre. Pelo menos não com *toda* a minha equipe.

Noah e eu estamos pensando a mesma coisa. Ambos observamos Susan pegar o celular, perceber que está sem sinal e dizer que precisa ir até a entrada para dar instruções ao Will.

— Pode ir arrumando as suas coisas, Rae. Vamos sair o mais rápido possível pra conseguir te levar em segurança pra Nashville antes que eles encontrem a casa.

Ela não espera a minha resposta, porque Susan está acostumada a que eu apenas obedeça. Quando a porta fecha depois que ela sai, vou direto para a cozinha e ligo para a minha mãe.

— Você também está achando um pouco suspeita essa aparição da Susan? — pergunta Noah.

— Estou. E a assistente dela me falou no outro dia que algumas coisas estavam acontecendo sem que eu soubesse. Acho que é hora de conseguirmos algumas respostas.

O telefone toca várias vezes, minha ansiedade a mil. Preciso falar com a minha mãe antes que Susan volte. Noah diz que vai ficar lá fora para me dar um pouco de privacidade e impedir que ela entre nos próximos minutos.

Por fim, minha mãe atende.

— Alô?

— Mãe, sou eu.

Ela fica animadíssima ao ouvir minha voz.

— Amelia! Oi, meu amor! É tão bom ouvir sua voz. O que houve? Estou na praia, então pode ser que não escute você muito bem. Olha como está o mar. Está superbarulhento hoje!

— Não, mãe. Eu...

Ela tira o telefone do ouvido para deixar o microfone de frente para o mar. Eu sei porque o som faz parecer que eu estou dentro de uma onda.

— Mãe! — grito algumas vezes. — Preciso te perguntar uma coisa! Coloca o celular de volta no ouvido!

— Não é lindo o som? Queria que você estivesse aqui. Ah, o sol está incrível hoje. E Ted também está aqui! Você quer dizer...

Interrompo antes que ela passe o telefone.

— Mãe, é importante e estou com pressa. Você contou pra alguém da imprensa onde eu estou?

Nunca confrontei minha mãe quanto a isso. Das outras vezes, Susan afirmou que era minha mãe quem vazava as informações, e eu fiquei silenciosamente ressentida e fui me afastando dela. Mas agora preciso saber.

Ela fica em silêncio. Primeiro acho que é por culpa, mas quando ela volta a falar, percebo que está magoada.

— Não. Lógico que não. Por que acha que eu faria uma coisa dessas? — Não consigo responder, muita coisa está passando pela minha cabeça agora. Mas aparentemente meu silêncio já é resposta o suficiente. — Amelia, não sei de onde veio isso, mas eu juro pra você, nunca venderia uma informação sua pra imprensa. Por nada no mundo.

Meu estômago se revira. Fecho os olhos para tentar entender tudo isso, e o que me vem à mente é que o fotógrafo agressivo repetiu quase que as mesmas palavras que Susan me disse no telefone há alguns dias. É possível que alguém aqui da cidade tenha avisado a eles onde estou. Mas... é raro que eles se juntem como fizeram hoje. Como se fosse uma coisa organizada e planejada. Alguém precisaria ter bastante trabalho para planejar uma emboscada como essa. E só existe *uma* pessoa irritada com todo o tempo que estou passando em Roma e que gostaria de me tirar daqui.

— Mãe — digo, engolindo em seco —, por que a gente se afastou?

Escuto minha mãe suspirar, e acho que é um suspiro de alívio.

— Eu também queria muito saber. Faz tempo que queria conversar sobre isso com você, mas não sabia como. Eu fiz alguma coisa? Porque eu quero entender se errei.

Antes eu poderia achar que era tudo culpa dela, mas, agora, não acredito que seja o caso. Eu deveria ter falado isso há muito tempo. Perguntado para minha mãe sobre as informações que eram vazadas para os tabloides em vez de confiar em Susan sem pensar duas vezes. Queria ter lutado pelo nosso relacionamento em vez de jogar a toalha sem falar nada. Mas enfim encontro minha coragem.

— Acho que a gente tem muita coisa pra conversar — digo —, mas não posso fazer isso agora. Só quero que você saiba que sinto muito a sua falta. E... — Minha voz falha. — Eu amo você. Quero que a nossa relação volte a ser como antes.

Ela respira fundo.

— Eu quero isso — responde, fungando. — Me liga de novo quando puder. Ou podemos fazer uma chamada de vídeo. Ou eu vou até onde você estiver. O que você achar melhor! Eu só... — Ela está chorando, consigo ouvir na sua voz. — Estou feliz que tenha trazido isso à tona. As coisas têm estado estranhas entre nós, e, às vezes, tenho vontade de ligar para conversarmos, mas... fico sem coragem porque tenho a impressão de que você não quer mais falar comigo.

— É porque eu achei que você estava vendendo minhas informações pra imprensa.

E também tem a coisa dos constantes pedidos de dinheiro, mas não acho que é hora de falar disso. Não sei quando vou estar pronta para confessar a ela como me sinto em relação a essa questão.

— Não, meu bem. Por favor, acredite em mim. Eu nunca falei com ninguém da imprensa e nunca dei nenhuma dica sobre nada seu. Eu amo você demais pra fazer uma coisa dessas.

— Eu acredito em você — respondo, e é verdade. Consigo sentir o carinho na voz dela. Além disso, outras peças do quebra-cabeças estão começando a se encaixar. — Mas, mãe... tem alguém, um amigo, qualquer pessoa, pra quem você contou que eu estou em Roma, no Kentucky? Talvez seu namorado?

— Não, não contei nem pra ele. — Ela faz uma pausa. — Mas... na verdade, eu contei pra alguém.

— Quem?

— Susan — diz ela, e meu coração dispara. — Quando liguei pra ela pedindo pra me ajudar com um voo, ela me disse como estava preocupada com você e com medo de que alguma coisa horrível acontecesse, já que você não retornava as ligações. Ela me perguntou se eu sabia de algo, então falei o nome da cidade, já que ela parecia tão nervosa. Foi errado? Você costuma contar tudo pra Susan.

Ela parece preocupada. Normalmente eu pensaria que só está preocupada pois tem medo de que eu corte o dinheiro dela, mas, com tudo que vi hoje, começo a ter minhas dúvidas. Começo a me perguntar se nosso distanciamento só existe por conta de uma mulher para quem dei poder demais sobre a minha vida.

Não tenho tempo de responder ao questionamento da minha mãe. Preciso perguntar mais algumas coisas.

— Mãe, há alguns anos, no seu aniversário de quarenta e cinco anos, a Susan mandou um carro ir te buscar pra um fim de semana surpresa que eu tinha planejado?

— O quê? — Ela expira. — Não. Não tinha ideia de que você tinha feito isso. Na verdade, eu achei que você tivesse se esquecido do meu aniversário aquele ano.

Fico uma fera. Susan se intrometeu na minha relação com a minha mãe, e ainda que seja minha culpa ter dado tanto poder a ela, achei que era uma pessoa em quem eu podia confiar. Quando, na verdade, foi ela quem sabotou meu relacionamento com a minha mãe. Como ela pôde fazer uma coisa dessas comigo?

— Eu tinha planejado uma viagem pra gente, e a Susan me disse que mandou um carro te buscar e você não quis ir, dizendo que *você* já tinha planos com seus amigos.

— Amelia, você deve ter ficado tão magoada...

Solto uma risada, mas não por estar achando graça.

— Você também.

— Bem... — Ela deixa a frase no ar.

Minha mãe e eu ainda temos muito o que conversar, e preciso que ela entenda que só me ligar quando precisa de algo me machuca. Mas, antes, quero ouvir o lado dela da história. Afinal de contas, eu não estava sabendo de todas as informações. Talvez ela tenha tentado entrar em contato e Susan ficou atrapalhando e, lógico, fazendo questão de me dizer quando minha mãe pedia algo, deixando tudo ainda pior.

— Susan também me disse que você recusou meu convite para me acompanhar nos primeiros shows da turnê nos Estados Unidos. É verdade?

— Claro que não. Eu adoraria ter ido a esses shows... Ela nunca me ligou.

Tenho vontade de socar a parede. Uma parede com a cara da Susan.

— Mãe, me desculpa. Eu acho... hum, eu acho que é culpa minha. Deixei a Susan ter muito poder sobre a minha vida e... Tenho quase certeza de que ela está interferindo na nossa relação de propósito.

Começo a pensar em todas as vezes que Susan me disse para não confrontar minha mãe, apenas parar de falar com ela, e tenho vontade de gritar. Como eu não vi isso? Como deixei que isso acontecesse por tantos anos sem conversar com a minha mãe? Eu deixei minha vida nas mãos de outra pessoa. Mas agora chega.

— Ah, meu bem, não é culpa sua. Eu também deveria ter perguntado. Deveria ter falado com você mesmo quando era um assunto delicado. Desculpa, Amelia.

— Tudo bem, mãe, a gente vai dar um jeito. Agora preciso desligar. Mas te ligo amanhã e podemos conversar mais. Ah, e você está convidada pra esses shows, viu? Quero que esteja lá. Amo você.

— Também amo você, Rae-Rae.

Meu coração explode de esperança. Talvez o nosso relacionamento ainda tenha salvação.

Desligo no momento exato em que Susan entra, seguida por Noah.

— O que está acontecendo aqui? — diz ela, olhando para trás, para Noah. O cabelo cortado bem reto batendo em suas bochechas.

— Por que ele não queria que eu entrasse?

— Foi você quem trouxe os paparazzi pra cá hoje, não foi? — pergunto quando ela entra.

Susan fica tão surpresa que deixa a bolsa cair no chão. Depois de piscar várias vezes, pigarreia e se abaixa com elegância para recuperá-la.

— Vou fazer de conta que você não me acusou dessa coisa horrível. Em vez disso, vou te ajudar a fazer as malas, como conversamos.

— Foi uma decisão sua, não teve conversa nenhuma. Eu não vou embora — digo isso bem calmamente, mesmo que a raiva pulse em meu sangue.

Noah passa por Susan e se posta ao meu lado, colocando a mão nas minhas costas. É um gesto de apoio, sem que ele tente resolver as coisas no meu lugar, e isso faz com que minhas lágrimas aflorem.

Agora não, sentimentos.

Susan olha para o lugar onde a mão de Noah está me tocando e suspira, irritada.

— Deixa eu adivinhar. Foi ele que enfiou essa ideia na sua cabeça? — Ela bufa. — Que clichê. Rae, abra os olhos e perceba que ele não é a pessoa certa pra você. Na verdade, já parou pra pensar que pode ter sido ele quem chamou os fotógrafos? Ou talvez aquela sanguessuga da sua mãe. A gente sabe que ela...

— Chega. — Minha voz é cortante. — Acabei de ligar pra minha mãe. Não foi ela. Na verdade, nunca foi ela, não é mesmo? Você vazou as histórias pros tabloides e botou a culpa na minha mãe. Além disso, quantos pedidos da *sanguessuga* realmente vieram dela?

— Isso é ridículo. Você vai confiar na sua mãe, que tem usado você durante todos esses anos, e não em mim?

— Vou. — Minha resposta é automática, e Susan me encara como se tivesse sido esbofeteada. Noah pressiona de leve as minhas costas. Um gesto de solidariedade. — Sei que foi você, Susan, e agora sei que você é a responsável por muito mais do que eu imaginava, então vamos parar com esse showzinho. E ainda bem que falei com a minha mãe, porque agora sei que você tem se intrometido na nossa relação há anos, sem passar os recados dela pra mim e ainda inventando mentiras.

Balanço a cabeça, percebendo como estava tudo na minha cara. Susan cruza os braços, e tenho vontade de puxá-los de volta para baixo, porque essa é a pose de Noah.

— Você está errada. É a sua mãe que continua a mentir pra você, a te enganar. Eu sempre cuidei de você.

— Não, Susan. Você está demitida. — As palavras deslizam na minha língua, e de repente me sinto mais leve do que nunca. Como se eu pudesse sair voando por aí.

Susan fica boquiaberta.

— Você só pode estar de brincadeira. — Ela arregala os olhos.

— Durante os últimos dez anos, eu não fiz nada além de me desdobrar por você! Consegui os melhores shows. Contratos magníficos. Os melhores patrocinadores. Eu fui totalmente responsável pelo crescimento da sua carreira. Você não seria ninguém se não fosse por mim!

— Se você realmente se importasse comigo, estaria preocupada também com a minha saúde mental. Perceberia que está me matando de trabalhar. Que eu estou me sentindo muito sozinha sem a minha mãe. Mas, em vez disso, você ficou tão obcecada em ganhar mais dinheiro que acabou me usando. Você me usou e afastou de mim a pessoa mais importante da minha vida.

Ela me encara; não, ela me *fuzila* durante dois segundos. As pálpebras tremendo de raiva.

— É ele, não é? Ele está te pressionando a falar essas coisas? Ele está fazendo lavagem cerebral em você, fazendo você acreditar que sou eu o problema.

Susan está tentando se agarrar a qualquer coisa, mas é tarde demais. A verdade está nítida.

— Para com isso — replico. — Você tem que ir embora.

Os lábios dela tremem, não porque quer chorar, mas de raiva.

— Você está cometendo um erro.

Dou de ombros. Mesmo que fosse um erro (e não é), é meu. É maravilhoso me permitir seguir meus instintos.

— Esse é seu aviso prévio de trinta dias, já que é isso que está no seu contrato. Mas pode considerar como férias, porque não quero te ver pelos próximos dias, nem nunca mais.

Ela segura a alça da bolsa com tanta força que os nós dos dedos ficam brancos.

— Eu vou embora, mas saiba que você está desperdiçando sua vida aqui, com esse sujeito. — Ela cospe as palavras enquanto olha com nojo para Noah. — E ele só vai puxar você pra baixo, como sua mãe estava fazendo. Acredite ou não, o que eu fiz hoje foi pro seu próprio bem.

— Então admite que foi você quem armou isso com os paparazzi?

Susan fica um instante pensando, e quando ela decide que não tem mais nada a perder, confirma com a cabeça.

— Foi. E faria de novo sem pensar duas vezes, porque eu sabia que você devia estar delirando que existia alguma chance de aqui ser seu novo lar. Mas nunca vai ser, Rae, porque a sua vida não combina com a dele. — Tensiono o maxilar. — Então eu só adiantei o que aconteceria de qualquer jeito. Foi tão errado assim da minha parte? Foi tão terrível assim forçar uma separação da sua mãe sendo que vocês eram insuportavelmente coladas? Pelo amor de Deus, Rae, você vivia grudada naquela mulher quando conheci vocês. Você sempre ouvia os conselhos dela em vez dos meus, e ela te prendia. Então, sim, eu me intrometi um pouco, mas era necessário pra que você pudesse alcançar os *seus* sonhos.

Dou um passo na direção dela.

— Sai daqui. — *Antes que eu jogue alguma coisa na sua cabeça.*

As narinas dela inflam, mas Susan logo se vira para ir embora, o nariz tão em pé como quando entrou na cozinha.

— Na verdade, espera, Susan! — Ela se vira com hesitação. — Me manda o contato da Claire assim que conseguir sinal. Vou contratar a garota como minha assistente imediatamente.

Não tenho dúvidas de que Claire foi demitida porque descobriu o que Susan fazia. E seria ótimo contar com a ajuda dela para encontrar uma nova agente antes do início da próxima turnê.

Susan revira os olhos e vai embora.

— Vai se ferrar, Amelia — murmura.
Ela fecha a porta.
Bem, pelo menos agora eu sei que ela se lembra do meu nome.
E, pronto, ela vai embora. Só quando a vejo desaparecer é que me viro para Noah. Ele me abraça e me segura com força, beijando a minha cabeça.
— Você foi incrível.
Estou tremendo e sinto como se minhas pernas fossem desabar. A adrenalina está baixando, e me sinto um caco.
— Deixa comigo — diz Noah, me pegando no colo e me levando até a cama dele, onde me coloca com cuidado.
— Ela está errada, sabe? — digo, encarando-o, meus olhos arregalados. — A gente vai dar muito certo.
Ele me enrola em um cobertor e beija minha testa delicadamente.
— Eu sei.
Noah se senta ao meu lado na cama. Ele se encosta na cabeceira, pega um livro da mesinha, e faz a coisa mais incrível do mundo: lê para mim em voz alta. Fiquei pedindo isso a semana toda e ele se recusou. Mas agora aqui está ele, com sua voz grave me confortando do jeito perfeito.
Sinto um aperto no coração e dou um beijo em seu braço. Seu olhar me percorre de maneira afetuosa, meu rosto, meu cabelo, meu pescoço, até que ele volta a encarar o livro e continua a ler em voz alta aquela biografia chata. É maravilhoso. Eu não mudaria nada nesse momento.
Temos tanto sobre o que conversar, tantas decisões a tomar... Mas, em vez disso, me permito um momento de descanso e apoio a cabeça no travesseiro, sorrindo enquanto meu dedo sobe e desce no braço de Noah.
Talvez ele não precise ser como o Gregory Peck, afinal.

35

Amelia

Saio do banheiro e vou para o quarto de Noah, onde o encontro deitado de lado na cama, um tabuleiro de Palavras Cruzadas à sua frente. Jogamos muito na última semana, mas também bebemos no bar do Hank na última sexta (onde consegui não tomar acidentalmente um remédio para dormir e desmaiar), participamos de um torneio de carteado com as irmãs dele no sábado à noite, lemos juntos todas as noites o livro chatíssimo que ele escolheu, em seguida largamos o livro e continuamos juntos. Depois que demiti Susan, Tommy ligou e disse que meu carro estava pronto para ir. Mas eu ainda não estava, e Noah também não, então decidimos que eu ficaria aqui até precisar me preparar para a turnê. O que, infelizmente, já é amanhã. Mas ganhei mais uma semana incrível com Noah, suas irmãs e esta cidade excêntrica, e as memórias de tudo isso me manterão sã pelos próximos nove meses. Minha mãe e eu também conversamos mais por telefone. Ela vai me encontrar alguns dias antes do início da turnê para me ajudar a fazer as malas e para que possamos nos ver.

As coisas estão um pouco diferentes, com Will sempre por perto aonde vamos, mas surpreendentemente não tem sido tão estranho assim. Os paparazzi ficaram na cidade por alguns dias depois do incidente, tirando fotos toda vez que eu aparecia, mas logo perceberam que esse tipo de vida é muito chato para as outras pessoas, e foram embora. Com isso, consegui recuperar minha privacidade.

O que eu achava que seria um problema para a cidade acabou sendo o ponto alto do ano. No momento em que um fotógrafo era avistado, todos começavam a se mostrar, exibindo talentos aleatórios e fazendo o possível para conseguir uma foto. Misteriosamente, a placa da loja de Phil foi se aproximando pouco a pouco da de Noah, onde os fotógrafos costumavam ficar à espreita do lado de fora, e sempre anunciava uma nova promoção.

E ninguém parece se importar com a presença de Will. Na verdade, todos parecem amá-lo. O fato de ele estar dividindo a casa com a gente e agora ocupar o quarto em que eu estava hospedada é um pouco estranho, mas ele fica no carro e inspeciona a entrada da garagem até tarde da noite, e então vem dormir por algumas horas antes de sair de novo, assim que amanhece. Mabel fica comprando tortas para ele porque acha que ele precisa de mais calorias para sustentar todos os músculos. Acho que ela tem uma quedinha por ele. Quando eu voltar depois da turnê, como Noah e eu conversamos, teremos que encontrar uma solução mais permanente para a questão da segurança. Mas neste instante Will não está na casa, e isso é tudo que importa.

— Ladrazinha — diz Noah quando percebe o que estou vestindo.

Roubei o moletom dele de novo e nunca mais vou devolvê-lo. Por baixo, estou usando um delicado short de dormir. Noah percebe, ou melhor, percebe a falta de roupa. Ele sorri e olha de volta para o tabuleiro, despejando as peças antes de se sentar e se empoleirar na beirada da cama.

— Mais uma partida? — pergunto, me encaixando entre suas pernas.

Noah coloca as mãos na parte de trás das minhas coxas e olha para mim de um jeito tão reverente que me sinto escandalosamente bonita, mesmo com meu cabelo molhado e usando um moletom enorme.

— Como é sua última noite na cidade, pensei que ia querer jogar mais uma vez — diz ele, e não gosto de como essa frase deixa o clima triste.

— Última noite *por enquanto* — corrijo.

Ele sorri, mas é evidente que está protegendo o próprio coração. Nos últimos dois dias, vi como Noah foi ficando mais quieto e pensativo.

Hoje mais cedo a cidade organizou uma festinha de despedida para mim aqui na casa de Noah, e ele passou o tempo todo me evitando. Acho que está com medo de que nosso relacionamento não dure. De que a história se repita e eu não seja fiel a ele. O coitado não percebe que nunca mais vai se livrar de mim.

Os olhos dele grudam nos meus lábios.

— Última noite *por um tempo*.

— Você não acredita que eu vou voltar?

Ele hesita.

— Eu quero acreditar. É só que...

— É difícil pra você confiar totalmente em alguém de novo. Eu sei. — Passo os dedos na parte de trás do cabelo dele e Noah fecha os olhos com uma expressão melancólica. Eu me inclino e beijo sua bochecha. — Eu prometo que vou voltar, Noah. E sabe por que você pode acreditar em mim?

— Por quê? — pergunta ele, com os olhos ainda fechados.

Aproveito este momento para estudá-lo. Para memorizar cada centímetro do seu rosto. Cada ruga, cílio e curva da sua boca.

— Porque encontrei um lar e uma família nesta cidade e amo tudo aqui. — Respiro fundo e seguro o queixo dele, inclinando seu rosto para mim. — E eu amo você.

Noah abre os olhos, e suas mãos permanecem fixas na parte de trás das minhas pernas. Ele parece surpreso e afetuoso, porque ainda não tínhamos dito isso um para o outro. Mas não consigo mais segurar.

E então, Noah sorri. Um sorriso largo. Amplo. Glorioso.

— Eu também amo você, Amelia.

— Ah, graças a Deus — respondo, soltando o ar enquanto tiro as mãos dele das minhas pernas, as puxo para cima e tiro a camiseta dele. — Fiquei tensa por um segundo.

Não é verdade. Eu sabia que ele me amava antes mesmo de ele saber.

Noah ri quando dou um último puxão e a camiseta finalmente vai embora. Agora ele está com o peito exposto, do jeito que eu gosto. Meus olhos vagam avidamente pela extensão do seu corpo bronzeado. Ombros e bíceps musculosos. Peito largo e veias descendo pelos antebraços. A tatuagem linda repleta de cor e flores e torta contra sua caixa torácica: um contraste direto com aquele jeito másculo, rabugento e inacessível dele. O cabelo loiro ondulando e levemente bagunçado, e os lábios mal-humorados formando um sorriso sob meu olhar de desejo.

Noah me observa tirar o moletom e deixar à mostra a camisola de alças finas de seda por baixo. É rosa-clara e combina com a minha pele depois do banho. Pedi a Claire (que é oficialmente minha nova assistente pessoal) para me trazer algumas coisas de casa depois que decidi ficar aqui por mais uma semana, e quero beijar meu eu do passado por ter pensado em garantir que essa peça de roupa estivesse entre esses itens.

Os olhos de Noah se fixam em mim, e sinto o calor desse olhar. Vou até a porta do quarto e a tranco, e ele me observa por todo o percurso. Não acho que Will vá entrar em casa antes da meia-noite, mas estou deixando claro que não quero que nada interrompa o que planejei para esta noite.

Quando me viro para Noah, ele está em pé, de braços cruzados. *Pose carrancuda.* Eu o imito. Uma versão feminina e delicada. Carranca em seda. Isso o faz rir, e então seus olhos se fixam no meu ombro. Ele passa o dedo pela alça fina da camisola. Pela minha pele.

— Tão macia — diz ele, quase que para si mesmo.

Noah engancha o dedo na alça e a desliza para baixo. Meus joelhos quase cedem. Um homem tão forte e grande não deveria ser carinhoso desse jeito. Com a outra mão, pressiona minhas costas, puxando meus quadris firmemente contra os dele. Sinto a sua respiração no meu ombro quando ele se inclina para beijar minha clavícula.

Me sinto sufocada pelo meu desejo por ele. Mas fico parada e deixo que beije toda a extensão do meu ombro. Meu pescoço. Minha boca. Percebo que estou elétrica, fervendo de ansiedade ao sentir a língua dele tocar minha pele.

— Não quero deixar você ir — sussurra ele no meu ouvido, e passa para o outro lado do meu corpo.

— Não vai ser pra sempre, Noah.

— Então por que é essa a sensação? — pergunta, os lábios roçando meu pescoço. — Por que sinto que nunca mais vou te ver?

Fecho os olhos e percorro o peito forte dele com as mãos, sentindo seu coração batendo, saboreando o calor dos seus lábios e a doçura do seu toque. Aqui, neste quarto, envolta no corpo dele, sei que vamos conseguir fazer esse relacionamento dar certo. Mas tenho que admitir: quando meus pensamentos avançam para o futuro, fico nervosa. Estou prestes a ficar atolada de trabalho e vou precisar que Noah confie em mim quando eu não puder falar com ele com frequência. Ou mesmo quando ele ler alguma notícia estranha (e falsa) em um tabloide de fofocas na fila no supermercado. Estou com medo de que isso não vá durar e, ao mesmo tempo, sei que Noah e eu *combinamos*.

Eu o abraço com força. Ele foca nos meus olhos.

— O futuro é cheio de incertezas. Não temos como pensar em todos os detalhes hoje. Vamos só aproveitar os momentos que temos juntos.

Ele me dá um beijo suave, e isso acaba comigo. É melhor que esta noite não seja um adeus. *Não desista de nós tão fácil, Noah.*

A mão de Noah sobe pelo meu braço, e ele lentamente abaixa a outra alça da camisola. Seu hálito quente sopra na minha pele. Continuo imóvel, saboreando e ardendo enquanto as mãos dele deslizam e me pressionam. Me provocam e me acalmam. Nunca na minha vida confiei em ou desejei tanto alguém. Eu amo o Noah.

Enquanto ele tira minha roupa com calma, tenho o privilégio de vê-lo se entregar. Sua respiração hesita quando estou finalmente nua, a pele exposta e seus olhos em mim. Noah pressiona firme meu quadril e me puxa para mais perto. Me sinto tão empoderada pelo olhar dele que tiro o restante da sua roupa.

Esta noite, com a boca, Noah diz o quanto me ama. Com as mãos, diz o quanto vai sentir minha falta. Com o corpo, diz que vamos dar um jeito. E quando não há mais nada entre nós além de pele e desejo, nossos corações se misturam com nossos membros até eu não saber o que é o quê. Entramos juntos nesse lugar que é um misto de sonho e realidade. Nada existe para além dessas quatro paredes. Tudo que sinto é o corpo forte e quente de Noah, me amando neste momento. Os dedos dele deixam um rastro de fogo por onde passam, consumindo minha pele.

Passamos a noite nos amando intensamente, desenfreadamente, *tragicamente*, até nós dois estarmos sonolentos enquanto ele acaricia as minhas costas. Tento ficar acordada o máximo que consigo, porque sei que vou ter que ir embora quando acordar.

A turnê começa em alguns dias e não tenho escolha a não ser partir.

36
Noah

O sino da porta da Loja das Tortas toca quando entro, assim como faz diariamente desde que Amelia foi embora, há três dias. Quando passo, a porta se fecha e estou sozinho no silêncio, e é a primeira vez na vida que sinto esse nível de solidão. Eu costumava gostar dessa sensação de calmaria. Querer isso. Mas agora eu quero Amelia.

Sinto saudade da risada dela. Dos olhos. Do sorriso, da pele dela, até das panquecas tenebrosas. Eu daria tudo por uma pilha dessas panquecas. Ontem ela deixou um recado na secretária eletrônica dizendo que ia entrar em uma reunião sobre a turnê e pediu para que eu ligasse hoje quando saísse do trabalho, mas não consigo ligar, porque odeio a sensação de distância que paira entre nós quando nos falamos pelo telefone. Vou ter que me manter bem ocupado pelos próximos nove meses.

Quero me enterrar no trabalho aqui na loja hoje de manhã e então ir almoçar com a minha avó. Vou voltar para cá depois e ficar até tarde, e talvez então Mabel tenha algumas tarefas que eu possa fazer. A cerca da pousada dela está precisando de uma pintura. E pode ser que esteja na hora de trocar o óleo da caminhonete de Annie. Ou talvez eu possa me candidatar a prefeito.

— Nossa, sua cara está péssima — diz Emily ao entrar na loja logo em seguida.

Eu apenas solto um resmungo. Estou tão deprimido que não tenho nem uma tirada mal-humorada para fazer.

— Noah, estou falando sério, sua cara está assustadora.

— Já ouvi, não precisa repetir — respondo, limpando o balcão com agressividade.

— Você falou com a Amelia hoje?

Vou para a mesinha alta e quase lixo o tampo de tanta força.

— Não.

— Você vai ligar pra ela mais tarde? — Por que ela está tão interessada nas minhas ligações agora?

— Talvez.

Emily me observa enquanto jogo o pano no chão e uso o pé para tentar tirar uma mancha.

— Annie me contou que estava na sua casa quando a Amelia ligou e você deixou cair na secretária eletrônica.

Dou de ombros porque não quero falar disso agora. Emily coloca a mão no meu braço e me segura quando tento passar por ela.

— Ei, dá pra parar um pouquinho? A gente precisa conversar.

— Tá, mas não quero falar da Amelia.

Olho fixamente para a parede do outro lado da loja. Não vou olhar para a minha irmã. Estou de mau humor e todos os meus sentimentos estão no limite, e não quero que ela esteja por perto quando esse momento chegar.

— Mas você vai. Pode ir se sentando. — Ela aponta para a mesinha alta. Não obedeço porque estou rebelde hoje. — Agora — quase grita ela, e eu me mexo, porque, *nossa*, essa mulher é assustadora quando está séria desse jeito.

Emily não espera nem que eu esquente o banquinho antes de enfiar uma faca no meu coração.

— Amelia não vai voltar pelos próximos nove meses.

Engulo em seco e olho para ela.

— É, obrigado, sra. Obvied...

— Ela foi embora... — continua Emily. — O que você vai fazer sobre isso?

Fecho a boca, porque não era isso que eu estava esperando. Como assim o que eu vou fazer? O que eu *posso* fazer? A turnê

317

começa amanhã e Amelia vai me ligar quando estiver no ônibus. — Depois disso vamos ficar tentando nos falar pelo telefone por semanas até que ela se canse do esforço necessário para continuar comigo e termine tudo. (Essa última parte nós não planejamos, mas tenho quase certeza de que o roteiro vai ser esse.)
— Nada. Vou ficar aqui em Roma e cuidar de tudo enquanto ela estiver em turnê. Achei que você ficaria feliz de ouvir isso. — Emily faz uma careta, como se eu tivesse batido nela. E é como se eu tivesse feito isso mesmo. É por isso que não quero conversar com ela sobre esse assunto. Entrei no modo *destruição*. — Desculpa... — Suspiro profundamente e passo as mãos pelo cabelo. — Eu não deveria ter falado isso.
— Não, não pede desculpa. Você tem razão, e é por isso que eu estou aqui. — Ela faz uma pausa e inspira fundo, depois solta o ar e diz: — Eu não tenho sido justa com você... nem com as meninas. Nós dois temos idade suficiente pra lembrar dos nossos pais e de como eles eram. Temos idade pra lembrar exatamente qual foi a sensação de quando recebemos aquela ligação. Então a gente sabe de onde vêm nossos traumas, mas as meninas não.

Sinto uma dor no âmago. Quando os olhos de Emily começam a ficar marejados, preciso fazer um esforço enorme para não sair correndo. Eu só quero fugir da dor, mas ela sempre me encontra.

— Faz pouco tempo que entendi que aceitei meu trauma e decidi viver dentro dos meus limites pra não me machucar mais. Foi fácil notar que tenho medo de perder mais alguém e por isso não quero que ninguém saia de perto. Mas agora eu percebi que não levei em conta o custo que isso tem pras pessoas à minha volta. Madison...

— Emily solta um suspiro dolorido e fecha os olhos com força. — Madison queria tanto ir pra escola de gastronomia, e eu a convenci do contrário... Ela está dando aula e odeia, e isso é culpa minha e dos meus medos. Annie é tão dedicada a mim que nem cogita sair desta cidade, e agora tenho medo de que ela nunca corra atrás dos próprios objetivos. E você...

Uma lágrima desce pelo rosto dela. Pego a mão da minha irmã. Ela continua:

— E você carrega as nossas dores além das suas, porque precisou amadurecer aos dez anos de idade, e não é justo, Noah. E a única vez que você se permitiu sentir alguma coisa, Merritt usou isso. E depois eu também usei. Quando você voltou pra cuidar da vovó, eu devia ter te encorajado a se aventurar de novo. A não desistir do amor. Mas, em vez disso, eu usei sua dor pra manter você por perto, pra que eu pudesse me sentir mais segura. Mas é hora de a gente parar de viver cercado de almofadas pra evitar a dor. Acho que ainda vamos nos machucar muito nessa vida, mas talvez valha a pena, porque a gente vai sentir coisas maravilhosas também. Talvez nem tudo acabe em dor. Mas nunca vamos saber se não tentarmos.

Incrédulo, dou uma risada e aperto a mão de Emily, lutando contra as lágrimas.

— Você chegou sozinha a essa conclusão de mudar completamente a sua perspectiva de vida?

Ela abre um sorrisinho culpado.

— Eu cheguei a comentar que comecei a fazer terapia logo depois que explodi com você naquele jantar?

— Não, mas estou orgulhoso de você, Em.

— Não fique ainda. Pode ser que eu não volte mais. Aquela mulher faz cirurgias no coração sem anestesia, e é doloroso demais.

Nós dois rimos, e depois Emily volta a falar:

— Você ama a Amelia, mas eu sei que já está desistindo porque está morrendo de medo de que ela desista primeiro. Não afaste essa mulher só porque você tem medo de perdê-la.

Nossa. Ela tem razão. É isso que estou fazendo.

— Você a ama, Noah. Invista tudo que pode nesse relacionamento. De verdade, faça dele sua prioridade em vez de se manter inatingível por medo de sofrer.

— Mas como? Ela vai viajar o mundo pelos próximos nove meses.

Emily ri.

— Sabia que inventaram uma coisa chamada avião? E se você decidir pegar um, vamos estar aqui pra cuidar de tudo enquanto estiver fora. Sabemos cuidar da vovó tão bem quanto você. E vamos cuidar da loja também. Vai lá passar um tempo com ela durante a turnê. Não fica longe dela por tanto tempo.

— Você realmente está tranquila com a ideia de eu ficar fora da cidade?

— Vou me acostumar. Não se preocupe tanto comigo. — Emily se levanta e me dá um beijo na testa. — Além disso, para de ser um chato e compra logo um celular. E vê se coloca um wi-fi na sua casa pra você poder mandar mensagens e fotos. Vai ajudar muito.

Dou uma resmungada, mesmo que tenha ficado feliz com a ideia dela.

— Eu amo você, Noah.

— Também amo você.

E agora preciso dizer essas palavras de novo para Amelia, pessoalmente.

37
Amelia

Escuto três batidinhas na porta do meu camarim, então sei que está na hora.

— Pode entrar — grito, e Claire aparece.

— Pronta? — pergunta ela, com um sorriso enorme no rosto, e eu retribuo, porque ter Claire como assistente é um alívio. Finalmente sinto como se tivesse uma pessoa que me apoia, uma amiga nesse ramo. Uma amiga além da minha mãe, que está em algum lugar por aqui, flertando com todos os assistentes de palco. Nossa relação ainda não é perfeita, mas está melhorando. Estamos desfazendo as mentiras de Susan aos poucos. Depois de conversarmos mais, descobri que minha mãe não estava nem aceitando meu dinheiro fazia um tempo. Todos aqueles "pedidos" que vinham como se fossem dela iam direto para o bolso da Susan. Nem preciso dizer que Susan vai ter que contratar um ótimo advogado.

Também contratei uma nova agente, Keysha, uma mulher supercompetente que trabalha no ramo há trinta anos com os melhores artistas. Mas decidi fazer as coisas um pouco diferente dessa vez. Deixei a maioria das coisas relacionadas à minha vida pessoal aos cuidados de Claire (a não ser falar com a minha mãe, isso eu mesma faço), e as coisas profissionais com Keysha. Eu realmente confio na Claire. E ela ama minha franja, olha só, Susan!

A única coisa que falta na minha vida é o Noah. Já estou morrendo de saudade. Sinto falta de Roma. Das irmãs dele. Das mãos dele, do peito, dos pijamas, da cara rabugenta, do sorriso e de absolutamente *tudo*. Conversamos por telefone, mas não tanto quanto eu gostaria, e das últimas vezes que tentei ligar caiu direto na secretária eletrônica. Talvez ele esteja ocupado, mas é mais provável que esteja me evitando.

Mas hoje é a abertura da turnê, e preciso de foco. Começo na minha cidade, Nashville, Tennessee, em um show lotado na Arena Bridgestone. Depois desse, vamos de ônibus para Atlanta, então Houston, antes de pegar um voo para Londres. Vou passar alguns meses no trecho internacional da turnê, e aí vou ter uma folga antes de voltar para a parte final nos Estados Unidos. Sei que depois de tudo isso vou estar exausta de novo, pronta para escapar para Roma, Kentucky, e encontrar minhas pessoas preferidas do mundo, mas, agora, preciso cuidar de mim e aproveitar.

— Está pronta, amada? — pergunta Claire, porque ela é maravilhosa e me apoia de milhões de maneiras.

E o melhor de tudo, ela nunca me chama de Rae. Demitir Susan foi a melhor coisa que fiz, atrás apenas de parar na entrada da casa de Noah.

— Estou — respondo.

Fico de pé e coloco o aparelho no ouvido. Estou usando um vestido prateado e curto, que brilha na luz do camarim, e me certifico de que meus saltos estão bem presos.

Saio do camarim com Claire. Will vem logo atrás, grudado em mim como estará durante toda a turnê. O barulho da multidão fica mais alto a cada passo que dou para a entrada do palco. Há muitos funcionários no corredor, desejando-me boa sorte. Quando passo pela minha mãe, ela me dá um abraço e diz que vai dar tudo certo.

Não importa quantas vezes eu faça isso, nunca deixo de sentir uma onda de adrenalina nesse momento, assim como um pouco de medo. Mas em trinta segundos vou estar no meio do palco, de frente para cinquenta mil pessoas esperando para assistir ao meu show, e serei dominada por uma alegria completa.

No fundo do palco, minha banda já está me aguardando. Vou até eles e formamos um círculo com as mãos, fazendo uma oração rápida para que ninguém caia de cara no chão e precise ser levado para o hospital com sangue esguichando do nariz (isso aconteceu uma vez comigo e nunca vou me esquecer).

Uma das pessoas da organização pega minha mão e me ajuda a subir na plataforma que vai me levantar até o centro do palco. O barulho da multidão é tão intenso que parece que vai explodir o estádio. Coloco o aparelho no outro ouvido, e ele abafa o som. Fecho os olhos e respiro cinco vezes antes de a plataforma subir. Quando inspiro, me imagino vendo os olhos verdes de Noah, e quando solto o ar, imagino que ele está me abraçando.

E é então que o chão se levanta. Fogos de artifício tomam conta do palco, e sei que enquanto eles queimarem ninguém vai conseguir me enxergar. Demoro 1,2 segundo para entrar na minha posição, empunhando o microfone e, então, como planejado, os fogos se apagam e todo mundo me vê. A plateia vai à loucura e levanto o queixo, sorrindo, olhando para o estádio e absorvendo o momento. A banda começa a tocar e levo o microfone aos lábios.

A única coisa que poderia ter feito esta noite ser melhor seria Noah me esperando no camarim para me beijar quando o show acabar.

— Obrigada, Nashville! — grito no microfone ao terminar a última música do bis.

Fico mais alguns minutos no palco, acenando e jogando beijos para os fãs. Pego um buquê de flores que jogaram no palco e fico paralisada quando percebo que são girassóis em um papel pardo preso com um fiozinho. Meu coração dispara, embora eu saiba que é bobagem. Ainda assim, penso em Annie e sua floricultura, e talvez... Apenas talvez... Olho para a multidão, tentando entender como elas chegaram ali, mas as luzes são fortes demais. Quando mais três buquês chegam ao palco, com vários tipos de flores, aceito que esses girassóis não são de Noah.

Jogo um último beijo no ar e me curvo para o público, aperto o buquê no meu peito e saio do palco. No mesmo instante, um assistente surge perto de mim, me dando uma toalha e uma garrafa de água. Claire também está lá, dizendo que o show foi ótimo e estava cheio, mas estou exausta e um pouco desorientada depois do choque com o buquê de flores.

— Claire — chamo, parando abruptamente no meio do corredor, forçando-a a parar e me encarar. — Por acaso você viu quem jogou essas flores?

Ela balança a cabeça.

— Não, desculpa. Tinha muita gente jogando flores hoje. Você quer que eu leve todas para o ônibus?

Balanço a cabeça e entrego-lhe os girassóis.

— Só essas. Obrigada.

— Tá bom. Por que não vai descansar por alguns minutos no seu camarim? — diz ela, doce.

Já estou tirando os saltos e levando-os comigo. Estou com o último figurino da noite: um vestido roxo-escuro, de tecido um pouco transparente, que vai até o chão. Ele tem muitas camadas, que esvoaçam quando ligam um ventilador no palco. É meu figurino favorito, mas agora estou suando tanto que tudo que quero fazer é jogá-lo no chão o mais rápido possível.

Enquanto andamos pelo corredor, todos por quem passo me parabenizam pela abertura épica da turnê, e fico grata por estar de volta, aqui, fazendo isso por mais um ano. Quando chegamos ao camarim, Claire abre um sorriso largo. Muito mesmo. Acho suspeito.

— Por que você está sorrindo desse jeito? Armou alguma coisa? Um balde de água vai cair em cima de mim assim que eu entrar?

O sorriso dela só cresce.

— Melhor entrar pra ver.

Eu me encolho assim que passo pela porta, me preparando para todo e qualquer impacto. Água, lodo, uma explosão de penas...

estou pronta. Mas eu nunca poderia ter me preparado para o impacto da presença de Noah. Bem, Noah e minha mãe, já que ela está se separando dele depois de um grande abraço. Ela dá um tapinha no braço dele e vem até mim.

— Ele é fofo! — sussurra. — Gostei dele.

Depois, sai e fecha a porta.

Estamos sozinhos, e fico sem fôlego quando meus olhos colidem com os dele. O verde mais verde, tão intenso como uma avalanche. Ele está aqui. Nesta sala comigo, e tudo o que consigo pensar é: *Meu Deus, por favor, não me deixe estar tão desidratada a ponto de isso ser uma alucinação.*

— Você está... aqui — digo, ainda com dificuldade para encontrar as palavras.

Noah vai abrindo um sorriso lento e dá um passo na minha direção. Os olhos dele percorrem meu corpo e voltam para o meu rosto.

— Estou. E você está deslumbrante. Seu show foi incrível... *Uau*!

Eu me jogo nele antes que Noah consiga terminar a frase e colo nossos lábios. Passo os braços com força pelo seu pescoço, para que entenda que nunca vou deixá-lo ir. Espero que ele não tenha medo de palco, porque vou ter que me apresentar assim de agora em diante, grudada nele.

Noah ri e envolve minha cintura, segurando-me com força.

— Você *estava* lá! — digo quando finalmente paro de beijá-lo.

— Você jogou flores da loja da Annie?

Ele faz que sim.

— Desculpa por ter estado distante esta semana.

— Tudo bem.

— Não, não está tudo bem — diz ele, franzindo a testa. — Emily foi até a loja ontem e disse que eu estava sendo um babaca. — Dou risada, porque consigo imaginar perfeitamente Emily falando isso pra Noah. — No fim das contas, eu estava me distanciando porque tinha medo de que não desse certo entre a gente.

— Eu imaginei isso quando minha ligação caiu na secretária eletrônica pela terceira vez.

Ele faz uma careta.

— Desculpa. Mas você tem minha palavra de que não vai mais acontecer. Chega de não me arriscar. Quero dar a este relacionamento tudo o que eu tenho. E pra provar isso...

Noah enfia a mão no bolso e retira um iPhone. Ele coloca o telefone na palma da minha mão.

— Você comprou um celular? — pergunto.

Estou chocada. Sinto lágrimas surgindo nos meus olhos. Para a maioria das pessoas, isso não significaria muito, mas, para Noah, ajustar-se à tecnologia moderna é o mesmo que mudar de religião.

— E estão instalando wi-fi na minha casa agorinha. Se eu tiver que ficar longe de você por meses, pelo menos quero poder ver seu sorriso lindo nas chamadas de vídeo.

— Você realmente está instalando internet na sua casa?

— Estou. E vou precisar que você me ensine a usar esse maldito celular. Por que tem tantas imagens na tela?

— São os aplicativos.

— Eu não gosto deles — resmunga Noah.

— Vamos excluir todos, deixar só os que você precisa.

— Mesmo assim ainda não gosto muito.

Sorrio e jogo o telefone dele no sofá, para que eu possa abraçá-lo de novo.

— Eu também vou dar tudo de mim, só pra você saber.

— Bom, porque tem mais. — Ele passa os dedos na minha franja e depois na parte de trás do meu cabelo, como se estivesse me saboreando. — Se sua oferta ainda estiver de pé, gostaria de acompanhar você na turnê com mais frequência. Não quero passar esses nove meses inteiros sem você.

Um suspiro feliz escapa do meu sorriso de orelha a orelha.

— Sério? E sua avó? E a loja?

— Eu combinei tudo com as minhas irmãs. Elas ajustaram o cronograma para passarem mais dias visitando a vovó. E já tenho alguém que trabalha nos finais de semana na loja, e ele disse que pode me substituir enquanto eu estiver fora.

Dou mais um beijo rápido na boca dele, como se quisesse ter certeza de que ele está mesmo ali.

— E esta semana? Você pode ir comigo para os próximos dois shows?

Ele se inclina e beija minha bochecha. E então meu queixo. E então meu pescoço.

— Eu estava torcendo pra que você pedisse isso, porque a Claire já levou minha mala pro ônibus.

Deixo escapar uma risada alegre. Assim como uma quantidade embaraçosa de lágrimas de felicidade.

— Você está falando sério? Vamos jogar Palavras Cruzadas até não poder mais!

Os beijos se tornam mais intensos, queimando no meu pescoço, um após o outro, enquanto Noah segura minha bunda e aperta de brincadeira.

— Não sei... Eu estava pensando em outra coisa que a gente poderia fazer e que seria mais divertida.

Eu solto um murmúrio encantado para dizer a ele que aprovo muito essa ideia.

Noah se afasta o suficiente para me dar um sorriso enviesado.

— Terminar o livro que estávamos lendo juntos, obviamente... O que achou que eu queria dizer?

Dou um beijo nele. Devagar, carinhoso.

— Ah, sim, era mesmo ler que estava passando pela minha cabeça, com certeza.

MATÉRIA DE CAPA DA *US WEEKLY*

RAE ROSE CONFIRMA NOIVADO EM POSTAGEM ENIGMÁTICA NAS REDES SOCIAIS

Por meses os fãs têm confabulado sobre o possível relacionamento entre Rae Rose e o homem misterioso que foi visto com ela em uma cidadezinha do Kentucky antes da turnê mundial. As coisas parecem ter esquentado durante a turnê, e eles foram fotografados de mãos dadas em alguns locais, e até mesmo se beijando em frente a um café na França. E todo mundo que viu a foto pode confirmar que tinha muito amor naquele beijo.

Desde o fim da turnê, a princesa do pop melódico não foi vista pelo público, tendo apenas tuitado no dia seguinte ao último show dizendo que ama muito os fãs e que tiraria longas férias longe dos holofotes. Ela passou três meses sem ser vista, até ontem, quando quebrou seu jejum de redes sociais postando uma foto no Instagram de mãos dadas com um homem, e ostentando um anel de noivado belíssimo. A legenda era "Amor em Roma", e isso deixou seus seguidores loucos por mais informações.

Estaria Rae Rose oficialmente fora da pista? E será que ela ainda está na Europa? Teria ela passado todo esse tempo escondida em Roma, na Itália?

Agradecimentos

Tive grandes esperanças de escrever uma bela e elegante seção de agradecimentos, mas depois de terminar o que se tornou um livro enorme para os meus padrões, não consigo fazer nada além de agradecer e chorar. Este livro foi uma montanha-russa de emoções para mim, e fez com que eu desenvolvesse minha escrita de maneiras que às vezes me pareciam impossíveis. Ele não estaria nas suas mãos hoje sem a equipe que me incentivou a terminá-lo e depois me ajudou a transformá-lo de uma pilha de bobagens em um livro do qual tenho muito orgulho.

Em primeiro lugar, quero agradecer à minha brilhante e gentil editora, Shauna Summers. Nunca deixarei de me sentir grata por você querer ser minha editora. Obrigada por seu encorajamento, apoio e por tornar a história de Amelia e Noah tão bonita quanto ela é! Tenho certeza de que você é a melhor editora do mundo, e eu não te mereço!

Em seguida, para minha incrível agente, Kim Lionetti: OBRIGADA! Obrigada por ler os poucos (e confusos) capítulos iniciais deste livro e ver potencial nele, e por me guiar na direção certa para terminar tudo. Ainda não consigo acreditar que você respondeu aquele meu primeiro e-mail e continua respondendo os outros, não importa quantos e-mails ridículos eu envie. :) Você é a melhor. Team Kim para sempre! E um enorme obrigada a toda a equipe da Bookends!

Para minha adorável e incrível editora do Reino Unido, Kate Byrne: o fato de você ter amado e aceitado publicar meus livros me deixa muito honrada! Ainda fico me beliscando e me sinto muito grata pelo seu apoio.

A toda a minha equipe na Dell: Taylor Noel, Corina Diez, Jordan Pace, Mae Martinez, Laurie McGee e tantos outros que tenho certeza de que esqueci: um grande abraço de urso em todos! Agradeço muito por trabalhar com cada um de vocês.

Amber Reynolds, acho que você foi a leitora beta de cada uma das minhas comédias românticas. Tenho certeza de que você é meu amuleto e, portanto, nunca pode deixar de me acompanhar. Sinto muito, mas vai precisar continuar lendo meus péssimos rascunhos, porque eu te amo e preciso de você. Sério, obrigada!! Você é a melhor. Sou muito grata por você.

Para Ashley e Carina, minhas madrinhas, a quem amo como irmãs, obrigada por serem vocês mesmas e deixarem que eu me agarrasse às duas feito um carrapato irritante. Para Chloe, Becs, Devin, Jody, Gigi, Martha, Summer, Aspen, Rachel, Sophie: todos vocês tornam esta carreira cem vezes melhor. Sou incrivelmente grata pela nossa amizade!

E aos meus leitores e à comunidade do Bookstagram!!! Como posso agradecer por todo o amor, apoio, tuítes, postagens, críticas, e-mails, *moodboards* e mensagens de incentivo?! Grace, Katie, Morgan, Molly, Addie, Marisol, Alison, Madison e tantas outras! O meu maior e mais sincero obrigada!

Para minha família: o apoio de vocês é tudo para mim. Obrigada por me encorajarem a continuar, e realmente espero que vocês tenham pulado todas as partes picantes.

E por último, mas o mais importante para mim, ao meu marido, Chris Adams. Meu melhor amigo, meu colega de trabalho favorito, meu parceiro, meu gatinho, meu maior defensor, literalmente minha pessoa favorita em todo o mundo: eu te amo. (É trapacear no nosso jogo se eu disser "ao infinito e além" em um livro? Provavelmente, então vou me abster.)

Beijos,
Sarah

intrinseca.com.br
@intrinseca
editoraintrinseca
@intrinseca
@editoraintrinseca
editoraintrinseca

1ª edição	OUTUBRO DE 2023
reimpressão	JANEIRO DE 2025
impressão	LIS GRÁFICA
papel de miolo	HYLTE 60 G/M²
papel de capa	CARTÃO SUPREMO ALTA ALVURA 250 G/M²
tipografia	TIMES NEW ROMAN